gente pobre & a anfitriã

dostoievski

gente pobre & a anfitriã

Tradução e notas:
Oleg Almeida

MARTIN CLARET

Sumário

Os primeiros passos de um gênio[1]

São Petersburgo, fins de maio de 1845. Nikolai Nekrássov, jovem poeta interiorano que se mudou para a capital russa a fim de tenar a sorte em seu meio artístico, faz uma visita inesperada a Vissarion Belínski, crítico literário de renome e uma das figuras mais notáveis daquele meio. Os homens se cumprimentam com um forte aperto de mão e um tapinha no ombro.

— Alguma obra sua? — pergunta Belínski, ao reparar num volumoso manuscrito que o poeta trouxe debaixo do braço.

— Não é minha, não — responde Nekrássov —; é de um moço ali. Gostaria que o senhor desse uma olhada. É que ele tem um talento enorme: a gente lê e tanto se emociona que acaba chorando! É que... um novo Gógol apareceu![2]

---

[1] A parte histórica deste ensaio foi elaborada com base nas fontes seguintes, indispensáveis para bem entender a biografia criativa de Dostoiévski: Леонид Гроссман. Достоевский. Москва, Молодая гвардия, 1962; Вера Нечаева. Ранний Достоевский: 1821-1849. Москва, Наука, 1979; Николай Якушин. Ф. М. Достоевский в жизни и творчестве. Москва, Русское слово, 1998; Юрий Селезнёв. Достоевский. Москва, Молодая гвардия, 2007; Сергей Белов. Ф. М. Достоевский: Энциклопедия. Москва, Просвещение, 2010, assim como nos materiais inclusos na edição original das obras de Dostoiévski em 15 tomos (Ленинград/С-Петербург, Наука, 1988-1996).

[2] Essa comparação com Nikolai Gógol (1809-1852), considerado o maior escritor russo da época, devia ser muito lisonjeira para o novato Dostoiévski!

Um sorriso jocoso contrai os lábios de Belínski: essa conversa lhe é familiar até a última vírgula, mas tamanho exagero requer uma justificativa das boas.

— Ih, meu caro, com você esses Gógols crescem que nem cogumelos, hein? — replica, com uma ironia mordaz. Fica hesitando por um minuto e, sem querer magoar seu colega e parceiro nos jogos de baralho, frequentador assíduo de sua casa, arremata: — Bem... deixe isso em cima da mesa. Como se chama mesmo aquele moço?

— Fiódor — diz Nekrássov, colocando o manuscrito no lugar indicado. — Fiódor Dostoiévski.

— E o que ele faz? — Belínski continua a falar por mera gentileza, havendo uma multidão de moços a rondá-lo em busca de um conselho paternal ou, melhor ainda, uma resenha encorajadora.

— Sei lá... — O poeta se despede dele ao alegar outro compromisso inadiável. — Só o vi uma ou duas vezes. Parece que é um militar reformado e traduziu um livrinho do francês.

— Ah é?... — Belínski se limita a dar um suspiro resignado, pressentindo um maçante dever a cumprir.

Passam-se algumas horas; na mesma noite, Nekrássov retorna ao apartamento de Belínski situado na encruzilhada da avenida Nêvski e da marginal do rio Fontanka. O crítico está emocionado: uma ansiedade incomum se percebe em seus gestos, na maneira como anda, impaciente, pelo quarto. É óbvio que já leu ou, pelo menos, folheou a obra desse tal de Dostoiévski, e que ela lhe causou uma impressão profunda, se não arrebatadora.

— Onde está ele, seu novo Gógol? — dirige-se logo a Nekrássov. — Quero conhecê-lo!

Seus olhos brilham como os de um caçador de tesouros que acaba de descobrir, sem ter esperado por isso, uma joia rara, uma pérola de valor inestimável. A intuição lhe sugere que do casulo posto em sua frente pela mão de Nekrássov vai eclodir... não uma borboleta medíocre nem uma libélula "bonitinha, mas ordinária", e, sim, um ser nunca visto na face da Terra, dotado de uma mundivisão alternativa e destinado, portanto, a escolher rumos alternativos para sua arte. E essa intuição aguçada, sempre às voltas com montes de manuscritos lidos, analisados e resenhados, não costuma errar!

Foi em agosto de 1844 que o subtenente engenheiro Dostoiévski solicitou sua reforma "por motivos pessoais". "Estou farto do serviço militar como de batatas", comentou, nessa ocasião, numa das cartas endereçadas ao seu irmão Mikhail. Sonhava em dedicar-se às belas-letras, e sua primeira obra impressa, a tradução do romance *Eugénie Grandet* de seu escritor favorito Honoré de Balzac, não demoraria a agradar aos leitores da revista metropolitana "Repertório e Panteão". Encarregou-se também de traduzir, nesse meio-tempo, os romances *Mathilde, memórias de uma jovem*, de Eugène Sue, e *A última Aldini*, de George Sand, mas não era uma carreira tradutória que pretendia abraçar: o que atraía Dostoiévski como um ímã, o que fazia seu sangue ferver e sua mente produzir milhares de ideias extraordinárias, eram os escritos autorais por vir, aquela prose de ficção que o tornaria, por ora em seus devaneios pueris, um literato famoso, talvez adorado pelo público e, quem sabe, rico. Em outubro de 1844, uma vez promovido a tenente e, de pronto, reformado, arrancou o uniforme, com o qual não tinha afinidade alguma, e mergulhou de ponta-cabeça nas fainas literárias. Dividindo com Dmítri Grigoróvitch, escritor iniciante e seu condiscípulo na Escola de engenharia militar, o aluguel de um pequeno apartamento na esquina da rua Vladímirskaia e da viela Gráfski,[3] levava uma vida bem simples (segundo Grigoróvitch, ambos se alimentavam direito tão só na primeira metade do mês e se contentavam, na segunda metade, com pão e cevada) e trabalhava sem trégua. "Dostoiévski... passava o dia inteiro e parte da noite sentado à sua escrivaninha", lembrar-se-ia Grigoróvitch, mais tarde, desse período de sua mocidade. "Não dizia sequer uma palavra acerca daquilo que estava escrevendo; respondia às minhas indagações a contragosto, laconicamente, de sorte que, conhecendo sua índole arredia, parei de indagar. Apenas podia ver uma profusão de folhas preenchidas com aquela caligrafia pela qual Dostoiévski se destacava: as letras se derramavam, sob a sua pena, como miçangas, como se ele as desenhasse... Mal Dostoiévski parava de escrever, um livro surgia de imediato em suas mãos... Empenhando-se tanto em trabalhar e teimando em permanecer em casa, prejudicava demasiado sua saúde". O livro que Dostoiévski compunha, sua primeira obra de ficção como tal, intitulava-se *Gente pobre* e lhe absorvia todas as forças. "... quero redimir tudo com meu romance. Talvez me enforque se este negócio meu não vingar": constando da sua carta ao irmão Mikhail, datada de 24 de março de 1845, essa declaração bombástica prova que o tomava mesmo a sério.

Pelo fim de maio, quando o manuscrito já estava finalizado e repassado a limpo, Dostoiévski mostrou-o,

---

[3] Viela do Conde (em russo).

atormentado por dúvidas de noviço, a Grigoróvitch e seu amigo Nekrássov para saber se tinha a mínima chance de ser publicado. Jamais se esqueceria desse episódio precedente à sua estreia triunfal, relatando-o do modo seguinte: "Na véspera ao anoitecer... eles pegaram meu manuscrito e ficaram lendo com a intenção de avaliá-lo: 'Bastam dez páginas para a gente ver'. Todavia, ao lerem dez páginas, resolveram ler mais dez e depois, já sem parar, passaram a noite toda, até o amanhecer, lendo em voz alta e revezando-se quando um deles se sentia cansado... Mal terminada a leitura (e foram sete folhas impressas[4]!), decidiram unanimemente ir falar comigo sem a menor demora: 'E daí, se ele estiver dormindo? Vamos acordá-lo, que *isso* é acima do sono'...". Entusiasmados, com olhos cheios de lágrimas, Grigoróvitch e Nekrássov exortaram Dostoiévski a deixá-los remeter *Gente pobre* a Vissarion Belínski, cuja opinião favorável poderia ser crucial para a eventual publicação do romance, e o jovem autor, embora com certa hesitação, aceitou a proposta. Seu encontro histórico com o mentor espiritual da toda uma geração de intelectuais russos ocorreu em princípios de junho, numa daquelas fantásticas noites brancas que a inspiração dostoievskiana insistiria em trazer à baila pelo resto de sua vida. Dostoiévski não poupou epítetos para descrevê-lo, em 1877, num dos opúsculos do *Diário do escritor*:[5] Belínski "rompeu a

---

[4] Em conformidade com as normas editoriais da Rússia antiga e moderna, uma folha impressa de texto prosaico compõe-se de 40 mil caracteres.

[5] Extensa série de textos jornalísticos, editada por Dostoiévski em 1873, 1876-77 e 1880-81 com o propósito de "... relatar todas as impressões realmente vividas... tudo o que [fosse] visto, ouvido e lido" por ele.

falar com ardor, de olhos brilhantes: 'Mas você mesmo entende', repetiu várias vezes, com suas exclamações habituais, 'o que escreveu aí? (...) Só com essa intuição sua, como artista, é que conseguiu escrever isso, mas será que havia compreendido, você mesmo, toda aquela verdade terrível que nos apontou? Não pode ser que você, com seus vinte anos, já esteja compreendendo isso. (...) Pois é uma tragédia! Você tocou na essência do problema, apontou, de uma vez só, o essencial. (...) A verdade lhe foi revelada e anunciada, por ser artista, você a recebeu como um dom; valorize seu dom e prossiga fiel a ele, então você será um grande escritor!' (...) Foi o momento mais deleitoso em toda a minha vida". É fácil imaginar a alegria do estreante cujos sonhos mais íntimos haveriam de se tornar uma realidade viva, palpável, maravilhosa! "Puxa vida...", era o único pensamento que se revolvia em sua cabeça após o discurso acalorado de Belínski. "Sou realmente tão grande assim?".

"A primeira tentativa do romance social na Rússia", conforme sentenciou Belínski que não cessava de elogiá-lo, *Gente pobre* foi publicado na "Coletânea petersburguense", lançada em 15 de janeiro de 1846, e teve um sucesso estrondoso. Vendo-se alçado, literalmente da noite para o dia, a celebridade, Dostoiévski andava como que ébrio, prestes a enlouquecer de regozijo: os salões literários e as redações das revistas mais conceituadas abriam-lhe suas portas, a crítica lhe prometia um futuro deslumbrante, por pouco não o sufocava com seus louvores ("Em novembro e dezembro de 1845", no dizer de Vladímir Máikov,[6] "todos os diletantes literários apanhavam e

[6] Vladímir Nikoláievitch Máikov (1826-1885): jornalista e tradutor, editor de revistas infantis, irmão do poeta Apollon Máikov.

jogavam um ao outro a prazerosa notícia do advento de um novo talento descomunal. 'Não é pior do que Gógol', gritavam uns; 'é melhor do que Gógol', replicavam os outros; 'Gógol está morto', vociferavam os terceiros...", antes ainda de lê-lo), e os sacerdotes do majestático santuário das letras, aqueles escritores consagrados que lhe pareciam, havia pouco, tão inabordáveis, agora o tratavam de igual para igual. Não sabia ainda quantas viravoltas e provações lhe reservava a perfídia do fado nem queria sequer pensar nelas. Estava feliz, como só se pode estar feliz aos vinte e tantos anos, e novas obras, nada inferiores a *Gente pobre*, vinham ganhando corpo sob a sua pena fecunda...

Duas dessas obras, apresentadas a seguir, são bem diferentes entre si: a primeira delas, o romance *Gente pobre* propriamente dito, conta sobre a amizade um tanto estranha, mas nem por isso menos comovente, de um modesto funcionário público, já entrado nos anos, com uma moça novinha, quase adolescente, mantendo eles uma correspondência intensa para trocar, dia após dia, notícias ora tristes, ora animadoras, de sua vida despretensiosa; o tema da segunda, *A anfitriã*, parcialmente inspirada pela novela "gótica" *A terrível vingança* de Nikolai Gógol, é um amor impossível, tão romântico quanto dramático, capaz de levar quem chega a vivenciá-lo muito além daquela banal realidade urbana em que se origina. Há quem tenda a subestimá-las, argumentando que são por demais imperfeitas e não representam a grandeza dostoievskiana, que não passam de composições escolares em comparação com análogas narrativas de Gógol, que *Gente pobre* irrita com seu excesso de formas diminutivas (mãezinha, amiguinha, queridinha, etc.), usadas pelo autor sem qualquer critério, enquanto a atmosfera de suspense criada por ele n'*A anfitriã* peca por falta de originalidade, e nenhum desses argumentos é totalmente injusto. De fato, por mais promissoras que sejam, tais obras de calouro nem se comparam, do ponto de vista estético, às de um dos titãs da literatura mundial, precursor respeitado e modelo seguido por Dostoiévski, mas, não obstante, afloram nelas, indubitáveis e poderosos, diversos traços característicos de sua escrita particular. Antes de tudo, desponta em suas páginas, como um grandioso pano de fundo, a cidade de São Petersburgo, os mesmos prédios cinzentos e becos escuros onde será ambientada boa parte dos vindouros livros de Dostoiévski, desde a novela juvenil *Noites brancas* até os romances maduros *Humilhados e ofendidos*, *Crime e castigo* e *O idiota*. Por outro lado, algumas das mais relevantes questões de ordem moral, social, filosófica ou religiosa pelas quais o escritor se interessará posteriormente, seja a condição do povo desvalido ou o papel da mulher na retrógrada sociedade russa, sejam aqueles estados singulares, não raro patológicos, em que amiúde se acham seus personagens de alma virada às avessas, também se vislumbram em *Gente pobre* e *A anfitriã*. Afinal, o estilo típico de Dostoiévski — tenso, verboso, emaranhado, como se ele estivesse com pressa e tentasse exprimir muita coisa em pouco espaço —, é intrínseco, por sua vez, a ambos os textos, cuja leitura atenta permite, desde já, prever a evolução que o escritor começará, quando moço, para se metamorfosear, anos depois, naquele *monstre sacré*[7]

[7] Monstro sagrado (em francês: expressão de Jean Cocteau): nome metafórico dos artistas de prestígio indiscutível, cultuados em quaisquer épocas e países.

que o mundo inteiro conhece hoje. De certa forma, são os alicerces que sustentarão, ao longo do tempo, todo o edifício de sua criatividade, os primeiros passos de um gênio pelo caminho que o conduzirá ao reconhecimento universal, às tão sonhadas glória e idolatria...

Oleg Almeida

gente pobre

romance

> Oh, mas aqueles contadores de histórias! Em vez de escrever algo útil, agradável, delicioso, acabam desenterrando toda a verdade, nua e crua!... Eu cá os proibiria de escrever! Com que isso se parece, hein? A gente lê... fica pensando sem querer, e aí vem uma drogazinha qualquer à cabeça: juro que os proibiria de escrever; proibiria mesmo, completamente.
>
> Pr. V. F. Odóievski[1]

8 de abril.

Minha inestimável Varvara Alexéievna!

Ontem estive feliz, sobremodo feliz, feliz até não poder mais! Você, teimosinha, deu ouvidos a mim, pelo menos uma vez na vida. Acordo ao anoitecer, pelas oito horas (você sabe, mãezinha, que gosto de dormir umas horinhas após o expediente), tiro uma vela, preparo os papéis, aparo uma pena e de repente, sem querer, fico erguendo os olhos, e eis que meu coração, palavra de honra, começa a pular! Pois você entendeu enfim o que eu queria, o que queria este coraçãozinho meu! Percebi que o cantinho de sua cortina, aí na janela, estava dobrado e preso ao pote de seu não-me-toques,[2] do mesmo

---

[1] Príncipe Vladímir Fiódorovitch Odóievski (1804-1869): escritor russo de vertente romântica, autor de obras góticas e fantásticas.

[2] Planta de origem asiática, com flores bonitas e de várias cores, cujo nome científico é *Impatiens balsamina*.

jeitinho a que eu lhe aludira então, e logo me pareceu que sua carinha também surgia, assim de relance, perto dessa janela, que você também olhava para mim do seu quartinho, que você também pensava em mim. E como fiquei desgostoso, minha queridinha, por não conseguir enxergar direito essa sua carinha bonita! Já houve um tempo em que a gente também enxergava bem, mãezinha. A velhice não é brincadeira,[3] minha querida! Pois agora também, o tempo todo, minha vista se turva: é só trabalhar um pouco à noite, escrevendo alguma coisa, e os olhos ficam vermelhos pela manhã, e as lágrimas correm tantas que até me envergonho, por vezes, na frente dos outros. Contudo, seu sorrisinho passou a fulgir em minha imaginação, esse seu sorrisinho tão bom, tão afável, meu anjo, e senti, cá no meu coração, o mesmo que havia sentido daquela feita, quando beijara você, Várenka[4] — será que se lembra disso, meu anjinho? Será que sabe, minha queridinha: até me pareceu que você me ameaçava daí com seu dedinho! Foi assim, brincalhona? Descreva tudo isso sem falta, e com detalhes, em sua carta.

E que tal essa nossa invençãozinha sobre a sua cortina, hein, Várenka? É bonitinha, não é verdade? Quer esteja eu trabalhando, quer me deite para dormir, quer acorde, sei, desde logo, que você também pensa aí em mim, que se lembra de mim e que está, você mesma, saudável e jovial. Se baixar a cortina, isso significa: "Adeus, Makar Alexéievitch, é hora de dormir!". Se a subir, significa: "Bom dia, Makar Alexéievitch; como foi que dormiu?"

---

[3] Provérbio russo.
[4] Forma diminutiva e carinhosa do nome russo Varvara (Bárbara).

ou então: "Como está sua saúde, Makar Alexéievitch? Quanto a mim, estou saudável e bem-disposta graças ao Criador!". Está vendo, meu benzinho, que coisa esperta foi inventada? Não precisamos nem de cartas! Coisa esperta, não é verdade? E quem a inventou fui eu! Como é que me tenho saído, quanto a essas coisas, hein, Varvara Alexéievna?

Venho comunicar-lhe, minha mãezinha Varvara Alexéievna, que dormi muito bem esta noite, a despeito das previsões, o que me deixou bem satisfeito, embora nesses apartamentos novos, logo depois de se mudar, a gente nunca durma direito: há sempre uma coisa errada, sempre! Acordei hoje assim, como um preclaro falcão, sentindo-me às mil maravilhas! Mas que manhã boa é hoje, mãezinha! Abriram cá uma janela nossa: o solzinho brilha, os passarinhos gorjeiam, o ar respira aromas primaveris, e a natureza toda se anima... pois bem, e todo o resto também esteve em ordem, de modo primaveril. Até mesmo sonhei um pouco hoje, mui agradavelmente, e todos os sonhos meus foram sobre você, Várenka. Cheguei a compará-la a uma avezinha do céu, criada para consolo da gente e adorno da natureza. E logo pensei, Várenka, que nós, as pessoas que vivem atarefadas e agoniadas, também deveríamos invejar aquela felicidade serena e inocente das aves do céu... pois bem, e todo o resto do mesmo feitio, semelhante àquilo, ou seja, fiquei forjando eu cá, sem parar, tais comparações meio remotas. Tenho um livrinho aqui, Várenka, em que a mesma coisa, e da mesma maneira circunstanciada, está descrita. Escrevo assim porque há sonhos diferentes, mãezinha. Agora que estamos na primavera, os pensamentos da gente vêm todos tão agradáveis, argutos e engenhosos, e nossos sonhos são ternos — tudo cor-de-rosa. Foi por isso que escrevi todas essas coisas; tirei-as todas, aliás, do tal livrinho. Lá o autor revela o mesmo desejo em versinhos e escreve: "Por que não sou uma ave, uma ave de rapina?", e assim por diante. Ainda há várias outras ideias lá, mas que Deus cuide delas! Mas aonde é que você foi esta manhã, hein, Varvara Alexéievna? Nem me aprontava ainda para ir à repartição, mas você, realmente como uma avezinha primaveril, saiu voando do seu quarto e passou pelo pátio, tão alegrinha assim. E como me alegrei ao olhar para você! Ah, Várenka, Várenka, não se entristeça! Não se repara o mal com lágrimas:[5] sei disso, minha mãezinha, sei disso por experiência. Só que agora você está tão tranquila, e sua saúde também está melhorzinha. Pois bem, como anda sua Fedora? Ah, mas que mulher bondosa ela é! Escreva-me, Várenka, como vocês duas vivem aí agora e se estão contentes com tudo. É que Fedora é um tanto rabugenta, mas não se apoquente com isso, Várenka! Que Deus fique com ela! É tão bondosa.

Já lhe escrevi sobre a Thereza daqui: também é uma mulher bondosa e confiável. Mas como fiquei preocupado com nossas cartas! Como é que seriam mandadas? E foi então que nosso Senhor enviou, para nossa sorte, a tal de Thereza. É uma mulher bondosa, dócil, calada. Mas nossa locadora é simplesmente implacável. Desgasta-a toda com o trabalho, como se fosse um pano de prato.

Mas em que cortiço é que vim parar, Varvara Alexéievna! Mas que apartamento é este! Antes vivia feito um ermitão, você mesma sabe: calmo e quieto;

---

[5] Ditado russo.

quando uma mosca voava, lá em minha casa, até se podia ouvi-la voar. E aqui só barulho, grita, algazarra! Mas você nem sabe ainda como tudo se faz por aqui. Imagine, digamos, um corredor comprido, totalmente escuro e sujo. Do seu lado direito fica uma parede maciça; do lado esquerdo há portas e mais portas, como se fosse uma hospedaria, dispostas todas numa fileira. Pois bem: alugam-se tais aposentos, e cada um tem um só quarto em que moram duas ou três pessoas. Não me pergunte se estão em ordem: é uma arca de Noé! Parece, aliás, que são pessoas decentes, todas tão instruídas e sábias. Há um servidor público (serve algures na área literária), um homem de muitas leituras: fala de Homero e do Brambeus[6] e de vários outros autores por lá, fala de tudo — que homem inteligente! Moram dois oficiais, que não fazem senão jogar baralho. Mora um aspirante da Marinha; mora um professor inglês. Espere aí, mãezinha, que vou diverti-la: descrevê-los-ei, numa carta próxima, satiricamente, ou seja, tais como eles são, cada um por si, com todos os pormenores. Nossa locadora, uma velhota pequenina e bem suja, anda, o dia todo, de pantufas e de *schlafrock*,[7] gritando, o dia todo, com Thereza. Eu moro na cozinha, ou seria bem mais correto dizer assim: há um quarto, aqui perto da cozinha (e nossa cozinha, deveria notá-lo para você, é muito boa, limpa e clara), um quartinho pequeno, um canto modesto assim... ou então, seria melhor ainda dizer que a cozinha é grande, com três janelas, e que

---

[6] Pseudônimo do escritor russo-polonês Józef Julian Sękowski (1800-1858), autor de folhetins muito populares na época descrita.

[7] Uma ampla vestimenta usada em casa (em alemão).

tenho um tabique ao longo da parede transversal, como se fosse mais um quarto, uma peça complementar; é tudo espaçoso e confortável, com uma janela própria e todo o mais — numa palavra, é tudo confortável. Pois bem: este é meu cantinho. Mas não fique pensando aí, mãezinha, que haja outra coisa nisso, ou algum sentido misterioso, pelo fato de ser uma cozinha! Quer dizer, moro, quem sabe, neste mesmo quartinho detrás do tabique, mas isso não faz mal, pois vivo separado de todos e vivo assim, pouco a pouco, quietinho e caladinho. Botei, cá no meu quarto, uma cama, uma mesa, uma cômoda, um par de cadeiras; pendurei um ícone. É verdade que há apartamentos melhores (talvez haja muito melhores), porém é o conforto que mais importa: fiz tudo isso para meu conforto, e não fique pensando aí que o tenha feito por outro motivo. Sua janela fica logo em frente, do outro lado do pátio, e o pátio é tão estreitinho que dá para ver você de passagem, e eu me sinto então mais alegre, este pobre-diabo que sou, e gasto menos. Aqui conosco, o pior quarto custa, com a comida, trinta e cinco rublos[8] em papel-moeda. Pesa muito no bolso! E meu aposento me custa sete rublos em papel-moeda, mais cinco rublos de prata pela comida: são vinte e quatro rublos e meio ao todo, mas antes pagava exatos trinta rublos e negava muita coisa a mim mesmo, nem sempre tomava chá, mas agora consigo economizar para comprar chá e açúcar. Sabe, minha querida, é vergonhoso, de certa forma, não tomar chá: o povo daqui é todo abastado, por isso a gente se envergonha. Pois então tomo chá, Várenka, pelos

---

[8] Moeda russa equivalente a cem copeques, sendo que um rublo em papel-moeda valia, na década de 1830, 27 copeques de prata.

outros, pelas aparências, pelo bom-tom, mas, quanto a mim, não me importo, que sou despretensioso. Assim, conte você meu dinheirinho de bolso (a gente precisa sempre de alguma coisa), talvez com um parzinho de botas e alguma roupinha ali, e veja se sobrará muito. Este é todo o meu ordenado. Mas não estou reclamando: estou contente. É o que me basta. Já faz alguns anos que basta, e recebo também gratificações. Adeus, pois, meu anjinho. Comprei lá um par de potezinhos com não-me-toques e um geraniozinho, e não paguei caro. Talvez você goste de resedá também? Há também resedá, sim, é só você escrever; e, sabe, escreva sobre tudo e tão minuciosamente quanto puder. Não pense, aliás, em coisas ruins nem duvide, mãezinha, de mim por ter alugado um quarto destes. Não: foi o conforto que me impeliu, foi tão só o conforto que me seduziu. É que estou poupando dinheiro, mãezinha, guardando, e tenho, portanto, um dinheirinho aqui comigo. Não repare no que sou tão quietinho que até uma mosca me quebraria, parece, com sua asa. Não, mãezinha, não sou nenhum moleirão, cá no íntimo, e meu caráter conviria perfeitamente a um homem de alma firme e serena. Adeus, meu anjinho! Gastei quase duas folhas para lhe escrever, mas já faz muito tempo que preciso ir à repartição. Beijo seus dedinhos, mãezinha, e me quedo seu criado mais servil e seu amigo mais fiel

Makar Dêvuchkin.[9]

P. S.: Só lhe peço uma coisa: responda-me, meu anjinho, tão minuciosamente quanto puder. Envio-lhe

---

[9] O sobrenome do protagonista é derivado da palavra russa *девушка* (moça), com alusão à sua índole pacata e ingênua.

com esta, Várenka, um cartuchinho de bombons: faça, pois, bom proveito em comê-los e, pelo amor de Deus, não se preocupe nem se aborreça comigo. Adeus, pois, mãezinha.

8 de abril.

Prezado senhor Makar Alexéievitch!

Será que sabe que terei, por fim, de brigar mesmo com o senhor? Juro-lhe, meu bondoso Makar Alexéievitch, que me é até penoso aceitar suas prendas. Sei o que elas lhe custam, quantas provações o senhor passa ao negar o mais necessário a si próprio. Quantas vezes já lhe disse que não precisava de nada, absolutamente nada, que não estava em condição de lhe retribuir nem sequer aqueles favores de que o senhor me tinha cumulado até agora? Por que precisaria desses potes? Com respeito aos não-me-toques, tudo bem, mas de que serviria aquele geraniozinho? Basta a gente dizer uma só palavrinha imprudente, como, por exemplo, sobre aquele gerânio, e o senhor logo o compra, mas ele custa caro, não custa? Como são lindas as flores dele! Parecem cruzinhas purpúreas. Onde foi que o senhor conseguiu um geraniozinho tão bonitinho assim? Coloquei-o no peitoril da janela, bem no meio, no lugar mais visível; vou colocar um banco no chão e botarei mais flores naquele banco: é só o senhor deixar que eu mesma enriqueça um pouco! Fedora não para de se alegrar; é como se tivéssemos um paraíso no quarto, e está tudo tão limpo e claro! E para que me mandou esses bombons? Juro que logo adivinhei pela sua carta que algo não andava bem por aí, com aquele paraíso e aquela primavera, os aromas voando e os passarinhos gorjeando. O que é isso, pensei, será que não há também versos aí? É que, palavra de honra, só faltam uns versos nessa sua carta, Makar Alexéievitch! E as sensações ternas, e os devaneios cor-de-rosa... há de tudo aí! Nem pensei, de resto, em minha cortina: por certo, ela mesma se prendeu lá, quando eu mudava os potes de lugar — tome!

Ah, Makar Alexéievitch! Diga o que disser, calcule como calcular seus ganhos para me iludir, para mostrar que gasta tudo consigo mesmo, não vai ocultar nem esconder nada de mim. É claro que o senhor se priva do necessário por minha causa. Por que é que teve, por exemplo, a ideia de alugar um apartamento desses? É que os outros moradores o inquietam, perturbam, e o senhor está apertado, desconfortável. Gosta de recolhimento, mas quantas coisas é que ficam à sua volta! E poderia viver bem melhor, a julgar pelo seu ordenado. Fedora diz que antes o senhor vivia incomparavelmente melhor do que hoje em dia. Mas será que passou a vida inteira assim, solitário, com essas provações todas, sem alegria nem uma palavra afável e amigável, alugando cantos na casa dos outros? Ah, meu bom amigo, que pena é que sinto do senhor. Veja se poupa, ao menos, sua saúde, Makar Alexéievitch! O senhor diz que seus olhos estão enfraquecendo; não escreva, pois, mais à luz das velas: por que escreveria? É provável que seus superiores já saibam sem tudo isso o quanto o senhor tem zelado pelo seu serviço.

Imploro-lhe outra vez que não gaste tanto dinheiro comigo. Sei que gosta de mim, só que não é nada rico, o senhor mesmo... Hoje eu também acordei alegre. Estava tão bem: Fedora já trabalhava havia bastante tempo e arranjara um trabalho para mim. Fiquei tão feliz; fui apenas comprar seda e logo me pus ao trabalho. Passei a manhã inteira com tanta leveza na alma, com tanta alegria! E agora estou triste de novo, cheia de pensamentos torvos, e meu coração se cansou de doer.

Ah, mas o que se dará comigo, qual será meu destino? É penoso ficar nessa incerteza, sem ter futuro nenhum nem mesmo poder antever o que será de mim. E até sinto medo de olhar para trás. Há tanto pesar ali que meu coração se rasga ao meio com uma só lembrança. Chorarei pelo resto da vida por causa daquelas pessoas más que me destruíram!

Escurece. É hora de trabalhar. Queria escrever-lhe sobre muita coisa, mas estou sem tempo, que meu trabalho tem seu prazo. Preciso apressar-me. É claro que as cartas são uma coisa boa: a gente não se entedia tanto assim. E por que o senhor mesmo não vem nunca visitar a gente? Por que será, Makar Alexéievitch? É que agora está perto de nós e poderia arranjar, vez por outra, um tempinho livre. Venha, por favor! Vi essa sua Thereza. Ela parece estar tão doente; senti pena dela e lhe dei vinte copeques. Ah, quase me esqueci! Escreva sem falta tudo, da maneira mais detalhada possível, sobre a sua vida. Quais são as pessoas que o rodeiam e se o senhor se dá bem com elas. Quero muito saber disso tudo. Veja, pois, se me escreve sem falta! E hoje dobrarei de propósito o canto da cortina. Vá dormir mais cedo: ontem vi luz em seu quarto até a meia-noite. Adeus, pois. Hoje estou aflita e enfadada e triste! Deve ser um dia daqueles! Adeus.

Sua

Varvara Dobrossiólova.

8 de abril.

Prezada senhorita Varvara Alexéievna!

Sim, mãezinha, sim, minha querida: deve ter sido um diazinho daqueles que me coube a mim, este pobre-diabo! Sim, mas você tem brincado comigo, velhote que sou, Varvara Alexéievna! A culpa é minha, aliás, a culpa é toda minha! Quem é que se mete depois de velho, com um só tufo de cabelos, naqueles amores e equívocos?... E mais lhe digo, mãezinha: o homem é esquisito de vez em quando, bem esquisito. De que é que fica falando, meus santos, sobre o que proseia às vezes! E o que decorre, o que se deduz disso, hein? Não se deduz nadinha de nada, mas decorre tamanha droga que Deus me proteja dela! Não me zango, mãezinha, mas apenas tanto me aborreço ao recordar-me daquilo tudo, fico chateado por lhe ter escrito daquele jeito rebuscado e tolo. Fui hoje à minha repartição todo ajanotado, feito um pavão, e meu coração fulgurava tanto! Houve uma festa, sem mais nem menos, em minha alma: estava todo alegre. Fiquei mexendo zelosamente com meus papéis, mas o que foi que resultou disso mais tarde? Mais tarde, assim que olhei ao redor, ficou tudo como antes, cinzentinho e escurinho. As mesmas manchas de tinta, as mesmas mesas, os mesmos papéis, e eu cá, o mesmo, continuando a ser exatamente tal como era... então por que precisara mesmo cavalgar o Pégaso?[10] E por que foi que isso tudo aconteceu? Porque o solzinho despontou e o céu azulou um pouco, foi por isso? E que aromas seriam aqueles, hein, já que em nosso pátio, bem debaixo das nossas

---

[10] Cavalo alado (na mitologia grega), símbolo da inspiração poética.

janelas, sói ocorrer um bocado de coisas malcheirosas? Deve ter imaginado aquilo tudo por mera tolice minha. É que acontece, de vez em quando, que alguém se enreda assim em seus próprios sentimentos e passa a dizer tais disparates. Não acontece, aliás, por nenhum outro motivo senão porque seu coração é por demais ardoroso e tolo. Não caminhei, mas me arrastei até minha casa, e tive, sem causa aparente, muita dor de cabeça, e deve ter sido pela mesma razão. (Será que tomei friagem nas costas?) É que me alegrara com a primavera, imbecil rematado, e saíra com meu capote fino. E você se enganou, minha querida, no tocante aos meus sentimentos! Viu a expansão deles pelo lado diametralmente oposto. Era um afeto paterno que me animava, unicamente um puro afeto paterno, Varvara Alexéievna, porquanto ocupo o lugar de seu pai de sangue, devido à sua orfandade amarga, e digo isto com toda a alma e o coração límpido, como se fosse seu parente. Seja como for, sou um parente seu, embora muito remoto, e, nem que seja, conforme aquele ditado, a sétima água do *kissel*,[11] sou agora seu parente mais próximo e seu protetor, pois lá onde você tinha o mais pleno direito de procurar amparo e proteção só achou traição e mágoa. E, quanto aos versinhos, dir-lhe-ei, mãezinha, que me seria indecoroso, velho que sou, exercitar-me em compor versos. Os versos são uma bobagem! Até os pequenos são açoitados agora nas escolas por aqueles versinhos... é isso aí, minha querida.

Por que é que me escreve, Varvara Alexéievna, sobre conforto, paz e outras coisas afins? Não sou rabugento

---

[11] Espécie de xarope feito de morango, framboesa ou semelhantes bagas e servido como sobremesa (em russo).

nem caprichoso, minha mãezinha, e nunca vivi melhor do que vivo agora, então por que me tornaria enjoado depois de velho? Tenho comida, roupas, calçados, e por que é que inventaria mais alguma coisa? Não sou nenhum conde ali! Meu pai não tinha créditos de fidalguia e era, com toda a família sua, mais pobre que eu, a julgar pelo que ganhava. Não sou um mimalho! Aliás, se disser a verdade toda, estava tudo incomparavelmente melhor naquele meu apartamento antigo, e eu ficava lá mais à vontade, mãezinha. É claro que meu aposento de hoje também é bonzinho e até mesmo, em certo sentido, mais jovial e, se você quiser, mais variegado; não digo, pois, nada contra ele, porém lamento ainda a minha residência antiga. Nós cá, pessoas velhas, isto é, idosas, acostumamo-nos às coisas antigas como se fossem algo querido. Aquele apartamentinho meu era, sabe, pequeno assim; as paredes eram... nem preciso falar a respeito! As paredes eram como quaisquer outras, e nem se trata delas, mas são as recordações de todo o passado meu que me deixam angustiado... Que coisa estranha: pesam aquelas recordações, mas são como que agradáveis. Até o que era ruim e me provocava zanga por vezes, até aquilo se limpa, em minhas recordações, do que era ruim e ressurge em minha imaginação de modo aprazível. Vivíamos quietos, Várenka, eu e minha locadora velhinha, já finada. É com uma sensação triste que me recordo agora da minha velhinha também! Era uma boa mulher e não cobrava caro pelo apartamento. Estava fazendo, o tempo todo, cobertas de vários retalhos, com aquelas agulhas de tricô de um *archin*[12] cada uma; não fazia, aliás,

[12] Antiga medida de comprimento russa, equivalente a 71 cm.

outra coisa. Acendíamos juntos o fogo e trabalhávamos, dessa maneira, à mesma mesa. Ela tinha uma neta, chamada Macha[13] (lembro-me dela, ainda criança); agora deve ser uma garota de uns treze anos de idade. Era tão danadinha, tão alegre, e só fazia a gente rir; era assim que vivíamos nós três. Sentamo-nos às vezes, numa longa noite hibernal, à mesa redonda, tomamos nosso chazinho e depois nos pomos ao trabalho. E a velhinha fica, para Macha não se enfadar nem fazer travessuras, contando histórias. E que histórias eram aquelas! Não só uma criancinha, mas até mesmo um homem sensato, inteligente, não pararia de escutá-las. Pois é! Eu mesmo acendo, vez por outra, meu cachimbinho e me quedo lá escutando, tanto assim que me esqueço de trabalhar. E a pequena, nossa danadinha, fica pensativa: apoia sua bochechinha rosada numa mãozinha, abre sua boquinha tão bonitinha e, sendo uma história de assustar, aperta-se toda à velhinha. E a gente se apraz em olhar para ela e não percebe que a vela está para se apagar nem ouve, por vezes, a nevasca que se desenfreia lá fora. Vivíamos bem então, Várenka, e vivemos assim, juntinhos, quase vinte anos inteiros. Mas estou falando demais! Talvez você não goste de uma matéria destas, nem eu cá me lembro daquilo com facilidade, sobretudo agora que anoitece. Thereza anda mexendo com alguma coisa; tenho dor de cabeça, e as costas também me doem um pouco, e meus pensamentos, tão esquisitos assim, estão como que doendo: estou triste hoje, Várenka! O que é que escreve aí, minha querida? Como é que vou visitá-la? O que as pessoas vão dizer, hein, minha queridinha? É

---

[13] Forma diminutiva e carinhosa do nome Maria.

que terei de atravessar o pátio: os nossos repararão nisso, começarão a indagar-me, depois haverá boatos, lorotas, e o negócio todo será entendido de modo errado. Não, meu anjinho, é melhor que eu a veja amanhã, na hora do ofício vespertino: assim será mais sensato e menos nocivo para nós dois. E não se apoquente comigo, mãezinha, por lhe ter escrito uma carta dessas: bem vejo, depois de relê-la, que está toda sem nexo. Sou, Várenka, um homem velho e de pouca instrução: não estudei, quando moço, e agora nada me viria à mente se fosse estudar de novo. Confesso, mãezinha: não sou hábil em descrever as coisas e sei, sem indicações nem pilhérias de outrem, que, se acaso quiser escrever algo rebuscado, direi muitas bobagens. Hoje vi você perto da janela, vi-a abaixar a cortina. Adeus, adeus, que Deus a resguarde! Adeus, Varvara Alexéievna.

Seu amigo desinteressado

Makar Dêvuchkin.

P. S.: Eu, minha querida, não escrevo agora sátiras sobre ninguém. Envelheci demais, mãezinha Varvara Alexéievna, para arreganhar os dentes à toa! Ririam, aliás, de mim também, segundo o ditado russo: quem, digamos, cavar um buraco para outrem... cairá, ele mesmo, naquele buraco.

9 de abril.

Prezado senhor Makar Alexéievitch!

Mas como não se envergonha, meu amigo e benfeitor Makar Alexéievitch, em ficar tão tristonho e caprichoso? Será que se ofendeu? Ah, estou amiúde assim, imprudente, mas nem pensei que o senhor tomaria minhas palavras por uma pilhéria mordaz. Tenha a certeza de que nunca me atreverei a brincar com sua idade e seu caráter. Pois tudo isso aconteceu devido à minha leviandade e, mais ainda, porque estou muito entediada, e o que não se faz por tédio? Achava, quanto a mim, que o senhor mesmo estivesse brincando naquela sua carta. Fiquei muito triste ao ver que não estava contente comigo. Não, meu bom amigo e benfeitor, estará errado se suspeitar que eu seja insensível e ingrata. Sei estimar, cá no meu coração, tudo o que o senhor tem feito por mim ao proteger-me da gente má, da sua perseguição e do seu ódio. Eternamente rezarei a Deus pelo senhor, e, se minha reza chegar até Deus e for ouvida pelo céu, então o senhor estará feliz.

Hoje me sinto bem indisposta. Ora estou com calor, ora com calafrios. Fedora anda muito preocupada comigo. E o senhor não tem razão caso se envergonhe em visitar-nos, Makar Alexéievitch. O que é que os outros têm a ver com isso? O senhor nos conhece, e ponto-final!... Adeus, Makar Alexéievitch. Agora não tenho mais o que escrever; de resto, nem posso: estou indisposta mesmo. Peço-lhe mais uma vez que não se zangue comigo e tenha a certeza daquele respeito de sempre e daquele apego com os quais me sinto honrada de permanecer sua criada mais submissa e fidelíssima

Varvara Dobrossiólova.

12 de abril.

Prezada senhorita Varvara Alexéievna!

Ah, minha mãezinha, o que você tem? É que me assusta assim todas as vezes. Escrevo-lhe pedindo, em todas as cartas, que se cuide, que se agasalhe, que não saia quando o tempo estiver ruim, que faça tudo com cautela, mas você, meu anjinho, não me dá ouvidos. Ah, minha queridinha, mas é como se fosse uma criança ali! Pois você é fraquinha como uma palhinha: sei disso. Mal um ventinho assopra, e você fica doente. Deve, pois, ser cautelosa, cuidar de si mesma, evitar perigos e não deixar seus amigos aflitos nem pesarosos.

Vem manifestando, mãezinha, sua vontade de saber, por miúdo, desta minha vida e de tudo quanto me circunda. Apresso-me, animado, a satisfazer essa sua vontade, minha querida. Começarei abinício, mãezinha: assim haverá mais ordem. Em primeiro lugar, as escadas de nosso prédio, aquelas da entrada limpa, são bastante notáveis, sobretudo a principal: limpa, clara, larga e cheia de ferro-gusa e de mogno. Nem me pergunte, por outro lado, pela dos fundos: toda em caracol, úmida, suja, de degraus afundados, e suas paredes estão tão ensebadas que a mão gruda quando a gente se apoia nelas. Há baús, cadeiras e armários quebrados em cada patamar; os panos estão ali pendurados, e as janelas, sem vidros; há tinotes com várias imundices, com lama e lixo, cascas de ovos e bexigas de peixes; o cheiro é ruim... numa palavra, nada de bom.

Já descrevi para você a disposição dos cômodos: são confortáveis, digam o que disserem, é verdade, mas estão assim, como que abafados, e não porque fedem, porém, se é que posso usar esta expressão, seu cheirinho é um tanto podre, digamos, fortemente adocicado. A primeira impressão é desfavorável, mas isso não faz mal: basta você ficar uns dois minutos aqui conosco, e tudo passa, e nem se percebe como passa, já que você também pega aquele cheirinho, que lhe impregna as roupas e as mãos e tudo mesmo, e assim é que se acostuma logo.

Os passarinhos morrem aos magotes, aqui conosco. O aspirante da Marinha compra já o quinto: não sobrevivem, com este ar nosso, e ponto-final. E nossa cozinha é grande, espaçosa, clara. É verdade que temos um pouco de fumaça pela manhã, quando fritam peixe ou carne de vaca, e que ela fica molhada por toda parte, mas, em compensação, é um paraíso à noite. Sempre há roupas de baixo, bem gastas, dependuradas nas cordas em nossa cozinha, e, como meu quarto se encontra por perto, ou seja, quase rente à cozinha, o cheiro daquelas roupas me incomoda um pouco, mas isso não faz mal: a gente mora e se acostuma.

Desde a manhãzinha, Várenka, começa uma agitação por aqui: as pessoas se levantam, andam, fazem barulho; são todas aquelas pessoas que se levantam por necessidade, para ir trabalhar ou então mexer com suas coisinhas, e eis que se põem todas a tomar chá. Nossos samovares[14] pertencem, em sua maioria, à locadora e são poucos, portanto ficamos, nós todos, na fila, e quem vier furá-la com sua chaleira própria, aquele não demora a levar um sabão dos nossos. Eu também levei um, da primeira vez, mas... não tenho, aliás, por que escrever a respeito! E foi daquela feita que conheci todo mundo. Primeiro conheci o aspirante da Marinha, que é um cara assim, sincero: contou para mim tudo sobre seu paizinho e sua mãezinha, sobre sua irmãzinha que se casara com um assessor do juiz em Tula[15] e sobre a cidade de Kronstadt.[16]

---

[14] Espécie de chaleira aquecida por um tubo central com brasas e munida de uma torneira na parte inferior.

[15] Cidade localizada na parte europeia da Rússia, a sul de Moscou.

[16] Cidade próxima de São Petersburgo, situada na ilha de Kótlin onde fica a principal base da Marinha russa no mar Báltico.

Prometeu-me a sua proteção permanente e logo me convidou a tomar chá com ele. Fui encontrá-lo naquele mesmo quarto onde os nossos costumam jogar baralho. Ali me serviram chá e quiseram que eu participasse sem falta, com eles, de um jogo de azar. Não sei se zombavam de mim ou não, só que passaram a noite inteira jogando e, quando eu entrei, já estavam jogando. O giz, as cartas e tanta fumaça pelo quarto todo que os olhos lacrimejavam. Não joguei com eles, e logo me fizeram notar que eu falava sobre filosofia. Depois ninguém mais falou comigo, o tempo todo, e eu mesmo fiquei, seja dita a verdade, contente com isso. Agora não vou mais visitá-los: há tanto arroubo em seu meio, arroubo puro! E aquele servidor da área literária também faz reuniões à noite. Mas, quanto àquele lá, está tudo bom, ou seja, humilde, inocente e delicado; tudo se faz de maneira fina.

Pois bem, Várenka, notarei também, de passagem, para você que nossa locadora é uma mulher repugnante e, além disso, uma verdadeira bruxa. Você viu Thereza. Mas enfim, o que ela é na realidade, hein? Toda magra que nem um frango mofino e já depenado. Aliás, só há dois criados aqui: Thereza e Faldoni, o empregado da locadora. Não sei mesmo, talvez ele tenha outro nome qualquer, mas o fato é que atende também por aquele — todos o chamam assim. É ruivo, parece um *tchukhná*[17] qualquer, caolho, de nariz arrebitado, e muito grosseiro: briga, o tempo todo, com Thereza; por pouco não se atracam um com o outro. E, de modo geral, não é que minha vida aqui seja tão boa assim... Não é que todos

---

[17] Apelido pejorativo de finlandeses e estonianos radicados em São Petersburgo.

adormeçam juntos à noite e se acalmem: isso não acontece nunca. Sempre há gente por ali, jogando ou então fazendo, por vezes, coisas tais que até me envergonharia de contar. Agora estou meio acostumado, mas, ainda assim, fico surpreso de ver pessoas casadas se darem bem numa Sodoma dessas. Uma família inteira de pobres quaisquer aluga um cômodo da nossa locadora, porém não ao lado dos demais aposentos, mas do outro lado, num canto à parte. Que gente calma! Ninguém nem ouve falar dela! Moram num quartinho só, atrás de um tabique. Ele é um servidor desempregado, expulso do seu serviço, há uns sete anos, por algum motivo. Seu sobrenome é Gorchkov; é grisalho assim, pequenino, e usa tais roupas sebentas e gastas que até olhar para ele é doloroso — a vida dele é bem pior que a minha! Tão miserável, achacadiço (encontramo-nos, vez por outra, no corredor); seus joelhos tremem, suas mãos tremem, sua cabeça treme, talvez por causa de alguma doença, sabe lá Deus; é tímido, tem medo de todos e anda assim, apartado: eu também me acanho, de vez em quando, mas aquele ali é pior ainda. Tem lá sua esposa e três filhos. O mais velho, um menino, é igualzinho ao pai, também é todo mofino. Sua esposa já foi outrora assaz bonita, dá para perceber até hoje; usa, coitada, uns trapos tão miseráveis! Ouvi dizerem que eles estavam devendo à locadora; ela os trata, aliás, sem muito carinho. Ouvi dizerem também que Gorchkov em pessoa tinha alguns problemas, pelos quais havia perdido seu emprego... seja um processo judicial ou não, esteja ele sendo julgado ou, talvez, investigado de algum jeito, eu não saberia como lhe contar direito. São pobres, Deus nosso Senhor, mas como são pobres! O quarto deles está sempre silencioso e calmo, como se não morasse ninguém nele. Nem as crianças se deixam ouvir. E nunca acontece de as crianças se esbaldarem ou brincarem apenas, e esse já é um indício ruim. Certa noite, passei por acaso perto das portas daquela família, e o prédio ficou então, de certo modo inabitual, silencioso; ouvi, pois, uns soluços lá dentro, depois um cochicho, depois outros soluços, como se alguém estivesse chorando, e tão baixinho, com tanta lamúria que meu coração se partiu, e depois, pela noite afora, não parei mais de pensar naqueles coitados e pensei tanto neles que nem consegui dormir direitinho.

Pois bem, adeus, minha inestimável amiguinha Várenka! Descrevi tudo para você como pude. Passei hoje o dia todo pensando só em você. E meu coração ficou todo doído, minha querida, por sua causa. É que me consta, meu benzinho, que não tem *salope*[18] quente aí. Mas essas primaveras petersburguenses, com ventos e aquelas chuvinhas mescladas com neve... mas essa é minha morte, Várenka! Tamanha "serenidade dos ares",[19] que Deus me resguarde dela! Não reclame destes escritos, meu benzinho: não tenho estilo, Várenka, não tenho estilo nenhum. Se tivesse algum, pelo menos! Escrevo o que me vem à cabeça, só para diverti-la com algo. Se eu tivesse estudado de qualquer jeito, aí sim, seria outra coisa, mas como foi mesmo que estudei? Nem sequer com trocados de cobre...

Seu fiel amigo de sempre
Makar Dêvuchkin.

---

[18] Espécie de largo manto feminino (corruptela do arcaico termo francês).

[19] Cita-se ironicamente um trecho da liturgia ortodoxa em homenagem a São João Crisóstomo.

25 de abril.

Prezado senhor Makar Alexéievitch!

Hoje encontrei minha prima Sacha![20] Que horror: ela também vai perecer, coitada! Ouvi também comentarem por aí que Anna Fiódorovna não fazia outra coisa senão indagar a meu respeito. Parece que nunca deixará de me perseguir. Está dizendo que quer *perdoar-me*, esquecer todo o passado, e que me visitará sem falta pessoalmente. Diz que o senhor não é nenhum parente meu, que ela é a minha parenta mais próxima, que o senhor não tem nenhum direito de se intrometer em nossas relações familiares, e que é vergonhoso e indecente eu viver de sua esmola, sustentada pelo senhor... diz que eu me esqueci do pão e do sal[21] dela, que talvez me tenha livrado a mim, junto com minha mãezinha, de morrermos ambas de fome, que nos deu de comer e de beber, gastando conosco seu dinheiro por mais de dois anos e meio, e que nos perdoou, além disso tudo, as nossas dívidas. Não quis poupar nem minha mãezinha! Pois se ela soubesse, coitada da minha mãe, o que eles fizeram comigo! Deus está vendo!... Anna Fiódorovna diz que foi por mera tolice que não consegui segurar a minha felicidade, que ela mesma me conduziu até aquela felicidade minha, que todo o resto não é sua culpa, e que eu cá não soube ou, talvez, nem quis defender a minha honra. Mas de quem é a culpa disso, Deus grande? Ela diz que o senhor Býkov tem toda a razão, e que não dá para se casar com qualquer uma que... não adianta escrever! É doloroso ouvir uma calúnia dessas, Makar

---

[20] Forma diminutiva e carinhosa do nome russo Alexandra.
[21] Símbolos tradicionais da hospitalidade eslava.

Alexéievitch! Nem sei o que se dá comigo agora. Fico tremendo, chorando, soluçando; gastei duas horas em escrever esta carta ao senhor. Pensava que ela reconhecesse, ao menos, sua culpa para comigo, mas é assim que ela anda falando agora! Pelo amor de Deus, não se preocupe, amigo meu, o único que deseja meu bem! Fedora exagera demais: não estou doente. Apenas me resfriei um pouco ontem, quando fui ao cemitério Vólkovo para encomendar o ofício das almas pela minha mãezinha. Por que o senhor não foi comigo? É que lhe pedi tanto assim! Ah, coitada, coitada da minha mãezinha, se tu te levantasses do teu caixão, se soubesses, se visses o que eles fizeram comigo!...

V. D.

20 de maio.

Várenka, minha queridinha!

Envio-lhe algumas uvas, meu benzinho: dizem que são boas para quem estiver convalescendo, e o doutor as recomenda para matar a sede, unicamente assim, para matar a sede. Quis ontem rosinhas, mãezinha, não quis? Agora envio, pois, algumas para você. Será que tem apetite, meu benzinho? Eis o que é o mais importante. Aliás, graças a Deus, tudo passou e acabou, e estas desgraças nossas também estão todas para acabar. Agradeçamos ao céu por isso! Quanto àqueles livrinhos, ainda não consigo arranjá-los nenhures. Dizem que há um bom livrinho por aí, escrito com um estilo bastante alto; dizem que é bom: ainda não o li, mas o elogiam muito aqui. Pedi-o para mim mesmo; prometeram que o trariam. Mas será que você vai lê-lo? É bem caprichosa, quanto a isso, é difícil agradá-la com esse seu gosto, que a conheço bem, minha queridinha. Deve precisar, por certo, daquela versificação toda, de suspiros e de amores... pois bem, arranjarei uns poemas também, arranjarei tudo, que tenho cá um caderninho com cópias.

Quanto a mim, estou bem. Não se preocupe comigo, mãezinha, por favor. E o que Fedora lhe tem falado a meu respeito, aquilo tudo é uma bobagem; diga, pois, a ela que mentiu, diga sem falta àquela fofoqueira!... Não vendi meu novo uniforme, coisa nenhuma. E por que, julgue você mesma aí, por que o teria vendido? Logo vou receber uma gratificação, quarenta rublos de prata pelo que dizem, então por que teria de vendê-lo? Não se preocupe, mãezinha: ela é cismada, aquela Fedora, ela é cismada. Viveremos bem, minha queridinha! Apenas veja se melhora, meu anjinho: melhore, pelo amor de Deus, não entristeça este velho aqui. Quem é que lhe diz que emagreci, hein? Calúnia, outra calúnia! Estou saudavelzinho e engordei tanto que ando de novo envergonhado, mas estou farto e satisfeito até dizer chega. Tomara apenas que você se recupere! Pois bem, adeus, meu anjinho: beijo todos os seus dedinhos e continuo sendo, para todo o sempre, seu amigo fiel

Makar Dêvuchkin.

P. S.: Ah, meu benzinho, o que foi mesmo que começou a escrever outra vez?... Que fantasias são essas? Mas como é que iria visitá-la, mãezinha, com tanta frequência? Pergunto-lhe como! Só se me aproveitasse da escuridão noturna, mas quase não há mais noites agora[22] — o

---

[22] Trata-se das chamadas "noites brancas" em São Petersburgo, as quais ocorrem de maio a julho. Durante esse período, o sol não se põe, e as noites permanecem claras (veja *Noites brancas* e *O eterno marido*, de Dostoiévski).

tempo está assim. Eu cá, minha mãezinha, anjinho meu, quase nunca me afastei de você ao longo de toda a sua doença, enquanto você estava inconsciente, porém não sei nem eu mesmo como fazia todas aquelas coisas, e parei mais tarde de ir à sua casa, visto que começaram a bisbilhotar, a interrogar. Aliás, já foi sem isso que uma lorota qualquer surgiu por aí. Conto com Thereza, que não é falastrona, mas, ainda assim, julgue você mesma, mãezinha, o que acontecerá quando se souber tudo a nosso respeito. O que vão pensar e dizer então? Fortaleça, pois, seu coração, mãezinha, e fique esperando até que se recupere, e depois a gente terá um *rendez-vous*[23] em algum lugar, fora de casa.

1º de junho.

Amabilíssimo Makar Alexéievitch!

Queria tanto agradá-lo de algum modo conveniente por todos aqueles cuidados e pelo desvelo que o senhor me tem dispensado, por todo o seu amor por mim, que acabei decidindo vasculhar, por enfado, a minha cômoda e achar um caderno meu que ora lhe repasso. Comecei a preenchê-lo ainda na época feliz de minha vida. O senhor me indagou várias vezes, com curiosidade, sobre a minha vida de antes, sobre minha mãezinha, sobre Pokróvski, sobre minha estada na casa de Anna Fiódorovna e, afinal, sobre minhas desgraças recentes, e quis ler, com tanta impaciência, este caderno meu, no qual eu tivera, só Deus sabe por quê, a ideia de anotar alguns momentos de minha vida, que me disponho a remetê-lo ao senhor e a proporcionar-lhe, sem dúvida,

[23] Encontro (em francês).

muito prazer com isso. Quanto a mim mesma, fiquei, de alguma forma, entristecida ao reler aquilo. Parece-me que já estou com o dobro de idade, desde que escrevi a última linha deste meu diário. E tudo isso foi escrito em ocasiões diferentes. Adeus, Makar Alexéievitch! Estou muito enfadada agora, e a insônia me atenaza volta e meia. Que tediosa convalescença!

V. D.

I

Estava com apenas catorze anos quando meu paizinho morreu. A infância foi a época mais feliz de minha vida. Não começou por aqui, mas bem longe, no interior, nos confins do mundo. Meu paizinho administrava uma enorme fazenda do príncipe P-i, na província de T. Morávamos numa das aldeias pertencentes àquele príncipe, e nossa vida era calma, pacata, feliz... Eu era tão irrequieta, quando criança; não fazia então outra coisa senão correr pelos campos, pelos bosques, pelo jardim, e ninguém se preocupava comigo. Meu paizinho estava sempre ocupado com os negócios, minha mãezinha cuidava da nossa casa; não me ensinavam coisa nenhuma, e eu vivia contente com isso. Às vezes, saía correndo de manhã cedo e ia até uma lagoa ou um bosque, via os camponeses juntarem o feno ou ceifarem; não me importava nem com o sol a pino nem em correr para bem longe da nossa aldeia, em arranhar-me pelas moitas, em rasgar meu vestido. Depois me exprobravam em casa, mas eu não me importava nem com aquilo.

E me parece a mim que seria tão feliz se tivesse de permanecer, nem que fosse ao longo de toda a minha vida, naquela aldeia e de morar no mesmo lugar. Não obstante, fui obrigada a deixar, ainda criança, minhas plagas natais. Tinha apenas doze anos quando nos mudamos para Petersburgo. Ah, com quanto pesar é que relembro os preparativos tristes de nossa viagem! Como chorei ao despedir-me de tudo o que me era tão caro assim! Lembro-me de ter saltado ao pescoço de meu paizinho, implorando, aos prantos, que demorássemos ainda um pouco lá na aldeia. Meu paizinho gritou comigo, minha mãezinha ficou chorando e disse que era necessário, que nossa situação exigia a partida. O velho príncipe P-i falecera, e seus herdeiros negavam o cargo ao meu paizinho. Ele tinha algum dinheiro investido em Petersburgo, nas mãos de alguns particulares. Esperando melhorar suas circunstâncias, achou imprescindível sua presença pessoal naquela cidade. Eu saberia disso tudo mais tarde, graças à minha mãezinha. Viemos morar no Lado Petersburguense[24] e ficamos lá, no mesmo lugar, até a morte de meu paizinho. Como foi difícil acostumar-me à nova vida! Chegamos a Petersburgo no outono. Quando deixávamos nossa aldeia, o dia estava tão claro, cálido, luminoso; os trabalhos no campo vinham terminando, nas eiras já se amontoavam imensas medas de cereais e se juntavam, gritando, bandos de pássaros; estava tudo tão claro, alegre, porém aqui, com nossa entrada na cidade, havia chuva e aquela escarcha outonal, toda podre, havia mau tempo e lama, e uma multidão de pessoas novas, desconhecidas e tão inóspitas, descontentes e zangadas! Instalamo-nos bem ou mal. Lembro como nos agitávamos em nossa

[24] Bairro histórico de São Petersburgo composto de várias ilhas.

casa, como andávamos azafamados para nos acomodar naquele lugar novo. Meu paizinho nem aparecia em casa, minha mãezinha não tinha sequer um minuto de paz, e eu mesma fiquei totalmente esquecida. Foi com tristeza que acordei de manhã, após a primeira noite passada em nossa morada nova. As janelas davam para uma cerca amarela. Havia, o tempo todo, lama na rua. Os transeuntes eram poucos e todos se agasalhavam tanto assim: estavam todos com tanto frio.

E nossa casa estava, por dias inteiros, horrivelmente enfadada e triste. Quase não tínhamos parentes nem conhecidos próximos. Meu paizinho havia brigado com Anna Fiódorovna (estava devendo algo a ela). Se as pessoas vinham amiúde à nossa casa, vinham só a negócios. Discutiam de praxe, faziam barulho, gritavam. Meu paizinho ficava, após cada visita, tão carrancudo e irritado, passava horas a fio andando de um canto para o outro, todo sombrio, sem trocar uma só palavra com ninguém. Minha mãezinha não se atrevia então nem a puxar conversa com ele: calava-se o tempo todo. E eu me sentava num cantinho qualquer, com um livrinho nas mãos, dócil e caladinha, e não ousava, às vezes, nem me mexer.

Três meses depois de chegarmos a Petersburgo, fui matriculada num colégio interno. E como me senti triste, logo de início, no meio de pessoas estranhas! Era tudo tão seco, inóspito; as governantas eram tão gritalhonas, as moças, tão galhofeiras, e eu, tão tímida. E tudo se fazia com rigor e exigência! Os horários estabelecidos para tudo, a mesa comum, os professores chatos — tudo isso me afligiu, logo de início, e me torturou. Nem conseguia dormir naquele lugar. Fico, vez por outra, chorando a noite toda, e essa noite é longa, tediosa e fria. E, de vez em quando, todas recapitulam as aulas à noite ou fazem os deveres, e eu, com aquelas conversações ou aqueles vocábulos,[25] não ouso nem me mexer e penso sem parar em nosso cantinho caseiro, em meu paizinho, em minha mãezinha, em minha babá velhinha, nos contos dela... ah, que tristeza é que sinto então! Nem que seja a coisinha mais fútil em nossa casa, lembro-me dela também com deleite. Fico pensando, pensando: como estaria bem agora, se estivesse em casa! Estaria sentada em nosso quartinho, junto do samovar, com os meus, e acharia tudo tão quente, tão bom, tão familiar. Como abraçaria agora, penso, minha mãezinha: forte, bem forte, com tanta ternura! Fico pensando, pensando, e eis que começo a chorar baixinho, de tanta tristeza, e abafo os prantos no peito, e aqueles vocábulos não me vêm mais à mente. E, sem aprender a lição do dia seguinte, sonho, a noite inteira, com o professor, com a *Madame*, com as moças, e passo a noite inteira a decorar meus deveres em sonho, e não sei patavina no dia seguinte. Então me põem de joelhos e só deixam comer um prato. Andava então muito triste, amuada. No começo todas as moças zombavam de mim e me provocavam, sopravam respostas erradas, quando eu recitava a lição, e me beliscavam, quando íamos juntas, enfileiradas, almoçar ou tomar chá, reclamavam de mim, sem motivo algum, com a governanta. Mas que paraíso era quando minha babá vinha, por vezes, buscar-me sábado à noite! Assim abraçava, por vezes, minha velhinha e me quedava frenética

---

[25] Matérias escolares que consistiam em decorar diálogos em francês ("conversações") ou palavras soltas ("vocábulos").

de alegria. Ela me veste e me agasalha, nem consegue alcançar-me pelo caminho, e eu vou papeando com ela, papeando sem parar, contando. Volto para casa alegre, feliz, abraço os meus bem forte, como após uma década de separação. Aí começam aquelas fofocas, conversas, histórias; aí cumprimento todos, rio e gargalho, corro e pulo. Minhas conversas com o paizinho são sérias, sobre várias ciências, sobre nossos professores, sobre a língua francesa, sobre a gramática de Lhomond, e estamos todos tão alegres e tão contentes. Até agora me lembro daqueles momentos com alegria. Esforçava-me muito para estudar e agradar ao meu paizinho. Percebia que ele gastava o último dinheiro comigo e pelejava, ele mesmo, só Deus sabe como. Ficava cada dia mais sombrio, descontente e zangado; seu caráter se estragou por completo; seus negócios não vingavam, suas dívidas não tinham mais fim. Às vezes, minha mãezinha tinha medo até de chorar, até mesmo de dizer uma palavrinha e deixar meu paizinho zangado; ficou muito doente, cada vez mais magra, e passou a tossir de maneira ruim. Volto, por vezes, do colégio, e todos os rostos estão tristonhos: minha mãezinha chora às ocultas, meu paizinho anda zangado. Começam aqueles reproches, aquelas censuras. Meu paizinho vem dizendo que eu não lhe dou nenhuma alegria, nenhuma satisfação, que eles perdem, por minha causa, o último dinheiro, e eu nem falo ainda francês — numa palavra, ele descontava todos os malogros e todas as desgraças, tudo, mas tudo mesmo, em mim e em minha mãezinha. Como é que podia afligir minha pobre mãe? Meu coração se partia, às vezes, só de olhar para ela: as faces estavam cavadas, os olhos se afundavam, e o rosto dela tinha uma cor tísica. E eu mesma era quem mais apanhava em casa. Sempre se começava por ninharias, mas depois só Deus sabe aonde tudo chegava, e eu nem sequer entendia, volta e meia, de que se tratava. Mas que conversas eram aquelas!... E a língua francesa, e que eu era muito boba, e que a dona de nosso colégio era uma mulher displicente e tola e não cuidava de nossa moral, e que ele próprio, meu paizinho, não conseguira ainda arranjar um emprego, e que a gramática de Lhomond era ruim e a de Zapólski, bem melhor, e que eles haviam desperdiçado um dinheirão comigo, e que eu era, pelo visto, insensível e como que de pedra... numa palavra, eu me debatia, coitada, com todas as forças, decorando tais conversações e vocábulos, e era culpada de tudo e responsabilizada por tudo! E isso não ocorria porque meu paizinho não me amava: pelo contrário, estava simplesmente apaixonado por mim e pela mãezinha. Mas, fosse como fosse, assim era o caráter dele.

E foram aquelas angústias e mágoas, foram aqueles malogros que esgotaram meu pobre paizinho em extremo, tornando-se ele desconfiado e bilioso; frequentemente, estava à beira do desespero; passou a negligenciar sua saúde, resfriou-se e, de repente, adoeceu; ficou sofrendo por pouco tempo e teve uma morte tão rápida, tão fulminante que nós nos quedamos todas, por alguns dias, atordoadas com esse golpe. Minha mãezinha caiu num torpor, tanto assim que eu cheguei a temer pelo seu juízo. Tão logo meu paizinho morreu, os credores surgiram como que crescendo do solo, afluíram em massa. Tudo quanto nós tínhamos foi entregue a eles. Nossa casinha no Lado Petersburguense, que meu paizinho comprara meio ano depois da nossa mudança para Petersburgo, também foi vendida. Não sei como se resolveu o restante, mas nós mesmas ficamos desabrigadas, sem morada nem sustento. Minha mãezinha padecia de uma doença extenuante, não conseguíamos alimentar-nos nem tínhamos de que viver, e a perdição esperava por nós. Eu acabava então de completar catorze anos. E foi então que nos visitou Anna Fiódorovna. Ela anda dizendo que é uma fazendeira ali e uma parenta nossa. Minha mãezinha também dizia que era uma parenta da gente, só que muito distante. Enquanto meu paizinho estava vivo, não viera à nossa casa nenhuma vez. Apareceu, pois, com lágrimas nos olhos e disse que se apiedava muito de nós, lamentou nossa perda e nossa situação deplorável, acrescentou que a culpa era do meu paizinho mesmo, porquanto gastava além dos seus meios, ia longe demais e contava em excesso com suas próprias forças. Manifestou a vontade de se aproximar da gente, propôs que relevássemos as contrariedades mútuas e, quando minha mãezinha lhe declarou que jamais sentira hostilidade por ela, até chorou um pouco, levou minha mãezinha para uma igreja e encomendou o ofício das almas pelo "queridinho" (assim se referiu ao meu pai). Feito isso, reconciliou-se solenemente com minha mãezinha.

Após longas introduções e advertências, ao pintar em cores vivas nossa situação deplorável, nossa orfandade, nosso desespero e nossa impotência, Anna Fiódorovna convidou-nos, conforme ela mesma se expressou, a abrigar-nos em sua casa. Minha mãezinha lhe agradeceu o convite, mas demorou a tomar sua decisão; depois, como não tinha mais nada a fazer nem podia decidir de nenhum outro modo, acabou declarando a Anna Fiódorovna que aceitávamos o convite dela com gratidão. Lembro-me, como se fosse hoje, daquela manhã em que nos mudamos do Lado Petersburguense para a ilha Vassílievski.[26] Era uma manhã outonal, clara, seca e gélida. Minha mãezinha chorava; eu estava bem triste: meu peito se rasgava, minha alma se afligia com uma angústia inexprimível, terrível... Era um tempo difícil.

....

II

A princípio, antes de nos acostumarmos ao nosso domicílio novo, ficamos nós duas, isto é, minha mãezinha e eu, como que assustadas, angustiadas na casa de Anna Fiódorovna. Ela morava numa casa própria, na Sexta linha. Havia ao todo, na casa dela, cinco cômodos limpos. Três deles eram ocupados por Anna Fiódorovna e minha prima Sacha, criada em sua casa, uma menina órfã, sem pai nem mãe. Nós duas morávamos num quarto só, e finalmente, no último cômodo, ao lado do nosso, hospedava-se um pobre estudante, chamado Pokróvski, locatário de Anna Fiódorovna. A vida de Anna Fiódorovna era muito boa, mais rica do que se podia supor, porém essa sua fortuna era misteriosa, assim como suas ocupações. Sempre se agitava, andava sempre atarefada, saía, de carruagem e a pé, várias vezes ao dia, porém eu mesma não conseguia, de jeito nenhum, adivinhar o que ela fazia, de que nem por que estava cuidando. Suas relações eram amplas e variadas. Recebia, às vezes, muitas visitas, e sabia lá Deus que gente era aquela que

[26] Bairro histórico de São Petersburgo cujas ruas são tradicionalmente chamadas de "linhas".

sempre vinha a negócios, por um minutinho. Minha mãezinha sempre me levava para nosso quarto, tão logo a campainha passava a tocar. Anna Fiódorovna se zangava muito com minha mãezinha, por causa disso, e repetia sem parar que éramos orgulhosas demais, orgulhosas além dos nossos meios, embora não tivéssemos nem sequer de que nos orgulhar, e não se calava então por horas a fio. Eu não compreendia, na época, essas censuras por sermos orgulhosas; de igual modo, é só agora que venho a saber ou, pelo menos, a intuir por que minha mãezinha não se dispunha a morar na casa de Anna Fiódorovna. Uma mulher maldosa era aquela Anna Fiódorovna: implicava conosco o tempo todo. Até hoje é um segredo para mim: por que foi, notadamente, que ela nos convidou para sua casa? Inicialmente nos tratava bastante bem; só depois é que revelou plenamente a sua índole verdadeira, ao perceber que éramos totalmente indefesas e não tínhamos mais para onde ir. Mais tarde, ela se mostrou assaz carinhosa comigo, até mesmo grosseiramente carinhosa assim, chegando às adulações, só que de início eu também aturei muita coisa, junto com minha mãezinha. Ela nos censurava a cada minuto, insistia, o tempo todo, em arrolar suas boas ações. Apresentava-nos às pessoas estranhas como suas parentas pobres, uma viúva e uma órfã desprotegidas, que ela acolhera por caridade, pelo amor cristão, em sua casa. Quando à mesa, acompanhava com os olhos cada pedaço que nós pegávamos e, quando não estávamos comendo, urdia outra história, como se tivéssemos nojo da sua comida, digamos, "queiram desculpar-me, que estou contente com o que tenho: oxalá vocês mesmas tenham algo melhor". Injuriava meu paizinho a cada minuto, dizendo que quisera ser melhor que os outros, mas se dera mal, que deixara a esposa e a filha no olho da rua, e que, não houvesse ainda uma parenta benfazeja, uma alma cristã cheia de compaixão, saberia lá Deus se não teríamos, quiçá, de apodrecer, famintas, ali na sarjeta. Quais coisas é que não dizia! Era mais asqueroso que pesaroso ouvi-la. Minha mãezinha chorava a cada minuto; sua saúde ficava pior, dia após dia, ela definhava a olhos vistos; enquanto isso, trabalhávamos, nós duas, de sol a sol, arranjando encomendas fora de casa e costurando, o que desagradava muito a Anna Fiódorovna, a ponto de ela dizer, a cada minuto, que sua casa não era nenhuma loja de modas. Entretanto, precisávamos de roupas, precisávamos economizar para nossas despesas imprevistas, precisávamos ter sem falta nosso dinheiro próprio. Então economizávamos, por via das dúvidas, esperando podermos, mais tarde, mudar de casa. Só que minha mãezinha perdera o resto de sua saúde com aquele trabalho: ficava mais fraca a cada dia. A doença corroía a olhos vistos, tal qual um verme, a vida dela, aproximando-a do caixão. Eu via tudo, sentia tudo, sofria com tudo, pois tudo isso se dava em minha frente!

Os dias iam passando, e cada dia novo se parecia com o precedente. Vivíamos quietas, como se nem estivéssemos numa cidade. Anna Fiódorovna se abrandava aos poucos, à medida que se quedava cada vez mais consciente do seu poderio. De resto, ninguém nem pensava nunca em contradizê-la. Um corredor separava o nosso quarto dos seus aposentos, e ao nosso lado, conforme já mencionei, morava Pokróvski. Ele ensinava francês e alemão, assim como história, geografia e, no dizer de Anna Fiódorovna, tudo quanto fosse ciência, a Sacha e recebia em troca o quarto e a comida. Sacha era uma garota muito inteligente, embora agitada e travessa; tinha então uns treze anos. Anna Fiódorovna notou para minha mãe que não faria mal se eu também voltasse a estudar, visto que não concluíra o curso naquele colégio. Minha mãezinha concordou, toda alegre, e passei um ano inteiro sendo ensinada, junto com Sacha, por Pokróvski.

Esse Pokróvski era um jovem pobre, muito pobre; sua saúde não o deixava frequentar constantemente as aulas, e apenas assim, por hábito, é que o chamavam de estudante em nossa casa. Sua vida era humilde, pacata, silenciosa, de sorte que nem se podia, às vezes, ouvi-lo do nosso quarto. Tinha uma aparência meio estranha: andava tão troncho, fazia mesuras tão desajeitadas, falava de modo tão esquisito que eu não conseguia, bem no começo, nem olhar para ele sem riso. Sacha não parava de importuná-lo, sobretudo quando ele nos ensinava. E, além do mais, ele tinha uma índole irritadiça e se zangava o tempo todo, ficava fora de si por qualquer coisinha, gritava conosco, reclamava de nós e frequentemente, sem terminar a aula, ia zangado ao seu quarto. E, quando estava lá, passava dias inteiros com seus livros. Tinha muitos livros, e todos eram assim, caros e raros. Ensinava também em outros lugares, recebia algum dinheiro a mais, de maneira que, tão logo ficava, por vezes, um tanto endinheirado, ia comprar, sem demora, mais livros.

Ao passar do tempo, conheci-o melhor, mais de perto. Era um homem bondosíssimo e digníssimo, o melhor de todos os homens que jamais chegara a encontrar. Minha mãezinha tinha muito respeito por ele. E depois ele se tornou, para mim também, o melhor dos amigos — além de minha mãezinha, bem entendido.

De início eu mesma, uma moça tão grande assim, fazia travessuras com Sacha, e passávamos, vez por outra, horas inteiras quebrando nossas cabeças para inventar um jeito de irritá-lo e de deixá-lo fora de si. Ele se zangava de forma bem engraçada, e nós duas nos divertíamos à beça com isso. (Fico envergonhada apenas de me lembrar dessas coisas.) Certa vez, fizemos algo que o irritou quase até chorar, e ouvi claramente aquele moço cochichar: "Más meninas!". Fiquei, de repente, confusa; senti vergonha e amargura e pena dele. Recordo-me de ter enrubescido toda e de lhe pedir, quase com lágrimas nos olhos, que se acalmasse, que não se ofendesse com nossas brincadeiras estúpidas, mas ele fechou o livro e foi, sem terminar a aula, para seu quarto. Passei o dia inteiro sofrendo de contrição. A própria ideia de nós, duas crianças, termos feito aquele homem chorar com nossas crueldades era-me insuportável. Pois então nós contávamos mesmo com esse seu choro. Pois então nós queríamos que ele chorasse; conseguíramos, pois, privá-lo das últimas sobras de paciência, lembráramo-lo, pois, à força, aquele pobre coitado, da sua sina atroz! Passei toda a noite em claro de tão desgostosa e triste e arrependida. Dizem que o arrependimento alivia a alma... Pelo contrário! Não sei como o amor-próprio se misturou também com minha tristeza: eu não queria que ele me tomasse por uma criança. Já tinha então quinze anos.

Comecei, a partir daquele dia, a torturar minha imaginação, criando milhares de planos para fazer Pokróvski mudar, de uma vez por todas, a sua opinião sobre mim. Só que ficava eu mesma, por vezes, tímida e acanhada: não conseguia, nessa situação minha, tomar decisão alguma e me contentava apenas com meus devaneios (sabia lá Deus quais devaneios eram aqueles!). Só deixei de fazer travessuras com Sacha, e ele deixou de se zangar conosco, porém isso não bastava ao meu amor-próprio.

Agora direi algumas palavras acerca do mais esquisito, mais singular e mais lastimável de todos os homens que jamais me acontecera encontrar. Falo dele agora, neste exato trecho do meu diário, porque não lhe dava, antes daquela época, quase nenhuma atenção e, de repente, tanto me interessei por tudo o que concernia a Pokróvski!

De vez em quando, aparecia em nossa casa um velhinho pequeno, meio grisalho, sujo e malvestido, desajeitado, canhestro — numa palavra, estranho no mais alto grau. Daria para pensar, com a primeira olhada, que andasse como que envergonhado por alguma razão, como que acanhado consigo mesmo. Por isso é que se encolhia todo volta e meia, por isso é que se requebrava e tinha trejeitos e tiques tais que se podia, quase com toda a certeza, concluir que não estava certo da cabeça. Vem, um dia qualquer, à nossa casa e fica parado no *sêni*,[27] perto das portas envidraçadas, porém não ousa entrar. Quem quer que passe ao lado dele — eu mesma ou Sacha, ou um dos criados a tratá-lo, pelo que lhe constava, com uma bondade maior —, logo agita os braços e pede que se aproxime, fazendo diversos gestos, e só quando alguém inclina a cabeça para chamá-lo (um sinal convencional de que não há estranhos em casa e que ele pode entrar quando desejar), só então o velho abre devagarinho a porta... Sorria alegremente, esfregava as mãos de tanto prazer e seguia direto, nas pontas dos pés, para o quarto de Pokróvski. Era seu pai.

---

[27] Antessala (em russo).

Depois eu soube, de forma circunstanciada, toda a história daquele pobre velho. Tinha servido outrora em algum lugar e, desprovido de quaisquer aptidões, ocupara o último, o mais insignificante dos cargos em seu serviço. Quando morreu sua primeira esposa (a mãe do estudante Pokróvski), teve a ideia de se casar pela segunda vez e desposou uma burguesa. Com essa nova mulher, sua casa ficou toda de cabeça para baixo: ninguém podia sequer aturá-la, mas ela mandava em todos. O estudante Pokróvski era então um menino de uns dez anos de idade. A madrasta passou a odiá-lo. Contudo, o destino favorecia aquele pequeno Pokróvski. O fazendeiro Býkov, que conhecia o funcionário Pokróvski e fora antanho seu benfeitor, colocou o menino sob a sua tutela e matriculou-o numa escola. Interessava-se por ele, de resto, por ter conhecido sua finada mãe, a qual tinha sido amparada por Anna Fiódorovna, ainda quando mocinha, e acabara por se casar, graças a ela, com o funcionário Pokróvski. O senhor Býkov, amigo do peito de Anna Fiódorovna, entregara à noiva, movido pela magnanimidade, um dote de cinco mil rublos. Não se sabe como aquele dinheiro foi gasto. Assim me contou disso tudo Anna Fiódorovna em pessoa; quanto ao próprio estudante Pokróvski, ele nunca gostou de falar sobre as circunstâncias de sua família. Dizem que sua mãe era muito bonita, e acho estranho que ela se tenha casado, tão desastradamente, com um homem tão pífio assim... Faleceu ainda bem nova, uns quatro anos depois de seu casamento.

O jovem Pokróvski passou daquela escola para um ginásio e, mais tarde, para a universidade. O senhor Býkov, que vinha amiúde a Petersburgo, ainda o mantinha sob a sua tutela. Devido à sua saúde debilitada, Pokróvski não pôde mais estudar na universidade. O senhor Býkov apresentou-o a Anna Fiódorovna, recomendou-o pessoalmente, e foi desse modo que o jovem Pokróvski chegou a ganhar seu pão, com a condição de ensinar a Sacha tudo o que lhe fosse necessário.

Quanto ao velho Pokróvski, entregava-se, abalado pela crueldade de sua esposa, ao pior dos vícios e quase sempre estava embriagado. Sua esposa batia nele, fê-lo morar na cozinha, como que exilado, e se esforçou tanto que ele acabou por se acostumar às surras e aos maus-tratos, e não reclamava mais. Era um homem não muito velho ainda, mas quase perdera a razão por causa de seus pendores ruins. O único indício de seus sentimentos humanos e nobres era seu amor irrestrito pelo filho. Diziam que o jovem Pokróvski se parecia, como duas gotas d'água, com sua finada mãe. Foram, por acaso, as recordações de sua antiga mulher bondosa que provocaram aquele infindo amor no coração do velho perdido? Ele nem sequer conseguia falar de qualquer outra coisa, senão de seu filho, e constantemente, duas vezes por semana, vinha visitá-lo. Não se atrevia a vir mais vezes, porquanto o jovem Pokróvski detestava as visitas paternas. O primeiro e o mais importante de todos os seus defeitos era, sem dúvida, aquele seu desrespeito pelo pai. De resto, o velho também vinha a ser, vez por outra, a criatura mais intragável do mundo. Primeiro, era por demais curioso; segundo, atrapalhava a cada minuto, com suas conversas e indagações mais confusas e inúteis, os estudos do filho; e, finalmente, não raro aparecia ébrio. Pouco a pouco, o filho desacostumava aquele velho dos vícios, da sua curiosidade e da tagarelice ininterrupta, e acabou fazendo que o pai lhe obedecesse em tudo, como a um oráculo, e nem ousasse abrir a boca sem a permissão dele.

O coitado do velho não se cansava de admirar seu Pêtenka[28] (assim chamava o filho) nem de se entusiasmar com ele. Quando vinha visitá-lo, quase sempre tinha um ar preocupado e tímido, provavelmente por não saber como o filho o receberia, costumava demorar muito a ousar entrar em seu quarto e, se eu lá estava por mero acaso, passava, às vezes, uns vinte minutos a indagar-me... Pois então, como está o Pêtenka? Será que está com saúde? Em que estado de espírito, notadamente, e se não está porventura mexendo com algo importante? O que está fazendo, de fato? Está escrevendo ou então se ocupa de algumas meditações lá? Quando eu o animava e acalmava o suficiente, o velho se atrevia enfim a entrar e, todo silencioso, todo prudente, abria as portas, enfiava primeiro só a cabeça e, vendo que seu filho não estava zangado, mas lhe dirigia uma mesura, passava devagarinho para o quarto, tirava seu capotezinho e seu chapéu, o qual sempre estava amassado, furado, de abas rotas, e pendurava aquilo tudo num gancho, fazendo tudo calado, inaudivelmente; depois se sentava, todo cauteloso, numa cadeira qualquer e não despregava mais os olhos do filho, e acompanhava todos os movimentos dele, querendo adivinhar o estado de espírito do seu Pêtenka. Se o filho estava um tanto desgostoso e o velho reparava nisso, logo se soerguia em seu assento e explicava que "eu, digamos assim, só vim, Pêtenka, por um minutinho. É que estive andando longe daqui, mas passei por perto e vim para

[28] Forma diminutiva e carinhosa do nome russo Piotr.

descansar". Depois voltava a pegar, calado e resignado, seu capotezinho e seu chapeuzinho, reabria devagarinho a porta e ia embora, forçando-se a sorrir para reprimir a mágoa acumulada em sua alma e não deixar que seu filho a visse.

Mas quando o filho o recebia bem, vez por outra, o velho pai se quedava louco de alegria. O deleite transparecia em seu semblante, em seus gestos e movimentos. Se o filho se punha a falar com ele, o velho sempre se soerguia em sua cadeira e respondia baixinho, servil, quase venerador, e procurava sempre empregar as expressões mais seletas, ou seja, as mais rebuscadas. Contudo, não tinha o dom da palavra: ficava sempre confuso, intimidado, de sorte que não sabia mais onde meteria as mãos, onde se meteria todo, e cochichando consigo, por muito tempo ainda, sua resposta, como se quisesse emendá-la. E, se conseguia responder a contento, endireitava-se, ajeitava seu colete, sua gravata ou sua casaca, tomando então aqueles ares de honra e dignidade. E se animava, algumas vezes, a ponto de puxar sua coragem até se levantar, caladinho, da sua cadeira, chegar perto da prateleira com livros, pegar um daqueles livrinhos e até mesmo ler, de pronto, alguma passagem, fosse qual fosse o tal livro. Fazia aquilo tudo com ares de falsa indiferença e sangue-frio simulado, como se a qualquer momento pudesse remexer desse jeito os livros do filho, como se não se surpreendesse com o carinho dele. Todavia, cheguei a ver certa vez como aquele coitado se assustou quando Pokróvski lhe pediu que não tocasse nos livros. Atrapalhou-se, ficou ansioso, pôs um livro de cabeça para baixo, depois quis corrigir-se, virou o livro e colocou-o de corte para fora, sorrindo, enrubescendo e ignorando como pagaria pelo seu crime. Pouco a pouco, Pokróvski desacostumava o velho, com seus conselhos, daqueles pendores ruins e, assim que o via, umas três vezes a fio, em estado sóbrio, dava-lhe, por ocasião da visita seguinte, um *tchetvertatchok*,[29] um *poltínnitchek*[30] ou até mais dinheiro, quando da despedida. Às vezes, comprava-lhe um par de botas, uma gravata ou um colete. Então o velho se exibia, com sua roupinha nova, que nem um galo. Passava, de vez em quando, pelo nosso quarto. Trazia pãezinhos de mel, aqueles em forma de galos, e maçãs para mim e para Sacha, e conversava conosco, o tempo todo, sobre Pêtenka. Pedia-nos que estudássemos direito, obedecendo a Pêtenka, dizia que era um filho bom, um filho exemplar e, ainda por cima, um filho instruído. Então nos piscava, por vezes, com seu olhinho esquerdo, tão divertidamente, e fazia caretas tão engraçadas que não conseguíamos mais conter o riso e gargalhávamos, ante aquele velho, de todo o coração. Minha mãezinha gostava muito dele. Contudo, o velho odiava Anna Fiódorovna, embora ficasse em sua frente "mais quieto do que a água, mais baixo do que a relva".[31] Pouco depois parei de estudar com Pokróvski. Ele me achava, como dantes, uma criança, uma menina travessa, igual a Sacha. Isso me causava muita dor, já que eu buscava, com todas as minhas forças, redimir essa minha conduta antiga. No entanto, ele nem reparava em mim.

---

[29] Nome coloquial e diminutivo de uma moeda de 25 copeques (em russo).

[30] Nome coloquial e diminutivo de uma moeda de 50 copeques (em russo).

[31] Locução idiomática russa, que traduz uma atitude muito cautelosa, se não pusilânime.

Isso me irritava cada vez mais. Quase nunca falava com Pokróvski fora das aulas, nem sequer conseguia falar com ele. Ficava rubra, confusa, e depois chorava de desgosto num cantinho qualquer.

Não sei como aquilo tudo terminaria, porém houve uma circunstância estranha que propiciou a nossa aproximação. Certa noite, quando minha mãezinha estava nos aposentos de Anna Fiódorovna, entrei de mansinho no quarto de Pokróvski. Sabia que ele não estava presente e juro que ignoro por que tive a veneta de entrar. Até então nem olhara nenhuma vez para dentro daquele quarto, embora já fizesse mais de um ano que morávamos um ao lado do outro. Meu coração batia tão forte, naquela ocasião, tão forte que parecia prestes a saltar do meu peito para fora. Olhei ao redor com certa curiosidade particular. O quarto de Pokróvski tinha uma mobília assaz pobre e não estava bem arrumado. Cinco compridas prateleiras com livros estavam pregadas na parede. Havia papéis espalhados pela mesa e pelas cadeiras. Livros e papéis! Veio-me um pensamento estranho, e foi, ao mesmo tempo, uma sensação desagradável, a de desgosto, que se apossou de mim. Pareceu-me que não lhe bastavam nem minha amizade nem meu coração amoroso. Ele era instruído, eu era tola e não sabia de nada, não lia nada, nenhum livro mesmo... Então olhei, com inveja, para aquelas prateleiras compridas, repletas de livros. Fiquei dominada pelo desgosto, pela angústia, por uma espécie de raiva. Quis ler seus livros e logo resolvi lê-los todos, até o último e o mais depressa possível. Não sei: talvez estivesse pensando que, ao aprender tudo quanto ele sabia, seria mais digna de sua amizade. Corri até a prateleira mais próxima; sem refletir nem me deter, agarrei o primeiro tomo antigo, empoeirado, que vi e depois, corando, empalidecendo, tremendo de emoção e de medo, levei o livro furtado para nosso quarto, decidida a lê-lo de noite, sob a lâmpada de cabeceira, quando minha mãezinha tivesse adormecido.

Mas como me aborreci quando, uma vez no quarto, abri apressadamente aquele livro e vi uma obra em latim, bem velha, meio apodrecida e toda roída pelos vermes. Retornei sem perder tempo. Já ia colocar o livro sobre a prateleira, mas eis que se ouviu um barulho, lá no corredor, e ressoaram os passos de alguém, cada vez mais próximos. Fiquei apressada e ansiosa, porém aquele maldito livro estivera numa fileira tão cerrada que, mal eu o retirara, todos os outros livros se afastaram naturalmente e se juntaram tanto que agora não sobrava mais espaço para seu vizinho de antes. Faltavam-me forças para enfiar o livro de volta. Contudo, empurrei os livros tão forte quanto pude. Um prego enferrujado, em que se firmava a prateleira e que parecia ter esperado de propósito por aquele momento para se quebrar, quebrou-se. A prateleira despencou de ponta para baixo. Os livros caíram ruidosamente no chão. A porta se abriu, e Pokróvski entrou no quarto.

É preciso notar que ele detestava ver alguém remexer em suas propriedades. Ai de quem tocasse em seus livros! Julgue-se, pois, do pavor que senti quando aqueles livros pequenos e grandes, de todos os formatos, tamanhos e volumes possíveis, desabaram voando da prateleira e foram saltando embaixo da mesa e das cadeiras, pelo quarto todo. Quis fugir, mas já era tarde demais. "Acabou-se, pensei, acabou-se! Estou perdida, estou morta! Ando fazendo artes, esbaldando-me que nem uma criança de dez anos: sou uma menina boba! Sou bobalhona!!!" Pokróvski ficou muito zangado. "Pois bem, só me faltava essa!", gritou. "Será que não tem vergonha de brincar desse jeito?... Será que se aquieta enfim, algum dia?". E veio correndo, ele mesmo, para apanhar os livros. Então me inclinei para ajudá-lo. "Não precisa, não precisa!", gritou ele. "Faria bem melhor se não se metesse onde não fosse chamada!". De resto, suavizou-se um pouco com meu movimento submisso e continuou falando em voz mais baixa, naquele recente tom didático, como se aproveitasse seu recente direito de meu mentor: "Pois enfim, quando é que se aquietará, quando é que criará juízo? Olhe para si mesma: não é mais uma criança, não é mais uma garotinha: já tem quinze anos!". Então, querendo provavelmente verificar se eu já não era mesmo uma garotinha, olhou para mim e ficou todo rubro. Não o entendi: postada em sua frente, não desviava, atônita, os olhos dele. Pokróvski se soergueu e se achegou, com um ar confuso, a mim, embaraçou-se muito, passou a falar e, pelo que me pareceu, a pedir desculpas por algo, talvez por ter percebido apenas naquele momento que moça adulta eu era. Acabei entendendo. Não lembro mais o que se deu comigo então: fiquei confusa, perdida, ainda mais rubra que Pokróvski; tapei o rosto com as mãos e saí correndo do quarto.

Não sabia o que me restava fazer, onde me meteria de tanta vergonha. Só ele me ter flagrado em seu quarto! Não consegui encará-lo por três dias inteiros. Enrubescia até chorar. Os pensamentos mais esquisitos e ridículos giravam em minha cabeça. Um deles, o mais absurdo, era meu desejo de ir ao seu quarto, de me explicar com ele, de lhe confessar tudo, de lhe contar sinceramente de tudo e de lhe assegurar que não tinha agido como uma garotinha boba, mas com uma boa intenção. Por pouco não resolvi ir mesmo até lá, mas, graças a Deus, faltou-me coragem. Imagino o que acabaria fazendo! Até hoje me sinto envergonhada ao lembrar-me daquilo tudo.

Dias depois, minha mãezinha teve, de repente, uma recaída perigosa. Já fazia dois dias que não se levantava mais da cama e, na terceira noite, ficou delirando com febre. Eu não tinha dormido na noite anterior, cuidando de minha mãezinha: sentada perto da sua cama, dava-lhe água e, nas horas marcadas, alguns remédios. Fiquei totalmente exausta na segunda noite. Sentia-me sonolenta, de vez em quando, e tudo se esverdeava diante dos meus olhos, e tinha vertigens e estava para cair, a qualquer momento, de tão fatigada, porém, acordada por aqueles gemidos fracos de minha mãe, estremecia e despertava por um instante, e logo a sonolência me dominava de novo. Estava sofrendo. Não sei nem consigo lembrar-me daquilo, mas foi um sonho terrível, um espectro apavorador, que visitou minha mente transtornada naquele momento angustiante de luta entre o sono e a lucidez. Acordei horrorizada. O quarto estava escuro, a lâmpada de cabeceira se apagava, os feixes de luz ora inundavam, de súbito, o quarto todo, ora deslizavam, quase invisíveis, pela parede, ora sumiam completamente. Por alguma razão, senti medo: um pavor se apoderou de mim; minha imaginação estava perturbada com aquele sonho terrível, e uma angústia me premia o coração... Saltei da cadeira e gritei, sem querer, com alguma sensação aflitiva e por demais penosa. Nesse momento a porta se abriu: foi Pokróvski quem entrou em nosso quarto.

Apenas me lembro de ter acordado nos braços dele. Sentou-me, zeloso, numa poltrona, serviu-me um copo d'água, cumulou-me de perguntas. Não lembro mais o que lhe respondi. "A senhorita está doente, a senhorita mesma está muito doente", disse ele, segurando a minha mão. "Está com febre; está acabando consigo, já que não cuida de sua saúde. Acalme-se, deite-se e durma. Vou acordá-la daqui a duas horas; veja se fica um pouco mais calma... Deite-se, pois, vá!", prosseguiu, sem deixar que eu lhe dissesse uma só palavra contrária. A fadiga me tirara as últimas forças; meus olhos se fechavam de tanta fraqueza. Então me recostei na poltrona, decidindo que dormiria apenas por meia horinha, e acabei dormindo até o amanhecer. Pokróvski me acordou tão somente quando chegou a hora de dar um remédio à minha mãezinha.

No dia seguinte, quando eu descansei um pouco, de dia, e me preparei para ficar novamente sentada naquelas poltronas, à cabeceira de minha mãe, tomando a decisão firme de não adormecer outra vez, Pokróvski veio bater, por volta das onze horas, à porta de nosso quarto. Abri a porta. "A senhorita está enfadada de ficar sozinha", disse-me ele. "Eis aqui um livro, pegue-o: de qualquer modo, não estará tão enfadada assim". Peguei-o; não lembro mais que livro era aquele: é pouco provável que tenha dado uma olhada nele, apesar de passar a noite inteira em claro. Uma estranha emoção interior não me deixava dormir; incapaz de ficar no mesmo lugar, levantei-me diversas vezes da minha poltrona e me pus a andar pelo quarto. Certa satisfação interior se expandia através de todo o meu ser. Sentia-me tão contente com a atenção de Pokróvski. Estava orgulhosa de sua preocupação e seu desvelo para comigo. Passei a noite toda pensando e sonhando. Pokróvski não veio mais, e, sabendo que não viria, eu imaginava, desde logo, a noite por vir.

Naquela noite, quando todos já se tinham deitado em nossa casa, Pokróvski abriu sua porta e começou a falar comigo, postado à soleira de seu quarto. Não me recordo agora de nenhuma palavra que nós trocamos então, só lembro que estava tímida e confusa, que me aborrecia comigo mesma e esperava, impaciente, pelo fim daquela conversa, embora a desejasse com todas as minhas forças, embora tivesse sonhado com ela durante o dia todo e inventado, eu mesma, as minhas perguntas e respostas... Naquela noite, pela primeira vez, travou-se a nossa amizade. Ao longo de toda a doença de minha mãezinha, encontrávamo-nos cada noite e passávamos várias horas juntos. Venci, aos poucos, a timidez, se bem que ainda tivesse, depois de cada conversa nossa, algum motivo para me aborrecer comigo mesma. De resto, vinha percebendo, com uma alegria secreta e um prazer orgulhoso, que ele se esquecia, por minha causa, dos seus livros insuportáveis. Certa feita, por brincadeira, referimo-nos fortuitamente à sua queda da prateleira. Houve um momento estranho, ficando eu, de alguma forma, *demasiado* sincera e franca; foram um ardor e uma exaltação esquisita que me empolgaram, e eis que lhe confessei tudo, dizendo que queria estudar, saber de alguma coisa, que me desgostava de ser considerada uma garotinha, uma criança... Repito que meu estado de espírito era muito estranho: meu coração se derretia, as lágrimas me enchiam os olhos... e não escondi nada e lhe contei de tudo, de tudo mesmo, de minha afeição amigável por ele, de meu desejo de amá-lo, para que nossos dois corações batessem juntinhos, de minha vontade de confortá-lo, de acalmá-lo. Ele me fitou de certo modo estranho, com embaraço e pasmo, mas não me disse nem uma palavra. Senti, de repente, tamanha dor, tamanha tristeza. Pareceu-me que ele não me entendia, que talvez estivesse rindo de mim. De improviso, rompi a chorar como uma menina, a soluçar, sem conseguir mais conter meus prantos, como se tivesse algum fricote. Ele pegou minhas mãos e beijou-as e apertou-as ao peito, exortando-me, consolando-me; ficou muito emocionado; não me recordo do que me dizia, só que eu mesma chorava e ria e tornava a chorar, enrubescia, não podia dizer meia palavra de tão alegre. De resto, apesar dessa emoção minha, notei que Pokróvski permanecia, ainda assim, um tanto confuso e como que constrangido. Pareceu-me que não se cansava de admirar meu arroubo e minha empolgação, essa amizade tão repentina e ardorosa, apaixonada. Talvez tivesse ficado, de início, apenas curioso, mas posteriormente sua indecisão se desvaneceu, e ele passou a aceitar, com o mesmo sentimento direto e simples que eu, meu afeto por ele, minhas falas afáveis, minha atenção, e a retribuir tudo isso com igual atenção, tão amistoso e carinhoso como se fosse meu amigo sincero ou meu irmão de sangue. E meu coração ficou tão quente, tão bem!... Não escondia mais nem omitia nada, e ele via aquilo tudo e se quedava cada dia mais apegado a mim.

E juro que não lembro mais sobre o que falávamos naquelas horas de nossos encontros, dolorosas e doces ao mesmo tempo, em plena noite, à luz trêmula da lamparina e quase junto da cama de minha pobre mãezinha enferma!... Sobre tudo o que nos vinha à mente e nos emanava do coração, pedindo que o disséssemos, e estávamos ambos quase felizes... Oh, era um tempo triste e alegre de uma vez só, juntamente, e agora sinto tristeza e alegria ao recordar-me dele. As recordações, sejam elas felizes, sejam pungentes, sempre fazem sofrer; é isso, pelo menos, que se dá comigo, porém até esse sofrimento é deleitoso. E, quando o coração sente peso e dor, quando fica angustiado e triste, essas recordações o refrescam e vivificam então, iguais às gotas de orvalho que refrescam e vivificam numa tardezinha úmida, ao cabo de um dia quente, uma pobre flor murcha, queimada pela canícula diurna.

Minha mãezinha estava convalescendo, mas eu continuava ainda a passar as noites sentada ao lado de sua cama. Pokróvski me dava amiúde livros, e eu lia, primeiro para não pegar no sono, depois com mais atenção, depois avidamente, e eis que se abria para mim, de repente, muita coisa nova, até então ignota, desconhecida. E eram novas ideias e impressões que afluíam juntas, como uma torrente caudalosa, ao meu coração. E quanto mais me emocionava, quanto mais me confundia e me esforçava em assimilar essas impressões novas, tanto mais elas me agradavam, tanto mais me comoviam, deleitosas, a alma toda. Todas juntas, de supetão, elas se espremeram em meu coração, não o deixando mais descansar. Certo caos estranho passou a perturbar todo o meu ser. Mas tal violência espiritual não podia nem tinha forças para me transtornar totalmente. Eu era por demais sonhadora, e foi isso que me salvou.

Quando terminou a doença de minha mãe, nossos encontros noturnos e nossas longas conversas cessaram;

ainda conseguíamos, vez por outra, trocar algumas palavras, frequentemente ocas e insignificantes, porém eu gostava de atribuir àquilo tudo um significado à parte, um valor singular, subentendido. Minha vida estava plena; eu vivia feliz, calma e serenamente feliz. Assim se passaram várias semanas...

Certa feita, o velho Pokróvski veio à nossa casa. Passou muito tempo proseando conosco, estava incomumente alegre, animado, prolixo; ria, gracejava à sua maneira e acabou revelando o enigma de sua exaltação e nos declarou que, precisamente dali a uma semana, seria o aniversário do Pêtenka e que nessa ocasião ele viria sem falta visitar o filho, que vestiria um colete novo, e que sua esposa prometera comprar-lhe um par de botas novas. Numa palavra, o velho estava plenamente feliz e proseava sobre tudo quanto lhe viesse à mente.

O aniversário dele! Esse aniversário não me deixava em paz nem de dia nem de noite. Decidi que lembraria Pokróvski sem falta de minha amizade e que o presentearia com alguma coisa. Mas que coisa seria essa? Afinal, inventei de presenteá-lo com alguns livros. Sabia que ele queria ter as obras completas de Púchkin,[32] em sua última edição, e resolvi comprar essas obras. Tinha uns trinta rublos de dinheiro próprio, ganho com meus trabalhos manuais. Guardava aquele dinheiro para adquirir um vestido novo. Logo mandei nossa cozinheira, a velha Matriona, informar-se de quanto custava todo aquele Púchkin. Que desgraça! O preço de todos os onze

[32] Alexandr Serguéievitch Púchkin (1799-1837): o maior poeta russo de todos os tempos, apelidado pelos contemporâneos de "o sol da poesia russa", e um dos autores preferidos de Dostoiévski.

tomos, acrescido das despesas com o encapamento, era de, pelo menos, uns sessenta rublos. Onde arranjaria tanto dinheiro? Fiquei pensando, pensando, sem saber que decisão tomaria. Não queria pedir dinheiro à minha mãezinha. Decerto ela não deixaria de me ajudar, mas então a casa toda ficaria sabendo de nosso presente, e, além do mais, o presente como tal se transformaria numa recompensa, num pagamento a Pokróvski por um ano inteiro de seu trabalho. E eu queria presenteá-lo sozinha, sem ninguém saber disso. Quanto àquele seu trabalho para comigo, queria ser, para todo o sempre, sua devedora sem recompensa alguma, salvo se lhe pagasse com minha amizade. Inventei, afinal, um meio de sair desse impasse.

Sabia que os alfarrabistas do Pátio Gostínny[33] podiam, às vezes, vender um livro pela metade do preço, contanto que se barganhasse com eles, sendo o tal livro não raro pouco usado ou quase novinho em folha. Decidi que iria sem falta ao Pátio Gostínny. E foi isso que ocorreu: tivemos, logo no dia seguinte, uma necessidade, tanto nós mesmas quanto Anna Fiódorovna. Minha mãezinha estava indisposta, Anna Fiódorovna estava, bem oportunamente, com preguiça, de modo que todas as incumbências couberam a mim, e fui lá com Matriona.

Por sorte, não demorei muito a encontrar as obras de Púchkin, e com capas muito bonitas. Comecei a barganhar. Primeiro me pediram um preço mais alto que o das livrarias, mas depois (de resto, não sem esforço, indo eu embora diversas vezes) levei o comerciante a reduzir o

[33] Imenso conjunto de lojas e armazéns situado no centro histórico de São Petersburgo.

preço e limitar suas exigências a apenas dez rublos de prata. Como me animei com aquela barganha!... A coitada da Matriona não entendia o que se dava comigo nem por que tivera a veneta de comprar tantos livros. Mas, que horror! Todo o meu cabedal era de trinta rublos em papel-moeda, mas o comerciante não consentia, de jeito nenhum, em dar um desconto maior. Passei enfim a implorar-lhe, fiquei pedindo, pedindo, e acabei conseguindo. Ele deu um desconto, mas apenas de dois rublos e meio, e jurou por Deus que só fazia uma concessão dessas por minha causa, por ser uma mocinha tão boa assim, e que não cederia, nem a pau, a qualquer outra pessoa. Faltavam-me, pois, dois rublos e meio! Eu estava prestes a chorar de desgosto. Contudo, a circunstância mais inesperada ajudou-me naquele meu desastre.

Perto de mim, ao lado da outra mesa com livros, avistei o velho Pokróvski. Quatro ou cinco alfarrabistas se espremiam à sua volta, tirando-o completamente do seu compasso e importunando-o sem parar. Cada qual lhe oferecia sua própria mercadoria, e tantas coisas lhe eram oferecidas, e tantas coisas ele desejava comprar! O pobre velho estava no meio deles, como se fosse um palerma qualquer, e nem sabia o que escolher do que lhe propunham. Aproximei-me dele e perguntei o que estava fazendo ali. O velho sse alegrou muito com minha presença: gostava de mim apaixonadamente, talvez não menos do que de seu Pêtenka. "Estou comprando livrinhos, Varvara Alexéievna", respondeu-me, "comprando livrinhos para Pêtenka. Logo será o aniversário dele, e ele gosta de livros; pois então, compro alguns para ele...". O velho sempre se expressava de modo engraçado e agora estava, ainda por cima, numa confusão horribilíssima. Fosse qual fosse o preço pelo qual perguntava, era de um rublo de prata, de dois ou de três rublos; não perguntava mais pelos livros grandes, mas apenas os mirava com inveja, remexia em suas folhinhas com os dedos, girava-os nas mãos e colocava-os de volta no mesmo lugar. "Não, não, este é caro demais", dizia a meia-voz, "mas, quem sabe, alguma coisa daqui", e se punha a revirar cadernos fininhos, cancioneiros e almanaques, os quais eram todos muito baratos. "Mas por que o senhor compraria tudo isso?", indaguei-lhe. "São umas bobagens aí". — "Ah, não", respondeu ele, "não, veja só que bons livrinhos estão aqui, uns livrinhos muito, mas muito bons!". E arrastou essas últimas palavras como que cantando, tão lamentosamente que o achei prestes a chorar de desgosto, porque os livros bons eram caros, e pareceu-me que uma lagrimazinha estava para cair das suas faces pálidas sobre seu nariz vermelho. Então perguntei quanto dinheiro ele tinha. "Aqui está...": O coitadinho tirou todo o seu dinheiro envolto num pedacinho de papel de jornal, todo sebento. "Aqui estão um *poltínnitchek*, duas *grivnas*,[34] uns vinte copeques de cobre". Logo o arrastei até meu alfarrabista. "Eis onze livros inteiros que custam apenas trinta e dois rublos e meio; tenho cá trinta rublos; junte então dois rublos e meio, e a gente compra todos esses livros, e será um presente de nós dois." O velho ficou louco de alegria, esparramou todo o seu dinheiro, e o alfarrabista veio carregá-lo com toda a nossa biblioteca comum. Aquele meu velhinho enfiou os livros em todos os bolsos, segurou-os com ambas as mãos, colocou-os debaixo dos braços e levou tudo para

---

[34] Moeda russa equivalente a 10 copeques.

sua casa, prometendo que traria todos os livros no dia seguinte, às escondidas, para meu quarto.

No dia seguinte, o velho veio visitar seu filho, ficou sentado, como de praxe, por uma horinha no quarto dele, depois entrou em nosso quarto e se sentou perto de mim com um ar muito cômico de tão misterioso. Começou por anunciar com um sorriso, esfregando as mãos como quem tivesse o orgulhoso prazer de guardar algum segredo, que todos os livros haviam sido trazidos de forma absolutamente discreta e deixados na cozinha, num cantinho ali, sob a vigilância de Matriona. Depois a conversa se referiu naturalmente à festa esperada; em seguida, o velho foi discorrendo sobre como entregaríamos nosso presente, e, quanto mais se aprofundava nesse assunto, quanto mais falava a respeito dele, tanto mais óbvio ficava para mim que algo lhe pesava no íntimo, algo que não podia nem ousava, até mesmo temia, dizer. Então aguardei, calada. Sua alegria oculta, seu prazer oculto que eu lia antes tão facilmente em seus estranhos trejeitos, suas caretas e piscadelas de seu olho esquerdo, não estavam mais lá. A cada minuto, ele se tornava mais inquieto e angustiado; por fim, não aguentou.

— Escute... — começou falando a meia-voz, com timidez — escute, Varvara Alexéievna... Sabe de uma coisa, Varvara Alexéievna?... — O velho estava extremamente confuso. — Está vendo: quando for o aniversário dele, a senhorita levará dez livrinhos como um presente seu, ou seja, o da senhorita, da sua parte; quanto a mim, só levarei o décimo primeiro, e também será um presente meu, ou seja, da minha parte própria. Pois então, está vendo: a senhorita terá um presente seu, e eu também terei um presente meu, e ambos teremos algo a oferecer... — Então o velho se embaraçou e ficou calado. Olhei para ele: tímido, esperava pela minha sentença. "Mas por que não quer, Zakhar Petróvitch, que os ofereçamos juntos?" — "Mas assim, Varvara Alexéievna, assim, pois... é que eu mesmo, assim...". Numa palavra, o velho se confundiu, enrubesceu, enredou-se em sua frase e não pôde mais prosseguir.

— Está vendo — explicou-se, por fim —: eu, Varvara Alexéievna, estou brincando por vezes... ou seja, quero anunciar-lhe que quase sempre estou brincando, o tempo todo, e que sigo o que não presta... ou seja, sabe, faz tanto frio, às vezes, lá fora, e também há tantas contrariedades, às vezes, ou então a gente fica triste, de vez em quando, ou então acontece alguma coisa ruim, e eu não me contenho por vezes, e fico brincando e bebo, às vezes, demais da conta. E isso desagrada muito a Petrucha. Está vendo, Varvara Alexéievna: ele fica zangado e me censura e prega diversas morais para mim. Pois agora eu gostaria de lhe provar, com este meu presente, que me corrijo aos poucos e já começo a comportar-me bem. Que fiquei juntando dinheiro para comprar um livrinho, juntando por muito tempo, porque não tenho dinheiro quase nunca, a não ser que Petrucha me dê uns trocados de vez em quando. E ele sabe disso. Assim, pois, verá que bom uso eu tenho feito do meu dinheiro e saberá que faço aquilo tudo somente por ele.

Senti muita pena do velho. Pensei rápido. Ele me encarava com inquietude. "Mas escute, Zakhar Petróvitch", disse-lhe eu, "ofereça-os todos a ele!" — "Como assim, todos? Quer dizer, todos os livrinhos?..." — "Pois é, todos os livrinhos." — "Da minha parte?" — "Da sua parte, sim." — "Sozinho? Quer dizer, em meu nome?" — "Pois é, em seu nome...". Expliquei tudo bem claro, em aparência, porém o velho demorou muito a compreender.

"Pois bem", dizia ele, pensativo, "pois sim, será muito bom! Seria bom mesmo, mas a senhorita, Varvara Alexéievna, hein?" — "E eu não darei nenhum presente." — "Como?", exclamou o velho, quase assustado. "Pois então a senhorita não oferecerá nada a Pêtenka, não quer mesmo oferecer nada a ele?". Assustou-se; parecia que naquele momento estava pronto a desistir da sua proposta para que eu também pudesse dar algum presente ao seu filho. Como aquele velho era bondoso! Assegurei-lhe que ficaria feliz de oferecer alguma coisa, mas apenas não queria tirar o prazer dele próprio. "Se seu filho ficar contente", acrescentei, "e o senhor também, eu cá ficarei contente porque me sentirei em segredo, no meu coração, como se lhe tivesse dado mesmo algum presente". E o velho se acalmou totalmente com isso. Passou mais duas horas em nosso quarto, só que não conseguiu, durante esse tempo todo, manter-se sentado: ficava em pé, agitava-se, fazia barulho, brincava com Sacha, beijava-me à sorrelfa, beliscava minha mão e fazia, às escondidas, caretas para Anna Fiódorovna. E ela acabou por expulsá-lo da casa. Numa palavra, o velho se empolgou tanto, de tão arroubado, como nunca lhe tinha ocorrido, talvez, empolgar-se em toda a sua vida.

No dia solene, apareceu às onze horas em ponto, logo depois da missa matinal, usando uma casaca satisfatoriamente remendada e, realmente, um colete novo e um par de botas novas. Segurava uma pilha de livros com cada mão. Estávamos todos sentados então na sala de Anna Fiódorovna e tomávamos café (era domingo). Parece que o velho começou dizendo que Púchkin fora um versificador assaz merecedor; a seguir, confuso e atrapalhado, passou de repente a dizer que a gente tinha de se comportar bem e que, se alguém não se comportava bem, estava, portanto, brincando, que os pendores ruins levavam o homem à perdição e à extinção; arrolou mesmo vários exemplos nefastos de intemperança e concluiu declarando que se corrigira por completo, já havia algum tempo, e se comportava agora exemplarmente bem. Que já percebia, desde antes, a justiça daqueles sermões de seu filho, que sentia aquilo tudo havia tempos, que o guardava no coração, mas agora já se continha de fato. E, como prova, oferecia-lhe os livros comprados com o dinheiro amealhado por muito tempo.

Eu não pude deixar de chorar nem de rir, enquanto ouvia o pobre velho: sabia, pois, mentir quando era preciso! Os livros foram levados para o quarto de Pokróvski e colocados numa das prateleiras. Pokróvski adivinhou logo a verdade. O velho foi convidado para o almoço. Estávamos todos tão felizes naquele dia! Após o almoço brincamos de prendas, jogamos baralho; Sacha se esbaldou, eu mesma não fiquei para trás. Pokróvski me tratava com gentileza e procurava, o tempo todo, algum ensejo de conversar comigo a sós, mas eu não lhe dava trela. Foi o melhor dia em quatro anos inteiros de minha vida.

E agora começam as recordações tristes, penosas; começa a história dos meus dias negros. Talvez seja por isso que minha pena se torna mais vagarosa e como que se recusa a escrever. Talvez seja por isso que fiquei rememorando, com tanto enlevo e tanto amor, todos os mínimos detalhes da minha vidinha naqueles meus dias felizes. Eles foram tão breves, aqueles dias; foi uma desgraça, um pesaroso negrume, que os substituiu, e só Deus sabe quando isso vai acabar.

Minhas desventuras começaram com a doença e a morte de Pokróvski.

Ele adoeceu dois meses depois desses últimos eventos que acabo de descrever. Não se cansava de buscar, naqueles dois meses, por meios de subsistência, já que ainda não tinha até então nenhuma situação definida. Igual a todos os tísicos, não desistia, até o último momento, da sua esperança de ter uma vida bem longa. Estava para conseguir um cargo de professor em algum lugar, porém sentia aversão àquele ofício. E não podia servir, devido à sua saúde fraca, numa repartição pública. Teria, ademais, de esperar muito tempo até receber seu primeiro salário. Em resumo, Pokróvski só via malogros por toda parte; seu caráter se estragava aos poucos. Sua saúde ia de mal a pior, mas ele não reparava nisso. Chegou o outono. Todos os dias, ele saía, com seu leve capotezinho, para ir cuidar dos negócios, pedindo e implorando que lhe dessem um cargo qualquer, e isso o atormentava no íntimo; molhava os pés, encharcava-se sob a chuva e acabou por cair de cama, e não se levantou nunca mais... Morreu em pleno outono, em fins de outubro.

Eu mesma quase não saía do seu quarto ao longo da sua doença, cuidando dele e atendendo-o. Passava amiúde noites inteiras em claro. Raramente ele estava consciente; ficava volta e meia delirando, falava sabia lá Deus de quê: do seu cargo, dos seus livros, de mim, de seu pai... era bem então que eu me inteirava de muitas circunstâncias antes ignoradas, das quais não fazia sequer a menor ideia. No começo de sua doença todos os nossos me fitavam de certo modo estranho; Anna

Fiódorovna andava abanando a cabeça. Contudo, olhei bem nos olhos de todos, e eles deixaram de me condenar pela minha compaixão por Pokróvski — pelo menos, minha mãe deixou, sim.

Pokróvski me reconhecia por vezes, mas era uma coisa rara. Permanecia quase sempre inconsciente. Passava, às vezes, noites inteiras falando com alguém por muito, muito tempo, com palavras confusas e obscuras, e sua voz rouca repercutia surdamente pelo seu quarto apertado como um caixão; nesses momentos eu ficava com medo. Foi, sobretudo, na última noite que ele se quedou como que frenético; tomado de angústia, sofria horrivelmente; seus gemidos dilaceravam minha alma. Todos estavam como que assustados em nossa casa. Anna Fiódorovna rezava sem parar, pedindo que Deus o levasse logo. Chamaram um médico. Ele disse que o doente morreria sem falta ao amanhecer.

O velho Pokróvski passou a noite toda no corredor, junto à porta do quarto de seu filho; puseram lá uma esteirazinha qualquer para ele se deitar. Entrava no quarto a cada minuto; até olhar para ele era medonho. Estava tão arrasado pela sua desgraça que parecia completamente insensível e irracional. Sua cabeça tremia de medo. Ele mesmo tremia, com o corpo todo, e cochichava algo consigo, o tempo todo, raciocinando com seus botões. Parecia-me que acabaria enlouquecendo de tanto pesar.

Pouco antes do amanhecer, cansado de sua dor espiritual, o velho adormeceu, que nem morto, naquela esteirazinha. Por volta das oito horas, seu filho estava morrendo; então acordei o pai. Pokróvski estava em plena consciência e se despediu de nós todos. Coisa estranha! Eu não conseguia chorar, embora minha alma se espedaçasse toda. Mas o que mais me consternou e torturou foram os derradeiros instantes dele. Pedia algo por muito, muito tempo, com sua língua entorpecida, mas eu não podia entender nenhuma palavra sua. Meu coração se partia de tanta dor! Por uma hora inteira, ele ficou inquieto, angustiado com algo, esforçando-se para fazer algum sinal com suas mãos esfriadas e depois tornando a pedir lamentosamente, com sua voz rouca e surda, porém suas palavras não passavam de alguns sons desconexos, e eu não entendia outra vez coisa nenhuma. Levava todos os nossos até sua cama, dava-lhe de beber, mas ele não fazia senão balançar tristemente a cabeça. Acabei entendendo o que ele queria. Pedia que subíssemos a cortina de sua janela e abríssemos os contraventos. Decerto queria ver, pela última vez, o dia, o mundo de Deus, o sol. Puxei a cortina, mas o dia que começava era sombrio e tristonho como a pobre vida do moribundo em seu ocaso. O sol não brilhava. As nuvens toldavam o céu com um véu nevoento, e ele estava tão chuvoso, lúgubre e triste. Uma chuva fina tamborilava nos vidros e banhava-os com jatos de água fria e suja; o dia estava baço, escuro. Os raios de uma luz pálida mal se insinuavam no quarto e competiam a custo com a luz trêmula da lamparina acesa perante o ícone. O moribundo olhou para mim com tanta, tanta tristeza, e balançou a cabeça. Morreu um minuto depois.

Quem encomendou o enterro foi Anna Fiódorovna em pessoa. Compraram um caixão muito, muito simples, e contrataram um carro de aluguel. Para cobrir as despesas, Anna Fiódorovna apreendeu todos os livros e todos os pertences do finado. O velho discutiu com ela, fez muito barulho, tomou-lhe tantos livros quantos conseguiu tomar, atulhou todos os seus bolsos com eles, colocou alguns em seu chapéu e onde mais pôde, andou por três dias com eles e não os largou nem mesmo quando teve de ir à igreja. Passou todos aqueles dias como que inconsciente ou aparvalhado, azafamando-se o tempo todo, com um estranho desvelo, ao lado do caixão, ora ajeitando a coroazinha sobre o finado, ora acendendo e limpando as velas. Percebia-se que seus pensamentos não se detinham mesmo em nada. Nem minha mãezinha nem Anna Fiódorovna foram presenciar o ofício dos mortos na igreja. Minha mãezinha estava doente, e Anna Fiódorovna já se dispunha a ir lá, mas acabou brigando com o velho Pokróvski e ficou em casa. Fomos apenas nós dois, o velho e eu. Foi certo medo, como que uma antevisão do futuro, que se apossou de mim durante o ofício. Mal me aguentei de pé, lá na igreja. Fecharam, afinal, o caixão, pregaram-lhe a tampa, colocaram-no sobre a carroça e levaram-no embora. Só o acompanhei até o fim da rua. Então o cocheiro fez o cavalo trotar. O velho corria atrás dele e chorava em voz alta: seu choro vibrava e se interrompia com a corrida. O coitado perdera seu chapéu e não parara a fim de apanhá-lo. A chuva molhava sua cabeça; o vento ficava mais forte; a escarcha lhe cortava e picava o rosto. Parecia que o velho nem se apercebia da intempérie: corria, chorando, ora de um lado da carroça, ora do outro. As abas de sua vetusta sobrecasaca agitavam-se, tais e quais duas asas, com o vento. Os livros assomavam de todos os bolsos dele; um livro enorme estava em suas mãos, e ele o segurava bem forte. Os transeuntes tiravam as *chapkas*[35] e se benziam.

---

[35] Chapéus de peles usados no inverno.

Havia quem parasse e olhasse com pasmo para o coitado do velho. Os livros caíam, a cada minuto, dos seus bolsos na lama. Então o detinham e lhe mostravam o livro perdido; ele o apanhava e voltava a correr atrás do caixão. Foi uma velha mendiga que o seguiu, a partir da esquina daquela rua, indo também acompanhar o caixão. Enfim a carroça dobrou a esquina e sumiu ante meus olhos. Fui para casa. Atirei-me, terrivelmente aflita, sobre o peito de minha mãezinha. Estreitava-a nos meus braços, com muita, muita força, beijava-a e chorava a soluçar, apertando-me timidamente a ela e como que procurando reter, naquele amplexo meu, a última amiga que tinha, não deixar que a morte a levasse... No entanto, a morte já se postara sobre minha pobre mãezinha!

....

11 de junho.

Como lhe fico grata, Makar Alexéievitch, pelo nosso passeio de ontem até as ilhas! Como elas são boas, que ar fresco têm, quanto verdor há por lá! Faz tanto tempo que não vejo mais esse verdor: parecia-me o tempo todo, quando estava doente, que haveria de morrer e morreria sem falta; julgue, pois, o senhor mesmo do que eu devia ter percebido ontem, dos sentimentos que devia ter tido! Não se zangue comigo porque estava ontem tão triste: sentia-me muito bem, tão aliviada, só que sempre estou triste, por alguma razão, em meus melhores momentos. E, se fiquei chorando, foi uma bobagem; nem eu mesma sei por que estou chorando volta e meia. Minhas sensações são dolorosas, irritadiças; minhas impressões são mórbidas. Aquele céu pálido, desanuviado, aquele pôr do sol, aquele silêncio do anoitecer... não sei se foi tudo isso, mas estava disposta ontem, de alguma forma, a receber todas as impressões penosa e dolorosamente, tanto assim que meu coração transbordava e minha alma pedia choro. Mas por que é que escrevo tudo isso para o senhor? É difícil o coração lidar com isso; é mais difícil ainda contar sobre isso depois. De resto, pode ser que o senhor me entenda. Tristeza e riso! Mas, minha palavra de honra, como o senhor é bondoso, Makar Alexéievitch! Ontem olhava nos meus olhos assim, para ler neles o que eu estava sentindo, e admirava aquele meu êxtase. Quer fosse uma moitinha, quer uma alameda ou uma faixa d'água, e o senhor já estava lá: ficava diante de mim, aprumando-se, e não parava de olhar para mim, olho no olho, como se me mostrasse seus próprios domínios. Isso prova que tem um bom coração, Makar Alexéievitch. É bem por isso que gosto do senhor. Adeus, pois. Hoje estou doente de novo: molhei ontem os pés, portanto me resfriei. Fedora também está com algum achaque, de sorte que nós duas estamos agora adoentadas. Não se esqueça de mim; venha visitar-me mais vezes.

Sua

V. D.

12 de junho.

Minha queridinha Varvara Alexéievna!

Pois eu cá pensava, mãezinha, que descreveria para mim tudo o que houvera na véspera em verdadeiros versos, mas você só preencheu uma folhinha simples ao todo. Digo isto porque, mesmo escrevendo pouco nessa folhinha sua, você descreveu tudo de uma maneira extraordinariamente boa e doce. A natureza, diversos quadros campestres e todo o resto, sobre os sentimentos —

numa palavra, descreveu muito bem tudo isso. E, quanto a mim, não tenho talento algum. Nem que sujasse dez folhas, não conseguiria nada mesmo, nada descreveria. Aliás, já tentei. Escreve-me aí, minha querida, que sou um homem bondoso e dócil, incapaz de prejudicar nenhum próximo meu e capaz de compreender a graça divina que se revela na natureza, além de me dirigir, por fim, vários elogios. É tudo verdade, mãezinha, é tudo uma verdade verdadeira: sou realmente tal como você está dizendo e sei disso, porém, quando se lê uma coisa igual à que você escreve, o coração fica enternecido sem a gente querer, e depois vêm chegando várias reflexões aflitivas. Escute-me, pois, mãezinha, que lhe contarei algo, minha querida.

Começarei dizendo que tinha apenas dezessete aninhos quando ingressei no serviço público, e já, já esta minha carreira vai completar trinta anos. Nada a comentar, pois: gastei bastantes uniformes em serviço; fiquei adulto, criei juízo, vi muita gente; vivi... posso dizer que vivi um bocado neste mundo, tanto assim que até quiseram, certa feita, condecorar-me com uma cruz. Talvez você nem acredite em mim, mas juro que não estou mentindo. Pois bem, mãezinha, houve pessoas más em meu caminho! E digo-lhe, minha querida, que, sendo eu, talvez, um homem bronco e tolo, meu coração é o mesmo de qualquer um. Será que sabe, Várenka, o que me fez aquela gente má? Pois é vergonhoso dizer o que fez; pergunte-me antes por que fez aquilo! Porque sou docilzinho assim, porque sou mansinho, porque sou bonzinho! Eles lá não gostaram de mim, então se puseram contra mim. De início foi "digamos, Makar Alexéievitch, que o senhor é assim e assado"; depois chegou a ser "nem perguntem, digamos, àquele Makar Alexéievitch". E, por conclusão, "mas é claro que é Makar Alexéievitch!". Está vendo, mãezinha, como ficou o negócio: recaiu tudo sobre Makar Alexéievitch; eles lá souberam apenas tornar esse tal de Makar Alexéievitch proverbial em toda a repartição nossa. E não bastou ainda terem feito de mim um provérbio e quase um palavrão: passaram a mexer com minhas botas, com meu uniforme, com meus cabelos, com minha cara — nada ao seu gosto, tudo a ser refeito! E tudo isso se repete, todo santo dia, desde os tempos imemoráveis. Já me acostumei, porque me acostumo a tudo, porque sou um homem manso, porque sou um homem pequeno, mas, no fim das contas, por que há tudo isso? Que mal fiz a quem? Será que privei alguém da sua titulação? Será que denegri alguém perante os superiores? Extorqui uma gratificação extra? Aprontei uma cabala qualquer, afinal? Mas você pecaria, mãezinha, só pensando naquilo! Mas por que é que eu precisaria daquilo tudo? Veja apenas, minha querida, se tenho capacidades suficientes para ser astuto e ambicioso! Então, Deus me perdoe, por que estou sofrendo essas mazelas todas? É que você me acha um homem decente e você é incomparavelmente melhor do que eles todos, mãezinha. Como seria, pois, a maior virtude civil? Deliberou agorinha Yevstáfi Ivânovitch, numa conversa particular, que a virtude civil mais importante era sabermos ganhar uns trocados. Disse aquilo por brincadeira (sei que por brincadeira), mas a moral da história é que a gente não tem de onerar ninguém com sua pessoa, e eu cá não onero ninguém de fato! Tenho meu próprio pedaço de pão; é um pedaço simples, que seja dita a verdade, e até mesmo duro às vezes, mas ele existe, ganho com meu trabalho e consumido de maneira legítima e irreprochável. Mas fazer o quê? Eu mesmo sei que não faço lá muita coisa, quando copio a papelada, mas, ainda assim, estou orgulhoso disso: estou trabalhando, derramando este meu suor. E o que é que há, finalmente, em copiar a papelada? Seria um pecado copiá-la, é isso? "Ele, digamos assim, está copiando!". "Aquele servidor é uma ratazana copista!". E o que isso tem de desonesto, hein? Minha letra é tão boa, nítida, agradável de ver, e Sua Excelência fica contente, e copio os papéis mais importantes para ele. Pois bem: não tenho estilo e sei, eu mesmo, que não o tenho, maldito, e foi por isso que não me dei bem em serviço e até mesmo para você, minha querida, é que escrevo agora mui simplesmente, sem adornos e como meu pensamento se faz em meu coração... Sei disso tudo, porém, se todos se tornassem escritores, quem é que estaria copiando a papelada? Vou fazer-lhe uma pergunta, mãezinha, e peço que me responda. Estou consciente agora de que sou necessário, indispensável, e que não adianta embromar a gente com aquelas bobagens ali. Que seja uma ratazana, quem sabe, se é que me pareço com uma! Só que a tal ratazana é necessária, só que a tal ratazana tem sua serventia, só que o pessoal se segura à tal ratazana, só que a tal ratazana ganha suas comendas — eis como é a tal ratazana! Aliás, chega de falarmos nessa matéria, minha querida; nem pretendia, aliás, falar nisso, mas assim, fiquei um tanto empolgado. É agradável, de vez em quando, fazermos justiça a nós mesmos. Adeus, minha querida, minha queridinha, minha boazinha consoladora! Vou visitá-la, sem falta vou visitá-la em sua casa, minha *yássotchka*![36]

[36] Meu benzinho (arcaísmo russo).

Por ora, não fique triste. Levarei um livrinho para você. Adeus, pois, Várenka!

Seu amigo do peito
Makar Dêvuchkin.

20 de junho.

Prezado senhor Makar Alexéievitch!

Escrevo-lhe rápido, que estou apressada para terminar meu trabalho a tempo. Veja bem que negócio é este: dá para fazer uma compra boa. Fedora diz que um conhecido dela está vendendo um uniforme novinho em folha, umas roupas de baixo, um colete e um casquete, e que é tudo muito barato. Por que o senhor não o compraria? É que não está tão pobre agora, está com dinheiro: o senhor mesmo diz que está. Deixe de ser sovina, por favor, que tudo isso é necessário. Olhe para si mesmo, veja quais roupas velhas está usando. Está tudo remendado, uma vergonha! E não tem aí roupas novas: sei disso, embora me assegure que tem, sim. Só Deus sabe como o senhor se desfez das suas roupas. Então me dê ouvidos a mim: compre-as, por favor. Faça isso por mim: se gostar de mim, compre aquelas roupas.

O senhor mandou para mim umas camisolas de presente, mas escute, Makar Alexéievitch: há de se arruinar desse jeito! Não é brincadeira gastar tanto assim comigo, é um horror de dinheiro! Ah, mas como o senhor gosta de esbanjar! Eu não preciso de nada: aquilo tudo era totalmente dispensável. Bem sei e tenho certeza de que o senhor me ama; juro que não tem de me lembrar disso com seus presentes, que me é penoso aceitá-los, pois sei quanto eles lhe custam. Chega, de uma vez por todas, está ouvindo? Peço-lhe, imploro-lhe. O senhor me pede, Makar Alexéievitch, que lhe envie a continuação do meu diário, deseja que eu o termine. Não sei como o escrevi nem o que está escrito lá! Só que não teria forças para falar agora do meu passado; não quero nem pensar nele e sinto medo dessas recordações. E o mais difícil seria falar de minha pobre mãezinha, que abandonou a coitada da sua filha para aqueles monstros a devorarem. Meu coração se banha em sangue com uma só lembrança daquilo. Ainda está tudo tão recente; ainda não tive tempo para me recobrar nem, muito menos, para me acalmar, embora aquilo tudo tivesse acontecido há mais de um ano. É que o senhor sabe de tudo.

Já lhe falei das ideias hodiernas de Anna Fiódorovna: ela vem acusando a mim mesma de ingratidão e rejeita qualquer acusação de ter sido cúmplice do senhor Býkov! Convida-me para sua casa, diz que estou vivendo de esmola, que enveredei por um caminho ruim. Diz que, se eu voltar para sua casa, vai encarregar-se de resolver todo o problema com o senhor Býkov e de obrigá-lo a redimir toda a culpa para comigo. Diz que o senhor Býkov quer prover-me de dote. Que Deus os julgue a ambos! Estou bem aqui, perto do senhor, com minha bondosa Fedora que me recorda, com aquele seu afeto por mim, a minha babá finada. E, posto que o senhor seja um contraparente meu, defende-me com seu nome. Quanto a eles, não os conheço; vou esquecê-los, se conseguir. O que é que mais querem de mim? Fedora diz que é tudo lorota, que eles me deixarão finalmente em paz. Deus o queira!

V. D.

21 de junho.

Minha queridinha, minha mãezinha!

Quero escrever, sim, mas não sei nem por onde começar. Como isso é estranho, mãezinha, a gente viver agora dessa maneira. Digo isto porque ainda nunca passei meus dias com tamanha alegria. Como se nosso Senhor me abençoasse com uma casinha e uma família! Minha criança, minha boazinha! O que é que está dizendo aí sobre aquelas quatro camisolinhas que lhe enviei? É que você precisava delas, foi Fedora quem me contou. Mas para mim, mãezinha, é uma felicidade especial agradá-la, é meu prazer; deixe-me fazer isso, mãezinha, não me importune nem me contradiga. Nada disso se fez nunca comigo, mãezinha. Agora vivo no grande mundo. Primeiro, vivo em dobro, porque você também vive bem perto de mim e para meu reconforto; segundo, um dos inquilinos, meu vizinho Rataziáiev (aquele mesmo servidor que faz saraus de escritores), acaba de me convidar a tomar chá com ele. Haverá um sarau hoje, vamos ter uma leitura literária. Eis como estamos agora, mãezinha, eis como estamos! Adeus, pois. É que escrevi tudo isso assim, sem nenhum objetivo patente, tão só para informá-la sobre o meu bem-estar. Você mandou, meu benzinho, Thereza dizer que estava aí precisando de sedazinha colorida para seus bordados; vou comprá-la, mãezinha, vou comprar essa sedazinha também. Amanhã mesmo terei o deleite de agradá-la completamente. Já sei onde a comprarei. E agora me quedo seu sincero amigo

Makar Dêvuchkin.

22 de junho.

Prezada senhorita Varvara Alexéievna!

Aviso-a, minha querida, de que ocorreu em nosso apartamento um acidente muito lamentável, deveras e realmente digno de ser lamentado! Hoje, pelas cinco horas da manhã, faleceu uma criança no quarto de Gorchkov. Apenas não sei de quê: parece que estava com escarlatina ou sabe lá Deus que outra moléstia! Fui ver esses Gorchkov. Mas em que pobreza é que eles vivem, mãezinha! E em que desordem! Aliás, não é de admirar: a família toda mora num quarto só, dividido, por mera decência, com alguns biombozinhos. E um caixão pequenino já está lá, um caixão simplesinho, porém assaz bonitinho: compraram-no pronto, que o menino só tinha uns nove anos e prometia, pelo que dizem, muito. E como faz pena olhar para eles, Várenka! A mãe não está chorando, mas anda tão aflita, coitada. Quem sabe mesmo: talvez estejam aliviados, que um dos seus filhos já se foi; restam-lhes, entretanto, mais dois, um recém-nascido e uma menina pequena, de uns seis anos e pouco. A quem agradaria, feitas as contas, ver uma criança sofrer, sendo, ainda por cima, seu filho de sangue, e não poder ajudá-la de modo algum? O pai está lá sentado, com sua velha casaca sebenta, numa cadeira toda quebrada. Escorrem-lhe umas lágrimas, só que talvez nem esteja chorando de tanta tristeza, mas assim, por hábito, seus olhos remelam. Está tão esquisito assim! Fica vermelho, quando falam com ele, e se confunde e não sabe o que responder. A menina pequena, a filha dele, está em pé, encostada no caixão, e parece tão triste, coitadinha, tão pensativa! E como não gosto eu, minha mãezinha Várenka, que uma criança fique pensativa: é desagradável olhar para ela! Uma boneca qualquer, feita de trapos, está largada no chão, perto dela, mas a menina não brinca, só leva um dedinho aos lábios e fica ali, sem se mexer. A locadora lhe deu um bombonzinho; ela o pegou, mas não o comeu. Como isso é triste, Várenka, hein?

Makar Dêvuchkin.

25 de junho.

Caríssimo Makar Alexéievitch! Envio-lhe seu livrinho de volta. Que livrinho mais imprestável é esse, não se pode nem tocar nele! Onde foi que o senhor conseguiu uma joia dessas? Sem brincadeiras, Makar Alexéievitch: será que gosta de tais livrinhos? É que me prometeram a mim, dia desses, que arranjariam alguma coisa para eu ler. Se quiser, vou emprestar aquele livro ao senhor também. E agora, até a vista. Juro que não tenho mais tempo para escrever.

V. D.

26 de junho.

Querida Várenka! É que realmente não li o tal livro, mãezinha. Na verdade, li um pouco, sim, e percebi que era uma besteira, escrita assim, só para a gente rir, só para divertir as pessoas; então pensei que devia ser mesmo engraçado, que talvez Várenka também viesse a gostar dele; aí o peguei e mandei para você.

Só que nosso Rataziáiev vem prometendo que me emprestará algo literário, de verdade, para ler; então, mãezinha, é que lerá uns livrinhos também. Pois Rataziáiev é entendido, é um sabichão, e está escrevendo, ele mesmo, uh, como está escrevendo! Uma pena tão desenvolta e um estilo assim, estupendo, ou seja, em cada palavra, aliás, em cada palavra mais tosca e mais ordinária e mais vil, até mesmo naquela que eu cá diria, por vezes, a Faldoni ou a Thereza, até mesmo nela se vê seu estilo. Frequento também os saraus dele. Fumamos ali tabaco, e ele lê para nós, por umas cinco horas seguidas, e nós o escutamos. Não é uma literatura, mas uma delícia! Que graça, que flores, simplesmente tais flores que cada página daria um ramalhete inteiro! E ele é tão amável, bondoso e carinhoso. Pois quem sou eu perante ele, o que sou? Nada. Ele é um homem conceituado, e eu sou o quê? Nem sequer existo, mas até mesmo a mim ele trata com benevolência. Tenho copiado umas coisinhas para ele. Contudo, não pense aí, Várenka, que há uma artimanha qualquer nisso, que ele me trata com benevolência justamente por isso, porque estou copiando. Não acredite em boatos, mãezinha, não acredite naqueles boatos abjetos! Não, é por mim mesmo, por minha boa vontade e para lhe agradar a ele que faço isto, e, se ele me trata com benevolência, faz aquilo para me agradar a mim. É que compreendo, mãezinha, a delicadeza daquela sua ação. Ele é um homem bondoso, muito bondoso, e um escritor extraordinário.

E a literatura, Várenka, é uma coisa boa, muito boa: foi isso que eu soube, anteontem, no meio deles. Uma coisa profunda! Que fortalece o coração humano, que ensina a gente e... ainda há muita coisa escrita, sobre aquilo tudo, num livrinho deles. E muito bem escrita! A literatura é um quadro, ou seja, de certo modo, é um quadro e um espelho, a expressão de uma paixão e uma crítica tão sutil, uma lição edificante e um documento. Foi tudo isso que eles me inculcaram. E digo-lhe francamente, mãezinha, que fico ali sentado, no meio deles, escuto (e talvez esteja fumando, igual a eles, um cachimbo), mas, tão logo se põem a competir entre si, a discutir sobre várias matérias, então simplesmente me rendo; então, mãezinha, nós dois teríamos de nos render sem mais nem menos. Então me mostro um palerma apalermado e tenho vergonha de mim mesmo, de sorte que fico buscando, noite adentro, meia palavrinha a inserir naquela matéria geral, mas é justamente aquela meia palavrinha que não vem, como que de propósito! Então me apiedo, Várenka, de mim mesmo, lamento não ser nem assim nem assado, como naquele provérbio: cresceu bastante, mas não foi adiante. O que é, pois, que faço agora nas horas vagas? Durmo, como um bobão rematado. Senão, poderia fazer, em vez deste sono inútil, alguma coisa agradável, digamos, sentar-me à mesa e escrever um bocado. Útil para mim e bom para os outros. Mas enfim, mãezinha, veja só quanto eles lá cobram, que Deus lhes perdoe a todos! Eis, por exemplo, Rataziáiev: quanto é que está cobrando? O que lhe custa escrever uma folha, hein? Já houve dias em que escreveu cinco folhas e anda dizendo que cobra até trezentos rublos por uma só. Se for uma anedotazinha qualquer ou, quem sabe, alguma curiosidade, então venha cá e lhe pague, queira ou não, quinhentos rublos, nem que se arrebente todo; senão, a gente embolsa, dia sim dia não, até mil rublos de uma vez! Que tal, Varvara Alexéievna? Não adianta falar! Tem lá um caderninho de versos, e aqueles versinhos são todos tão curtos assim, e ele pede, mãezinha, sete mil por ele, pede sete mil rublos, pense aí! Mas seria um bem imóvel, uma casa de alvenaria! Diz que lhe propõem cinco mil, mas ele não aceita. Eu cá lhe explico, digo: aceite, meu caro, aqueles cinco mil deles e cuspa para eles todos, que cinco mil são uma dinheirama! Não, responde ele, eles me pagarão sete mil, aqueles patifes. Como é espertinho, palavra de honra!

Pois bem, mãezinha, por falarmos nisso, vou copiar um trechinho de "Paixões italianas" para você, hein? Este é o nome de uma das obras dele. Leia, pois, Várenka, e julgue você mesma.

"...Vladímir estremeceu, e as paixões borbulharam, enraivecidas, em seu âmago, e seu sangue ficou fervendo...

— Condessa — exclamou ele —, condessa! Será que sabe como esta paixão é horrível, como esta loucura é infinita? Não, meus devaneios não me ludibriaram! Eu amo, amo extático, furioso e louco! Nem todo o sangue de seu marido apagará o arroubo frenético, borbulhante de minha alma! Os empecilhos ínfimos não deterão este fogo infernal, capaz de espedaçar tudo, que vem sulcando meu peito extenuado. Oh, Zinaída, Zinaída!...

— Vladímir!... — sussurrou a condessa, enlouquecida, inclinando-se sobre o ombro dele...

— Zinaída! — bradou Smêlski, extasiado. E um suspiro se evaporou do seu peito. E um incêndio irrompeu, em flamas vivas, sobre o altar do amor e sulcou os peitos daqueles mártires infelizes.

— Vladímir!... — sussurrava a condessa, arrebatada. Seu peito se erguia, suas faces enrubesciam, seus olhos fulgiam...

E aquele matrimônio novo e tétrico foi consumado!

....

Meia hora depois o velho conde entrou na alcova de sua esposa.

— Pois bem, minha alma, será que mando botar um samovarzinho para nosso querido hóspede? — disse, alisando a face dela."

É isso aí, mãezinha, e lhe pergunto, depois disso, o que está achando. Na verdade, é um tanto frívolo, não há discussão, mas é bom. O que é bom é bom mesmo! E agora permita que copie mais um trechinho, da novela "Yermak e Zuleica", para você.

Imagine aí, mãezinha, que o cossaco Yermak, aquele selvagem e terrível conquistador da Sibéria, está apaixonado por Zuleica, a filha do czar siberiano Kutchum, que aprisionou. Data o evento da época de Ivan, o Terrível, como você está vendo. Eis aqui a conversa de Yermak com Zuleica:

"— Tu me amas, Zuleica! Oh, repete isso, repete!...

— Eu te amo, Yermak — sussurrou Zuleica.

— Agradeço-lhes, céu e terra: estou feliz!... Deram-me tudo, tudo o que almejava, desde a mocidade, este meu espírito perturbado. Pois foi a isso que me conduziste, minha estrela guia; pois foi para isso que me trouxeste até aqui, para além do Cinturão de pedra! Hei de mostrar minha Zuleica ao mundo inteiro, e as pessoas, aqueles monstros raivosos, não se atreverão a acusar-me! Oh, se elas compreendessem esses sofrimentos ocultos de sua alma terna, se fossem capazes de vislumbrar todo um poema numa só lagrimazinha de minha Zuleica! Oh, deixa que eu apague, com beijos, essa lagrimazinha, deixa que a beba, essa lagrimazinha celeste... minha divina!

— Yermak — disse Zuleica —, o mundo é maldoso, as pessoas são injustas! Elas nos perseguirão, elas nos condenarão, meu querido Yermak! O que fará esta pobre moça, crescida no meio das neves natais da Sibéria, na *iurta*[37] de seu pai, nesse teu mundo frio e gelado, desalmado e presunçoso? As pessoas não me entenderão, meu querido, meu bem-amado!

— Então meu sabre de cossaco erguer-se-á sobre elas e silvará! — exclamou Yermak, cujos olhos vagavam selvagemente."

Pois como fica Yermak, hein, Várenka, quando vem a saber que sua Zuleica está degolada? Aproveitando-se da escuridão noturna, o ancião cego Kutchum se insinuou, na ausência de Yermak, na tenda dele e degolou sua filha por desejar atingir Yermak, que o privara do cetro e da coroa, com um golpe mortal.

"— Gosto de arrastar o ferro por esta pedra! — bradou Yermak, num encarniçamento selvagem, a afiar seu facão de aço de Damasco sobre a pedra do xamã. — Preciso do sangue deles, daquele sangue! Hei de serrá-los, serrá-los, serrá-los!!!"

E, depois disso tudo, Yermak, que não consegue sobreviver a sua Zuleica, atira-se no Irtych,[38] e tudo se acaba nisso.

E aqui, por exemplo, está um trechinho minúsculo de feitio humorístico-descritivo, escrito com o propósito de fazer a gente rir: "Será que vocês conhecem Ivan Prokófievitch Jeltopuz?[39] Pois sim, aquele mesmo que mordeu a perna de Prokófi Ivânovitch. Ivan Prokófievitch é um homem de índole dura, porém dotado, em compensação, de raras virtudes, enquanto Prokófi Ivânovitch, pelo contrário, gosta demais de rábano com

---

[37] Tenda dos nômades da Ásia Central.

[38] Grande rio na parte asiática da Rússia.

[39] Alguém que tem a barriga amarela (em russo).

mel. Ainda quando Pelaguéia Antônovna o conhecia... Mas vocês conhecem Pelaguéia Antônovna? Pois sim, aquela mesma que sempre põe a saia às avessas."

Mas a gente morre de rir, Várenka, simplesmente morre! Estávamos rolando de tanto riso, ao passo que ele nos lia aquilo. Como ele é, que Deus lhe perdoe mesmo! Aliás, mãezinha, se bem que aquilo seja um tanto rebuscado e por demais frívolo, é algo inocente, ainda assim, sem o menor livre-pensamento nem sombra de ideias liberais. É preciso notar, mãezinha, que a conduta de Rataziáiev é exemplar, sendo ele, portanto, um escritor excelente, ao contrário dos outros escritores. Pois enfim, na verdade, também me vem à cabeça, de vez em quando, uma ideia... e se eu mesmo escrevesse alguma coisa, o que seria então? Digamos que, por exemplo, seria lançado de repente, sem causa aparente, um livrinho intitulado "Poesias de Makar Dêvuchkin". O que é que você diria nesse caso, meu anjinho? O que imaginaria e pensaria então? Só que lhe direi por minha parte, mãezinha, que, tão logo um livrinho meu fosse lançado, eu não ousaria mais, decididamente, aparecer na Nêvski.[40] Pois o que seria de mim se qualquer um pudesse dizer que lá vem passando o autor literário e vate Dêvuchkin, que é, digamos, aquele mesmo Dêvuchkin? O que eu faria então, por exemplo, com estas minhas botas? Notarei de passagem, mãezinha, que minhas botas estão quase sempre remendadas, e que as solas se desprendem às vezes, seja dita a verdade, de modo bastante indecente. O que, pois, seria de mim se todos ficassem sabendo que

[40] A avenida Nêvski é uma das principais vias públicas da parte histórica de São Petersburgo.

as botas do literato Dêvuchkin estão todas remendadas? Se alguma condessa ou duquesa ficasse sabendo disso, o que ela diria, aquela beldade, hein? Não repararia, talvez, já que, a meu ver, as condessas não se interessam por botas e, ainda por cima, pelas de um funcionário público (pois há botas e botas...), mas então lhe contariam sobre tudo, meus próprios companheiros me entregariam. E Rataziáiev seria o primeiro a entregar-me, que vai à casa da condessa V. e diz que a visita, todas as vezes, sem a mínima cerimônia. Diz que é assim, uma beldade literária; diz que é uma dama daquelas. Mas esse Rataziáiev é um porre!

Aliás, chega de falar sobre a tal matéria, já que escrevo isto assim, meu anjinho, por brincadeira, para diverti-la um pouco. Adeus, minha queridinha! Rabisquei um bocado para você, mas o fiz, na verdade, porque meu estado de espírito tem sido hoje o mais alegre possível. Almoçamos hoje, todos juntos, na casa de Rataziáiev, e eles (são brincalhões, mãezinha!) tomaram um *romanei*[41] tal que... mas não vale a pena escrever sobre aquilo! Veja apenas, Várenka, se não inventa aí nada a meu respeito. Ando fazendo isto assim, de mentira. Vou mandar uns livrinhos para você, sem falta... Circula por aqui, de mão em mão, uma obra de Paul de Kock,[42] só que não vai recebê-la, mãezinha, de jeito nenhum... Nem pensar: Paul de Kock não serve para você. Diz-se acerca dele, mãezinha, que deixa todos os críticos petersburguenses nobremente indignados. Envio-lhe um cartuchinho

---

[41] Vinho suave de uva (arcaísmo russo).

[42] Charles-Paul de Kock (1793-1871): escritor francês cujas obras recreativas tiveram um notável sucesso no século XIX.

de bombons, que comprei especialmente para você. Coma-os, meu benzinho, e lembre-se de mim com cada bombom comido. Mas veja se não fica roendo aquele rebuçado, mas apenas o chupa de leve, senão seus dentinhos vão doer. Talvez goste de frutas confeitadas também? Escreva para mim. Adeus, pois, adeus. Cristo a proteja, minha queridinha! E me quedarei, para sempre, seu amigo mais fiel

Makar Dêvuchkin.

27 de junho.

Prezado senhor Makar Alexéievitch!

Fedora diz que, se eu quiser, certas pessoas compartirão, e com prazer, desta situação minha e conseguirão para mim um emprego muito bom, o de governanta, numa casa. O que acha, amigo meu: vou lá ou não vou? É claro que então não serei mais um fardo para o senhor, e parece, ademais, que o trabalho é bem pago, mas, por outro lado, fico temendo um pouco ir trabalhar numa casa desconhecida. É uma família de fazendeiros. Se começarem a indagar sobre mim, a fazer perguntas, a bisbilhotar, o que lhes direi então? Além do mais, sou tão retraída, tão arredia, e gosto de morar por muito tempo num canto familiar. Vive-se melhor lá onde a gente costuma viver: nem que se viva a custo, mas se sente melhor. E, além disso, terei de me mudar, e só Deus sabe que emprego será aquele: talvez me façam apenas cuidar das crianças. E aquelas pessoas são tais que trocam já a terceira governanta em dois anos. Aconselhe-me, pois, Makar Alexéievitch, pelo amor de Deus: vou lá ou não vou? E por que o senhor mesmo não vem nunca à nossa casa, mas se mostra apenas de longe, de vez em quando?

É quase só aos domingos, na hora da missa matinal, que a gente se vê. Como o senhor é arisco! Igualzinho a mim. E sou quase uma parenta sua. Não me ama, Makar Alexéievitch, e fico, por vezes, muito triste, quando sozinha. Fico sentada aqui, vez por outra, sobretudo ao cair do crepúsculo, totalmente só. Fedora vai para algum lugar. E cá fico sentada, pensando, pensando, rememorando todo o passado, seja ele feliz, seja triste, e tudo me passa diante dos olhos, assim de relance, como se saísse de uma neblina. E aparecem os rostos familiares (passo então a vê-los como se estivessem mesmo em minha frente), e quem vejo mais vezes é minha mãezinha... E que sonhos é que tenho! Sinto que minha saúde está debilitada; estou tão fraca; hoje também, quando me levantava da cama pela manhã, passei mal; além do mais, estou com uma tosse tão ruim assim! Sinto, pois, sei que morrerei logo. Quem vai enterrar-me? Quem irá atrás do meu caixão? Quem terá pena de mim?... E talvez me cumpra morrer algures, numa casa alheia, num canto que não é meu!... Meu Deus, como a vida é triste, Makar Alexéievitch! E por que não para, amigo meu, de me alimentar com esses bombons? Juro que não sei onde o senhor arruma tanto dinheiro! Ah, meu amigo, guarde esse dinheiro, pelo amor de Deus, guarde-o. Fedora está vendendo um tapete que eu bordei: oferecem cinquenta rublos em papel-moeda por ele. Isso é muito bom: pensei que dariam menos. Vou passar três rublos para Fedora e costurar um vestidinho para mim, assim, simplesinho, mas bem quente. E farei um colete para o senhor: vou fazê-lo eu mesma e escolherei um tecido bom.

Fedora conseguiu um livrinho para mim, "Contos de Bêlkin", que lhe envio se acaso o senhor quiser lê-lo. Só não o suje, por favor, nem o retenha por muito tempo, que o livro não é nosso: é uma obra de Púchkin. Líamos esses contos havia dois anos, minha mãezinha e eu, e agora me entristeci tanto ao relê-los. Se o senhor tiver alguns livros, mande-os para mim, contanto que não os tenha recebido de Rataziáiev. Ele daria, por certo, uma das suas obras, se é que já publicou alguma. Como é que o senhor pode gostar daquelas obras dele, Makar Alexéievitch? Tantas bobagens... Adeus, pois, que fiquei proseando demais! Quando estou triste, aí me disponho a prosear, seja qual for o assunto. É um remédio: logo me sinto aliviada, sobretudo depois de dizer tudo o que me pesa no coração. Adeus, adeus, meu amigo!

Sua

V. D.

28 de junho.

Mãezinha Varvara Alexéievna!

Chega de ficar triste! Como é que não se envergonha com isso? Chega, meu anjinho, chega: como é que tais ideias lhe vêm à cabeça? Você não está doente, meu benzinho, não está nem um pouco doente, mas florescendo, juro que está florescendo; um pouquinho pálida, mas, ainda assim, florescendo. E quais são esses sonhos e essas visões que tem? Chega, minha queridinha, mas que vergonha! Cuspa para seus sonhos, sim, apenas cuspa para eles. Por que é que eu mesmo durmo bem? Por que nada se dá comigo? Pois olhe para mim, mãezinha! Estou vivendo a meu bel-prazer, durmo bem, ando saudavelzinho, como um valentão daqueles, e dá gosto olhar para mim. Chega, chega, meu benzinho, que é vergonhoso mesmo. Aprume-se. É que conheço, mãezinha, essa sua cabecinha: mal vem alguma ideia, e você já se põe a sonhar, a lamentar qualquer coisa. Não se entristeça mais, meu benzinho, faça isso por mim. Ir trabalhar fora? Jamais! Não, não e não! E por que será que essas ideias lhe vêm, o que a domina? E, ainda por cima, mudar-se daqui? Mas não, mãezinha, não vou permitir e me armarei de todas as forças contra tal intenção. Venderei minha casaca velha e andarei pelas ruas só de camisa, mas você não vai precisar, aqui conosco, de nada. Não, Várenka, não, que a conheço muito bem! É uma divagação, uma divagação pura! E o que é certo é que a culpa disso tudo é de Fedora: pelo visto, é uma *baba*[43] tola e foi ela quem fez você pensar desse jeito. Pois não acredite nela, mãezinha! Decerto ainda não sabe de tudo, meu benzinho, sabe?... É uma *baba* estúpida, rabugenta, briguenta; foi ela, aliás, quem despachou seu finado marido desta para a melhor. Quem sabe se você não a irritou de alguma maneira aí? Não, não, mãezinha, de jeito nenhum! E como eu mesmo ficarei nesse caso, o que me restará fazer, hein? Não, Várenka, meu benzinho, tire isso da sua cabecinha, tire. O que é que lhe falta aqui conosco? A gente se alegra, o tempo todo, com você, você gosta da gente... continue, pois, vivendo aí quietinha: costure ou leia, ou melhor, nem costure mais, contanto que continue conosco. Senão, julgue você mesma: com que isso se pareceria então?... Vou arranjar alguns livrinhos para você, e depois, quem sabe, vamos de novo dar uma volta por aí. Mas chega, mãezinha, chega mesmo: crie juízo e não divague por causa daquelas ninharias todas!

---

[43] Termo pejorativo que designa uma mulher de origem pobre (em russo).

Vou visitá-la num futuro bem próximo, mas veja se aceita em troca uma declaração minha, direta e franca: faz mal, meu benzinho, faz muito mal! É claro que sou um homem bronco e sei, eu mesmo, que sou bronco, que estudei com trocados de cobre, mas não venho nem aludindo àquilo, e não se trata de mim, coisa nenhuma, porém, queira você ou não, vou defender Rataziáiev. Ele é meu amigo, portanto vou defendê-lo. Ele escreve bem, muito, muito e, outra vez, muito bem mesmo. Não concordo, pois, com você, nem sequer posso concordar. O estilo dele é florido, nítido, com várias figuras e diversas ideias — muito bom! Talvez o tenha lido sem sentimento, Várenka, ou então estivesse maldisposta na hora de lê-lo, zangada com Fedora por alguma razão ou logo depois de acontecer algo desagradável aí. Não, leia aquilo de um jeito melhorzinho, com sentimento, quando estiver contente e alegre, e num estado de espírito prazenteiro, por exemplo, quando estiver com um bombonzinho na boca: leia-o desse jeito, está bem? Não estou discutindo (quem discutiria?): há escritores melhores que Rataziáiev, alguns bem melhores mesmo, mas eles lá são bons e Rataziáiev é bom também, eles escrevem bem e ele escreve bem. Ele fica no seu canto, escreve assim, pouco a pouco, e faz muito bem em escrever pouco a pouco. Adeus, pois, mãezinha; não posso mais escrever, que tenho uma coisa a fazer e estou com pressa. Veja, pois, mãezinha, minha *yássotchka* adorável, veja se fica calma, e que Deus permaneça com você. Quanto a mim, continuo sendo seu fiel amigo

Makar Dêvuchkin.

P. S.: Grato pelo livrinho, minha querida: vamos ler Púchkin também; e hoje mesmo, de tardezinha, vou visitá-la sem falta.

1º de julho.

Meu caro Makar Alexéievitch!

Não, meu amigo, não: não tenho como viver aqui. Pensei direitinho e achei que faria muito mal em recusar um emprego tão proveitoso. Ali terei, pelo menos, um pedaço de pão na certa; hei de me esforçar e vou merecer o carinho daquelas pessoas estranhas, até mesmo tentarei, se preciso for, mudar de índole. Decerto é penoso e doloroso viver em meio a estranhos, buscando pela complacência de outrem, escondendo-me e forçando a mim mesma, porém Deus me ajudará. Não posso ficar, pela vida afora, tão arredia assim. Já se deram tais coisas comigo antes. Lembro como ia, quando pequena ainda, para aquele colégio. Passo um domingo inteiro brincando em casa, pulando, de maneira que minha mãezinha até me censura às vezes, e está tudo bem, e meu coração se apraz, e minha alma está luminosa. Mas então vem a noite, e eis que uma tristeza mortal se apossa de mim, pois tenho de voltar para o colégio às nove horas, e tudo me é alheio por lá, frio e severo, e as governantas andam tão zangadas às segundas-feiras, e minha alma fica doendo tanto, às vezes, que quero chorar; vou até um cantinho e choro sozinha ali, escondendo as lágrimas para ninguém comentar que sou preguiçosa, porém não choro, daquela feita, por ter de estudar, não. Pois então? Acostumei-me àquilo e depois, quando deixava o colégio, também chorava ao despedir-me das minhas amigas. De resto, não faço bem em viver onerando vocês dois. Essa ideia me faz sofrer. Digo-lhe isto francamente, porque me habituei a tratá-lo com franqueza. Será que não vejo Fedora se levantar, todo santo dia, de manhãzinha e começar a lavar aquelas roupas e trabalhar até altas horas da noite? E os ossos velhos gostam de repouso, não gostam? Será que não vejo o senhor se arruinar por minha causa, botar seu último copeque sobre a aresta e gastá-lo depois comigo? Mas não é com sua fortuna, meu amigo, que se fazem tais coisas! Escreve que vai vender seus últimos pertences para não me deixar desamparada. Acredito nisso, amigo meu, acredito em seu bom coração, mas o senhor fala assim agora. Agora tem um dinheiro inesperado, recebeu uma gratificação, mas o que é que será depois, depois? O senhor mesmo sabe que estou sempre adoentada; não posso trabalhar como vocês trabalham: teria um prazer, cá na alma, em trabalhar assim, só que nem sequer o trabalho aparece todos os dias. O que me resta fazer? Lacerar-me com tanta aflição, olhando para vocês dois, meus queridos? Como é que eu poderia ser, pelo menos, um pouquinho útil para vocês? E por que o senhor precisa tanto de mim, meu amigo? O que é que lhe fiz de bom? Apenas me apeguei ao senhor com a alma toda; amo o senhor de verdade, amo mesmo, com todo o meu coração, porém — quão amargo é meu destino! — sei apenas amar e posso amar apenas, mas não lhe fazer o bem nem lhe pagar pelas suas boas ações. Não me retenha, pois, mais: reflita e me diga sua última opinião. Fico na expectativa, amando:

V. D.

1º de julho.

Divagação, Várenka, divagação; simplesmente uma divagação! É só a gente deixá-la por algum tempo, e eis que já pensa tanto, mas tanto, com essa cabecinha sua! Nem isto é assim nem aquilo é assado! Pois estou vendo agora que é tudo uma divagação. O que é que lhe falta, mãezinha, aqui conosco, diga apenas isso! A gente ama você, você ama a gente, estamos todos contentes e felizes — o que é que mais quer? E o que é que vai fazer lá, na casa daquela família estranha? É que não sabe ainda, por certo, o que é um estranho?... Não, digne-se a interrogar a mim, e lhe direi o que é um estranho. Conheço-o, mãezinha, bem o conheço: já tive de comer o pão dele. É malvado, Várenka, é malvado; é tão malvado que esse seu coraçãozinho não bastará, tanto ele vai torturá-lo com seus reproches e suas censuras e seus olhares maus. E aqui conosco você está bem, tão quentinha como se estivesse aconchegada num ninhozinho da gente. E nos deixaria ambos como que sem cabeça. O que vamos fazer sem você; o que eu mesmo, este velho aqui, farei então? É de você que não precisamos? É você que não vem a ser útil? Como assim, "útil"? Não, julgue você mesma, mãezinha, como não seria útil para a gente! Você me é muito útil, Várenka! Exerce sobre mim uma influência tão benéfica... É que estou pensando em você agora e fico alegre... Escrevo-lhe, vez por outra, uma carta, relatando nela todos os meus sentimentos, e recebo de você uma resposta minuciosa. Comprei umas roupinhas para você, arrumei um chapeuzinho; se houver, de vez em quando, alguma incumbência sua, venho cumpri-la também, essa incumbência... Não, mas como você não seria útil? E o que vou fazer sozinho, depois de velho, para que vou prestar, hein? Talvez nem tenha pensado nisso, Várenka; pois trate de pensar justamente nisso: para que, digamos, ele vai prestar sem mim? Acostumei-me a você, minha querida. E o que vou fazer agora? Irei caminhando até o Neva e darei cabo de tudo. E juro que sim, farei isso mesmo, Várenka, pois não terei mais nada a fazer sem você! Ah, meu benzinho, Várenka! Quer, pelo visto, que um carro de aluguel me leve para o Vólkovo, que uma velha mendiga qualquer acompanhe sozinha, por lá, meu caixão, que me cubram ali de areia e vão embora e me deixem ali sozinho. Pecado, mas que pecado, mãezinha! Juro que é pecado, juro por Deus que é pecado! Devolvo-lhe seu livrinho, minha amiguinha Várenka, e, se acaso me perguntar, minha amiguinha, pela opinião que tenho acerca desse seu livrinho, direi que ainda não me ocorreu, em toda a minha vida, ler tais livrinhos maravilhosos. Agora me pergunto, mãezinha, como vivi até hoje, tão ignorante assim, que Deus me perdoe! O que fiz? De quais florestas saí? É que não sei coisa nenhuma, mãezinha, coisa nenhuma; não sei nadinha de nada! Digo-lhe mui simplesmente, Várenka: sou um homem bronco; li pouco até agora, li muito pouco, não li quase nada. Li "O quadro do homem",[44] uma obra inteligente; li "O menino a tocar várias coisinhas com seus sininhos"[45] e "Os grous de Íbico"[46] — apenas isso, e nunca mais li coisa nenhuma. Pois li agorinha "Chefe da estação de posta", aí no seu livro, e lhe digo, mãezinha, que às vezes a gente vive e nem sabe que há um livrinho desses por perto, no qual a vida da gente é narrada assim, por miúdo, como dois mais dois. E mesmo aquilo que a gente nem imaginava antes fica bem aí, tão logo se

[44] Livro do filósofo russo Alexandr Gálitch (1783-1848), em que ele resume a sua visão da psicologia humana.

[45] Alusão ao romance sentimental *O pequeno sineiro*, do escritor francês François Guillaume Ducray-Duminil (1761-1819).

[46] Balada de Friedrich Schiller (1759-1805) traduzida para o russo por Vassíli Jukóvski (1783-1852).

chega a ler tal livrinho, e se recorda, aos poucos, por si só, e se acha, e se adivinha. E, afinal de contas, eis por que ainda gostei do seu livro: há obras tais que a gente as lê, sejam quais forem, e quase se arrebenta, às vezes, de tanto esforço, mas elas são tão intrincadas que não dá simplesmente para entendê-las. Eu, por exemplo, sou obtuso, obtuso por natureza, e não consigo, portanto, ler obras por demais importantes, mas, quando leio esse livrinho, é como se o tivesse escrito eu mesmo, como se fosse, digamos assim, meu próprio coração, seja ele qual for, que tirei e virei às avessas, na frente do público, e descrevi-o todo assim, por miúdo — é isso aí! Aliás, é uma coisinha simples, meu Deus! Ora, mas é verdade: juro que eu mesmo teria escrito daquela maneira, por que não teria? É que estou sentindo a mesma coisa, exatamente a mesma que está no livro, e já fiquei vez por outra, eu também, nas mesmas situações que, digamos assim, o tal de Samson Výrin, aquele coitado. E quantos são aqueles Samsons Výrins, os mesmos pobres-diabos queridos, que andam por entre nós? E como tudo é descrito, tão habilmente! Quase rompi a chorar, mãezinha, quando li que ele bebera tanto, o pecador, que perdera a memória, que estava amargurado e dormia, o dia inteiro, debaixo de um *tulup*[47] daquela pele de carneiro, afogando seu pesar no ponchezinho e pranteando mui lastimosamente, enxugando os olhos com sua aba suja ao lembrar-se da sua ovelhinha perdida, da sua filha Duniacha! Não, mas como aquilo é natural! Leia aí, hein: como é natural! Como é vívido! Eu mesmo tenho visto aquilo; aquilo tudo fica morando ao meu lado, por

[47] Sobretudo de peles (em russo).

exemplo, Thereza ou — nem é preciso ir muito longe! — por exemplo, este nosso pobre servidor que talvez seja o mesmo Samson Výrin, apenas tem outro sobrenome, *Gorchkov*. É que o negócio é geral, mãezinha, e o mesmo pode acontecer tanto a você quanto a mim. E o conde, que mora na Nêvski ou na avenida marginal, será o mesmo, apenas vai parecer diferente, já que lá, no meio deles, tudo se faz de maneira particular, no mais alto estilo, mas ele também será o mesmo, pois tudo pode acontecer, e a mim também pode acontecer essa mesma coisa. É isso aí, mãezinha, e você quer ainda ficar longe de mim, só que bem pode ser, Várenka, que um pecado venha então tomar conta de mim. Assim pode destruir, minha querida, a si mesma e a mim também. Ah, minha *yássotchka*, tire, pelo amor de Deus, todas essas ideias folgadas da sua cabecinha e não me atormente à toa. Como é que poderia, meu passarinho fraquinho, implume, como poderia sustentar a si mesma, impedir sua própria perdição, defender-se dos malfeitores? Chega, Várenka, aprume-se: não escute aqueles conselhos tolos nem aquelas calúnias, mas leia de novo seu livrinho e leia com atenção, que isso lhe será útil.

Falei do "Chefe da estação de posta" com Rataziáiev. Ele me disse que era tudo uma velharia e que agora só havia livrinhos com desenhos e várias descrições; na verdade, nem entendi direitinho o que me dissera. Concluiu dizendo que Púchkin era bom, que glorificara a santa Rússia, e ainda me falou muito dele. Sim, muito bem, Várenka, muito bem; leia, pois, esse livrinho mais uma vez, com atenção, siga meus conselhos e torne este velho feliz com sua obediência. Então nosso Senhor vai recompensá-la, minha querida, vai recompensá-la sem falta.

Seu amigo sincero

Makar Dêvuchkin.

6 de julho.

Prezado senhor Makar Alexéievitch!

Fedora me trouxe hoje quinze rublos de prata. Como ficou feliz, coitada, quando lhe dei três rublos inteiros! Escrevo-lhe às pressas. Agora estou talhando um colete para o senhor, e o tecido é uma graça, amarelinho com umas florzinhas. Envio-lhe um livro: há várias novelas nele, já li algumas; leia também uma delas, intitulada "O capote".[48] O senhor me convida a irmos juntos ao teatro, mas não será isso caro demais? Só se ficarmos, talvez, na torrinha... Já faz muito, muito tempo que não vou ao teatro e, na verdade, nem lembro mais quando fui lá. Todavia, fico de novo com medo de essa invenção lhe custar muito caro. Fedora não faz outra coisa senão abanar a cabeça. Diz que o senhor passou a gastar muito além dos seus meios; de resto, eu mesma percebo isso, bem vejo quanto tem esbanjado apenas comigo! Cuidado, amigo meu, para não ocorrer algum mal. Fedora me tem falado, além do mais, sobre alguns boatos ali, disse que o senhor teria discutido, parece, com sua locadora por não pagar o aluguel, e temo muito pelo senhor. Adeus, pois, que estou com pressa. Tenho uma tarefazinha, a de trocar as fitas de um chapeuzinho.

---

[48] Famoso conto de Nikolai Gógol (1809-1852) (Veja *Contos russos*, Tomo I [tradução e notas por Oleg Almeida]. Martin Claret, São Paulo, 2014, pp. 149-198).

V. D.

P. S.: Sabe, se a gente for ao teatro, usarei meu chapeuzinho novinho e botarei uma mantilha preta por cima dos ombros. Será que vão cair bem?

7 de julho.

Prezada senhorita Varvara Alexéievna!

...Continuo, pois, falando daquele assunto de ontem. Sim, mãezinha, a gente também teve outrora umas divagações. Endoidei por aquela atrizinha, fiquei destrambelhado, mas ainda não faria mal, só que o mais esquisito era que quase não a tinha visto, indo ao teatro uma vez só, e, ainda assim, endoidei. Moravam então ao meu lado, logo atrás da parede, uns cinco caras alegres e cheios de fogo. Aproximei-me deles, mesmo sem querer, embora sempre me mantivesse nos limites da decência. Mas, a fim de não ficar para trás, aprovava-os, eu mesmo, em tudo. Foram eles que me contaram montes de coisas sobre aquela atrizinha lá! Toda noite, assim que começava o espetáculo, a turminha toda (nunca tinha, aliás, um tostão furado para o necessário), toda aquela turminha ia ao teatro, direto à torrinha, e ali ficava batendo palmas, aclamando a tal atrizinha, e se quedava simplesmente frenética! E depois eles nem me deixavam dormir, conversando, a noite inteira, sobre ela, e cada um a chamava de sua Glacha, e estavam todos apaixonados somente por ela, e tinham o mesmo canário no coração. Atiçaram a mim também, indefeso; é que era ainda novinho àquela altura. Nem sei como fui parar no teatro com eles, lá na torrinha, no quarto piso. Quanto a assistir, via apenas a bordinha do pano, mas, em compensação, ouvia tudo. É verdade que aquela atrizinha tinha uma voz boazinha, sonora como a de um rouxinol e melosa! Aplaudimos até as mãos nos doerem, gritamos à beça — numa palavra, quase vieram pegar a gente e levaram um de nós, na verdade, para fora. Voltei para casa como que desvairado; só tinha um rublo no bolso e me restavam ainda uns dez dias inteiros até receber o salário. E o que você acha, mãezinha? No dia seguinte, antes de ir à minha repartição, dei um pulinho na loja de um perfumista francês, comprei um perfume qualquer e um sabonete aromático com todo o meu cabedal... nem eu mesmo sei por que comprei então aquilo tudo. Não almocei em casa, mas fiquei andando, o tempo todo, sob as janelas dela. A atrizinha morava na Nêvski, no terceiro andar. Voltei para casa, descansei por uma horinha e fui outra vez à Nêvski, só para passar sob as janelas dela. Fiquei andando dessa maneira por um mês e meio, arrastando a asa para ela, contratando os cocheiros mais atrevidos a cada minuto e circulando volta e meia diante da sua casa; acabei esgotado, endividado e depois não a amava mais, enfadado que estava! É isso, pois, que uma atrizinha está em condição de fazer com um homem decente, mãezinha! Aliás, eu era novinho então, bem novinho!...

M. D.

8 de julho.

Minha cara senhorita Varvara Alexéievna!

Apresso-me a devolver seu livrinho, recebido no dia 6 deste mês, e, ao mesmo tempo, a explicar-me com você nesta carta minha. É ruim, mãezinha, é ruim que me tenha levado a tais extremos. Permita aí, mãezinha: quaisquer estados e destinos humanos são definidos pelo

Supremo. A este cabe andar com dragonas[49] de general, e àquele, ser servidor de nona classe;[50] Fulano tem de mandar, e Beltrano, de obedecer com resignação e medo. Isso é calculado de acordo com as capacidades de cada pessoa: uma é capaz de fazer tal coisa, a outra, de fazer outra coisa, e essas capacidades são determinadas por Deus como tal. Já faz cerca de trinta anos que estou no serviço público: sirvo de modo irreprochável, minha conduta tem sido sóbria, e nunca me viram participar de nenhuma arruaça. Como cidadão, considero-me, com minha própria consciência, possuidor de alguns defeitos e, ao mesmo tempo, de algumas virtudes. Sou respeitado pela chefia, e até mesmo Sua Excelência anda contente comigo: ainda que não me tenha demonstrado, até agora, nenhum sinal especial de sua benevolência, sei, sim, que anda contente. Vivi até meus cabelos embranquecerem, mas não conheço nenhum grande pecado meu. É claro: quem não teria uns pecadinhos miúdos? Todos são pecadores, e até mesmo você, mãezinha, é uma pecadora! Contudo, jamais cometi grandes deslizes nem ousadias, indo assim, de encontro às portarias, ou perturbando a ordem pública: jamais fui visto fazendo tais coisas, não houve nada disso, e até queriam condecorar-me com uma cruzinha — é isso aí! Na verdade, você deveria saber disso tudo, mãezinha, e o escritor também deveria saber: visto que se incumbiu dessas descrições, deveria, sim, saber de tudo. Não esperava por isso, mãezinha; não,

---

[49] Palas ornadas de franjas de ouro que os militares usavam em cada ombro.

[50] Os servidores civis e militares do Império Russo dividiam-se em 14 classes consecutivas, sendo a 1ª (chanceler, marechal de exército ou almirante) a mais alta.

Várenka! Exatamente da sua parte é que não esperava por nada disso.

Como? Mas não dá mais, depois disso, para viver sossegado em meu cantinho, seja ele qual for, viver sem turvar as águas, conforme aquele provérbio, sem bulir com ninguém, temendo a Deus e conhecendo a mim mesmo, sem que os outros venham bulir comigo, sem que se insinuem também em minha toca para me espionar: como, digamos, é que você vive aí, em sua casa; se tem, por exemplo, um bom colete e as roupas de baixo que lhe cumpre ter; se tem umas botas, e quais são as solas delas; o que anda comendo, bebendo e copiando aí?... E o que há de ruim, mãezinha, se acaso eu mesmo, digamos, passo nas pontas dos pés, às vezes, por onde a calçada for meio precária e resguardo as minhas botas? Para que escrever sobre um estranho que está na penúria, de vez em quando, que nem toma chá? Como se todos devessem, assim sem falta, tomar esse chá! Será que olho para a boca de qualquer um, querendo saber que pedaço ele está mastigando lá? Quem foi, pois, que ofendi desse jeito? Não, mãezinha, por que ofenderia os outros, desde que eles não bulam comigo? Pois então, Varvara Alexéievna, eis aqui um exemplo para você, eis o que isso significa: a gente serve, serve com zelo e dedicação, assim mesmo, e a própria chefia respeita a gente (seja lá como for, mas respeita, sim!), e eis que alguém apronta, nas barbas da gente e sem nenhuma causa aparente, um pasquim sem tirar nem pôr. É verdade, por certo, que mando fazer eu também, vez por outra, uma roupa nova, e fico tão alegre que não durmo mais de tanta alegria, e calço então, por exemplo, minhas botas novas com tanto gozo; é verdade que já senti isso, pois dá gosto ver esta minha perna com uma bota fina, ajanotada — isso foi descrito com precisão! Mas, ainda assim, fico deveras espantado de Fiódor Fiódorovitch ter deixado passar um livrinho desses, sem lhe dar especial atenção nem defender nossa gente. É verdade que ainda é um dignitário jovem e gosta de gritar amiúde, mas por que é que não gritaria mesmo? Por que não repreenderia os nossos, se fosse preciso repreendê-los? Mas suponhamos assim, por exemplo, que lhes passe um pito por conveniência: então que grite com eles por conveniência, para ensinar as coisas, para meter um medinho ali, porque... fique isso entre nós, Várenka... porque os nossos não fazem coisa nenhuma sem aquele medinho, mas cada um busca apenas constar algures nos quadros — estou servindo, digamos, em tal ou tal repartição — e, quanto ao serviço, passa longe dele, assim de ladinho. E, como existem vários cargos e cada cargo demanda um pito peculiar, que esteja à altura dele, é natural que o próprio tom de cada pito se torne, por esse motivo, bem diferente: isso faz parte da nossa ordem das coisas! É que o mundo inteiro se embasa nisso, mãezinha, agindo nós todos por conveniência, uns na frente dos outros, e passando cada um de nós seu pito no outro. O mundo não teria resistido sem tal precaução, nem haveria ordem nenhuma. Fico, portanto, deveras espantado de Fiódor Fiódorovitch ter deixado passar um ultraje desses, sem lhe dar especial atenção.

Por que escrever uma coisa dessas? Para que ela serve? Será que um dos leitores encomendará, por causa dela, um capote para mim, hein? Será que me comprará um par de botas novas? Não, Várenka, apenas lerá aquilo e ainda exigirá uma continuação. A gente se esconde, por vezes, não para de se esconder e oculta o que lhe estiver faltando, não raro teme botar o nariz para fora, metê-lo onde quer que seja, porque vive com medo de má fama, pois dá para fazer um pasquim de tudo quanto houver neste mundo, e eis que toda a vida pública e íntima da gente já anda pela literatura afora, e já está tudo impresso, lido, escarnecido e comentado! Mas então nem se poderá mais aparecer na rua, e tudo isso fica provado pelo autor, tanto assim que agora nossa gente já é reconhecida apenas pelo seu andar. Ainda não faria mal se ele se corrigisse, de algum jeito, pelo fim da história, se abrandasse alguma passagem, se colocasse, por exemplo, depois daquele trecho em que jogavam papeizinhos sobre a cabeça do servidor: ainda assim, digamos, apesar disso tudo, ele era virtuoso, um bom cidadão, e não merecia tal tratamento dos seus colegas, mas obedecia aos superiores (poder-se-ia inserir algum exemplo ali), não desejava o mal de ninguém, acreditava em Deus e faleceu (já que o autor quer tanto que ele faleça) pranteado. E o melhor seria não o deixar falecer, aquele coitado, mas fazer que seu capote fosse encontrado, que o tal general, ao inteirar-se mais detalhadamente das suas virtudes, acabasse pedindo que o transferissem para seu gabinete, promovendo-o a uma classe mais alta e dando-lhe um bom ordenado, e assim se veria bem como a história terminaria: o mal seria punido, a virtude ficaria triunfando, e os colegas dele, todos os demais servidores, não lograriam nenhum êxito. Eu, por exemplo, faria isso mesmo, mas, daquela maneira, o que o autor escreveu de incomum, o que fez de bom? Assim, um exemplo fútil da nossa reles vida cotidiana. E como foi que você resolveu, minha querida, mandar um livrinho desses para mim? Pois é um livrinho mal-intencionado, Várenka;

é simplesmente inverossímil, porque nem sequer pode acontecer que haja um servidor daqueles. Pois temos de reclamar depois disso, Várenka, reclamar formalmente.

Seu fidelíssimo servo

Makar Dêvuchkin.

27 de julho.

Prezado senhor Makar Alexéievitch!

Os últimos acontecimentos e suas cartas deixaram-me assustada, abalada e atônita, e os relatos de Fedora explicaram-me tudo. Mas por que é que ficou tão desesperado, Makar Alexéievitch, por que caiu de repente nesse abismo em que caiu? Suas explicações não me satisfizeram nem um pouco. O senhor mesmo veja se eu tive razão insistindo em aceitar aquele emprego proveitoso que me era oferecido. Além do mais, esta minha aventura mais recente amedronta-me de verdade. O senhor diz que foi seu amor por mim que o fez esconder-se de mim. Já então percebi que lhe devia muita coisa, quando o senhor me assegurava que só gastava comigo o dinheiro que lhe sobrava, o qual estava guardado, pelo que me dizia, numa casa de penhores, por via das dúvidas. Agora que estou ciente de o senhor não ter tido dinheiro algum, que soube por acaso da minha situação calamitosa e, sensibilizado com ela, decidiu antecipar seu salário e gastá-lo comigo, e até mesmo vendeu suas roupas quando fiquei doente, agora a descoberta disso tudo coloca-me numa situação tão aflitiva que não sei até hoje como receber tudo isso nem o que pensar a respeito. Ah, Makar Alexéievitch, o senhor devia ter parado após seus primeiros favores, impostos pela compaixão e pelo seu amor parental, e não esbanjar seu dinheiro posteriormente com tantas coisas supérfluas. O senhor traiu nossa amizade, Makar Alexéievitch, porque não foi sincero comigo, e, agora que vejo seu último dinheiro ter sido gasto com minhas toaletes, com os bombons, com os passeios, o teatro e os livros, agora estou pagando caro por isso tudo, pagando a lamentar esta minha leviandade imperdoável (pois aceitei tudo, sem me importar com o senhor), e tudo quanto o senhor fez para me agradar está transformado agora em meu pesar e só me deixa um lamento inútil. Apercebi-me da sua angústia, nesses últimos tempos, e, muito embora eu mesma esperasse, angustiada, por algo, nem sequer me passava pela cabeça o que acabou ocorrendo. Como? O senhor pode mesmo ficar tão desanimado assim, Makar Alexéievitch? O que, pois, é que vão pensar agora, o que agora dirão do senhor todos aqueles que o conhecem? O senhor, que todos, inclusive eu mesma, respeitavam pela bondade de sua alma, pela modéstia e pela sensatez, o senhor acabou caindo agora, de supetão, num vício tão asqueroso que nunca fora visto, ao que parece, praticar antes. O que se deu comigo quando Fedora me contou que o senhor tinha sido encontrado no meio da rua, embriagado, e levado até seu apartamento pela polícia! Fiquei petrificada de tão perplexa, ainda que esperasse por algo extraordinário, pois o senhor andava sumido havia quatro dias. Será que pensou, Makar Alexéievitch, no que diriam seus superiores ao saberem a verdadeira causa de sua ausência? O senhor diz que todos o escarnecem, que todos ficaram cientes de nosso relacionamento e que seus vizinhos mencionam a mim também em suas pilhérias. Não dê atenção àquilo, Makar Alexéievitch, e, pelo amor de

Deus, acalme-se. Ainda me deixa assustada aquela sua história com os oficiais, da qual tinha ouvido alguns boatos obscuros. Explique-me, pois, o que significa aquilo tudo. O senhor escreve que receava contar para mim, que receava perder, com sua confissão, a minha amizade, que estava desesperado sem saber como me ajudaria em minha doença, que vendeu tudo para me amparar e não deixar que me levassem para o hospital, que contraiu tantas dívidas quantas pôde contrair e que todo dia tem contrariedades com sua locadora, porém, escondendo tudo isso de mim, o senhor fez a pior das escolhas. É que agora estou ciente de tudo. O senhor se envergonhava em fazer-me reconhecer que era eu a razão de sua situação desastrosa, só que agora me causa o dobro de dor com essa sua conduta. Tudo isso me abalou, Makar Alexéievitch. Ah, meu amigo, a desgraça é uma doença contagiosa! Os desgraçados e míseros devem ficar longe uns dos outros para não se contaminarem ainda mais. Eu lhe trouxe tais sofrimentos que o senhor não tinha aturado antes, nessa sua vida humilde e recatada. Tudo isso me aflige e me mata.

Escreva-me agora tudo com sinceridade, contando o que se deu com o senhor e como se atreveu a uma ação dessas. Tranquilize-me, se puder. Não é o amor-próprio que me faz agora escrever sobre a minha tranquilidade, mas, sim, minha amizade e meu amor pelo senhor, que nada vai apagar neste meu coração. Adeus. Espero pela sua resposta com impaciência. O senhor tem pensado mal de mim, Makar Alexéievitch!

Amando-o de todo o coração,
Varvara Dobrossiólova.

28 de julho.

Minha inestimável Varvara Alexéievna!

Pois bem, agora que está tudo acabado e voltando, pouco a pouco, ao seu estado anterior, digo-lhe o seguinte, mãezinha: fica preocupada com o que vão pensar de mim, portanto me apresso a declarar, Varvara Alexéievna, que minha dignidade me é mais preciosa do que tudo. Por essa razão, comunicando-lhe as minhas desgraças e todos aqueles distúrbios, informo-lhe que nenhum dos meus superiores sabe ainda de nada, nem sequer virá a saber, de sorte que eles todos continuarão nutrindo respeito por mim como dantes. Só tenho medo de uma coisa: tenho medo de fofocas. A locadora anda gritando, aqui em casa, mas agora que já lhe paguei, mediante esses seus dez rublos, parte da dívida, não faz outra coisa senão resmungar, nada mais. Quanto aos outros, tampouco; contanto que a gente não lhe peça dinheiro emprestado, estão todos quietos. Assim, em conclusão de minhas explicações, dir-lhe-ei, mãezinha, que considero seu respeito por mim a coisa mais importante do mundo e que agora me consolo com isso em meio aos meus distúrbios temporários. Graças a Deus, o primeiro golpe e as primeiras reviravoltas já passaram, e você aceitou aquilo de modo a não me tomar por um amigo pérfido e egoísta por tê-la retido e iludido sem ter forças para me separar de você, que tenho amado como um anjinho meu. Agora me dedico zelosamente ao meu serviço, passando a exercer minhas funções a contento. Yevstáfi Ivânovitch não me disse sequer uma palavra, quando passei ontem ao lado dele. Não lhe oculto, mãezinha, que minhas dívidas estão para me matar, assim como o mau estado de meu guarda-roupa, mas isso tampouco faz mal, e não se desespere com isso, mãezinha, que lhe imploro. Você me manda mais um *poltínnitchek*, Várenka, e esse *poltínnitchek* me arrebenta o coração. Agora é isso, pois, é bem isso agora? Ou seja, não sou eu, velho imbecil, quem ajuda esse meu anjinho, mas é você, minha orfãzinha coitada, quem me ajuda a mim! Fedora fez bem em arranjar um dinheirinho. Não tenho, por ora, nenhuma esperança de receber dinheiro algum, mãezinha, e, se acaso ressurgir uma esperança qualquer, vou escrever-lhe sobre tudo, logo e por miúdo. Mas são as fofocas, são as fofocas que mais me deixam preocupado. Adeus, meu anjinho. Beijo sua mãozinha e lhe imploro que melhore. Se não lhe escrevo com maiores detalhes, é que me apresso a ir à minha repartição, querendo redimir, com meu zelo e minha dedicação, todas as minhas culpas, quanto às omissões em serviço, e adiando o resto da narração sobre todos os acidentes, bem como sobre a aventura com aqueles oficiais, para a tarde.

Respeitando-a e amando-a de todo o coração,
Makar Dêvuchkin.

28 de julho.

Eh, Várenka, Várenka! É justamente agora que o pecado está do seu lado e ficará pesando em sua consciência. É que você me tirou, com essa sua cartinha, do meu derradeiro compasso e me deixou estupefato, e só mesmo agora que penetrei, nas horas vagas, no interior do meu coração, percebi que eu estava com a razão, que tinha toda a razão. Não estou falando da minha crápula (deixemos para lá, mãezinha, deixemos para lá!), mas antes de amá-la e de não me ser nada insensato amá-la, nada insensato. Você não sabe nada, mãezinha, mas se apenas soubesse o porquê disso tudo, por que me cumpre amá-la, diria então outra coisa. Anda dizendo todas essas coisas razoáveis assim, por dizer, mas estou seguro de que tem outra coisa no coração.

Minha mãezinha, não sei nem lembro direito, eu mesmo, tudo o que aconteceu com aqueles oficiais. Preciso notar para você, meu anjinho, que permaneci até então muitíssimo confuso. Imagine, pois: fazia um mês inteiro que eu pendia, por assim dizer, num fiozinho só. Minha situação estava calamitosa mesmo. E me escondia de você, e me escondia em casa, porém minha locadora fez muito barulho, ainda assim, e muita algazarra. Por mim, não faria mal se aquela *baba* imprestável estivesse gritando, mas, em primeiro lugar, é uma vergonha, e, em segundo lugar, ela ficou sabendo, só Deus sabe como, deste nosso relacionamento e andou gritando coisas tais acerca dele, pela casa toda, que entorpeci e tapei os ouvidos. Mas o problema é que os outros não taparam os ouvidos, mas, pelo contrário, abriram-nos bem abertos. Até agora não sei, mãezinha, onde me meter...

E eis que tudo isso, meu anjinho, todo esse afluxo de várias calamidades veio acabar comigo de vez. Ouvi, de repente, Fedora dizer umas coisas estranhas de que teria surgido um requerente indigno em sua casa, chegando a ofender você com uma proposta indigna, e que a ofendera de verdade, profundamente, e fico julgando disso por mim, mãezinha, porque também me quedei profundamente ofendido. E foi então, meu anjinho, que endoidei, e foi então que me perdi e pereci em definitivo. Eu, minha amiga Várenka, saí correndo, tomado de uma raiva inaudita, querendo ir até ele, o pecador; nem sabia direito o que queria fazer, porque não quero que você, meu anjinho, seja magoada! Pois bem: fiquei triste, e estava chovendo, naquele momento, e havia tamanha lama e uma angústia terrificante!... Já queria voltar para casa... E foi então que decaí, mãezinha. Encontrei o Yemêlia, quer dizer, Yemelian Ilitch: ele é servidor, ou melhor, já foi servidor e agora não é mais, que o desligaram da nossa repartição. Nem sei direito o que anda fazendo lá nem como está sofrendo... Fomos, pois, juntos e depois... Mas não vale a pena, Várenka: será que se alegraria lendo sobre as desgraças de seu amigo, sobre seus infortúnios e a história das tentações que ele foi aturando? No terceiro dia, ao anoitecer, foi Yemêlia quem me atiçou, e fui atrás dele, daquele oficial ali. Pedi o endereço ao nosso zelador. Pois eu cá, mãezinha, por falarmos nisso oportunamente, já estava de olho naquele valentão e andava a observá-lo ainda quando ele se hospedava em nosso prédio. Agora é que percebo ter perpetrado uma indecência, por estar num transtorno daqueles, quando lhe anunciaram a minha chegada. E na verdade, Várenka, não me lembro de nada; apenas me lembro de haver muitos oficiais na casa dele, ou talvez eu visse tudo dobrado então, só Deus sabe. Tampouco me lembro do que lhe disse, apenas sei que disse muita coisa naquela minha nobre indignação. E foi então, pois, que me enxotaram de lá, foi então que me jogaram escada abaixo, ou seja, não é que me tenham jogado mesmo, mas apenas me empurraram assim. Você já sabe, Várenka, como voltei para casa: pois bem, é tudo. É claro que me rebaixei e que meu brio ficou maculado, só que nenhuma pessoa estranha sabe disso, ninguém sabe além de você, e nesse caso é como se não tivesse acontecido coisa nenhuma. Talvez seja assim mesmo, Várenka: o que você acha? A única coisa que sei ao certo é que, no ano passado, foi nosso Aksênti Óssipovitch quem atentou da mesma maneira contra a personalidade de Piotr Petróvitch, mas fez isso em segredo, às escondidas. Chamou-o para a guarita, e eu vi aquilo tudo por uma frestinha; e foi de um jeito certo que ele o tratou lá, mas de um jeito nobre, e ninguém viu aquilo além de mim, e, quanto a mim, não fiz nada, ou seja, quero dizer que não declarei nada a ninguém. E, depois disso, Piotr Petróvitch e Aksênti Óssipovitch não fizeram mais nada. E sabe: nem Piotr Petróvitch, por mais ambicioso que seja, disse nada a ninguém, de sorte que ambos se cumprimentam agora com mesuras e apertos de mão. Não estou discutindo, Várenka, nem ouso discutir com você: decaí muito, e a coisa mais horrível é que acabei decaindo em minha própria opinião, mas esse deve ter sido meu destino, essa deve ter sido minha sina, e você mesma sabe que não se foge do seu destino. Esta é, pois, a explicação detalhada das minhas desgraças e calamidades, Várenka; isto é tudo e, mesmo que você não o lesse, não viria a ser diferente. Estou um tanto indisposto, minha mãezinha, e perdi toda a frivolidade dos meus sentimentos. Destarte, testemunhando-lhe agora meu apego, amor e respeito, continuo sendo, minha prezada senhorita Varvara Alexéievna,

Seu fidelíssimo servo
Makar Dêvuchkin.

29 de julho.

Prezado senhor Makar Alexéievitch!

Li ambas as cartas suas e só dei um ai! Escute, amigo meu: ou o senhor está escondendo alguma coisa de mim e só escreveu sobre certa parte de todas as suas contrariedades, ou então... juro que suas cartas, Makar Alexéievitch, ainda revelam uma espécie de desarranjo... Venha à minha casa, pelo amor de Deus, venha hoje; de resto, escute: venha logo para almoçar conosco, sabe? Nem sei como o senhor está vivendo aí e como se entendeu com essa sua locadora. Não escreve nada sobre todas essas coisas, como se as omitisse de propósito. Até a vista, pois, meu amigo: venha sem falta hoje, e faria melhor ainda se viesse sempre almoçar conosco. Fedora cozinha muito bem. Adeus.

Sua

Varvara Dobrossiólova.

1º de agosto.

Mãezinha Varvara Alexéievna!

Está contente, mãezinha, porque Deus lhe mandou o ensejo de retribuir, por sua vez, o bem com o bem e de me agradecer a mim. Acredito nisso, Várenka, e acredito nessa bondade de seu coraçãozinho angelical, e não falo assim para exprobrá-la: apenas não me censure dizendo, como da outra feita, que me teria embromado depois de velho. Houve, pois, tal pecado (fazer o quê?), se quiser mesmo que haja algum pecado no meio, apenas me custa demais ouvir essas coisas todas de você, minha amiguinha! Não se zangue comigo por falar assim, que está tudo doendo, mãezinha, cá no meu peito. A gente pobre é birrenta, e foi a própria natureza que a fez desse modo. Já vinha sentindo isso antes e agora o sinto mais ainda. Ela, quer dizer, uma pessoa pobre, ela é exigente: vê o mundo de Deus sob outro ângulo e olha para cada passante de esguelha e corre um olhar constrangido ao seu redor e presta atenção em cada palavra dita — será que se fala dela por lá? Será que se pergunta ali por que ela é tão feiosa, o que estaria sentindo de fato e como ficaria se vista, por exemplo, deste lado ou daquele lado? E cada qual sabe, Várenka, que uma pessoa pobre é pior do que um trapinho e nem poderia gozar de nenhum respeito por parte de ninguém, escrevam o que escreverem sobre ela! Escrevam eles o que escreverem, aqueles escribas lá, será tudo, nessa pessoa pobre, como sempre foi. Mas por que será tudo como antes? Porque tudo, na opinião deles, deve ser às avessas numa pessoa pobre, porque ela nem deve ter nada íntimo, nenhuma dignidade especial, de jeito nenhum! Foi Yemêlia quem disse agorinha que tinham feito uma vaquinha para ele em algum lugar, e que ele fora, de certa forma, submetido a um exame oficial em troca de cada *grivna*. Pensavam todos que lhe davam as suas *grivnas* de graça, mas não: estavam pagando porque lhes mostravam uma pessoa pobre. Agora, mãezinha, até as boas ações são feitas de certa maneira estranha... ou talvez sempre tenham sido feitas dessa maneira, quem é que sabe? Ou eles não sabem fazê-las, ou são peritos demais: é uma das duas. Talvez você nem soubesse disso, pois então fique sabendo! Até que não nos metemos em outros assuntos, mas, quanto a este, somos versados! Mas por que uma pessoa pobre sabe disso tudo e pensa desse jeitinho? Por que, hein? Por experiência! Por saber, digamos, que há um senhor daqueles ao seu lado, o qual se dirige a algum restaurante ali e diz consigo mesmo: o que será que um tal servidor sem eira nem beira vai comer hoje? Eu cá vou comer um *sauté papillote*,[51] e ele, quem sabe, comerá uma *kacha*[52] sem manteiga. E, nem que eu coma mesmo uma *kacha* sem manteiga, o que ele tem a ver com isso? Há tais pessoas, Várenka, há quem só ande pensando nisso. Andam, pois, eles lá, aqueles pasquineiros indecentes, e observam se a gente pisa com o pé todo numa pedra ou tão somente com a pontinha do pé, e anotam que tal servidor de nona classe, alocado em tal repartição pública, tem dedos nus saindo da bota e cotovelos rasgados, e depois ficam descrevendo isso tudo em suas obras e publicando uma droga dessas... E, nem que meus cotovelos estejam mesmo rasgados, o que alguém tem a ver com isso? Pois se você me relevar, Várenka, uma palavra grosseira, dir-lhe-ei que uma pessoa pobre se envergonha, quanto a essa matéria, do mesmo jeito que você tem aí, para citar um exemplo, essa sua vergonha de moça. É que você não iria — veja se me desculpa por tal palavrinha grosseira — despir-se na frente de todo mundo, e é desse mesmo jeito que uma pessoa pobre não gosta de ter seu cubículo espionado para alguém ver como são, digamos, as relações conjugais dela... é isso aí. E nem tinha mesmo, Várenka, de me magoar junto com meus desafetos a atentarem à honra e à dignidade de um homem honesto!

Fiquei hoje, aliás, na repartição feito um ursinho qualquer, feito um pardal depenado, de sorte que por pouco não me abrasei de tanta vergonha. Senti, pois, uma vergonhazinha, Várenka! É que a gente se intimida

---

[51] Salteado no papel untado de óleo ou manteiga (corruptela ridícula de dois termos franceses).

[52] Espécie de mingau de trigo-sarraceno, muito popular na Rússia antiga e moderna.

naturalmente quando os cotovelos nus se veem através da roupa e os botõezinhos balançam sobre os fiozinhos. E minhas roupas estavam todas, como que de propósito, em tamanha desordem! Qualquer um se desanimaria sem querer. Nem lhe conto... Foi Stepan Kárlovitch em pessoa quem começou a falar comigo hoje sobre os negócios: falou, falou e depois, como que por acaso, adicionou: "Eh, meu querido Makar Alexéievitch, mas o senhor..." e não terminou de dizer o que estava pensando, só que eu mesmo adivinhei tudo e fiquei tão vermelho que até esta minha careca se ruborizou. Aquilo não faria mal, no fundo, mas faz, ainda assim, que a gente se inquiete e traz pensamentos penosos. Será que eles souberam de alguma coisa? Não, Deus me livre, como é que saberiam? Suspeito, aliás, confesso que suspeito muito de um homenzinho. É que tais facínoras não se importam mesmo: entregarão, sim, e nem cobrarão um tostão para entregar toda a vida privada da gente, que não têm ali nada de sagrado.

Agora sei de quem é esse truque: é truque de Rataziáiev. Ele conhece alguém em nossa repartição e deve ter transmitido a ele assim, no meio de uma conversa, a história toda com seus acréscimos, ou talvez tenha contado daquilo em sua própria repartição, e depois o rumor se espalhou pela nossa também. E, quanto ao nosso apartamento, todos já sabem de tudo, até o último inquilino, e apontam essa janela de você com o dedo: sei, na certa, que a apontam, sim. E ontem, quando fui almoçar com você, eles todos se meteram para fora das suas janelas, e a locadora disse que se envolvera um diabo com um neném e depois chamou você também de um nome indecente. Todavia, isso não é nada em comparação à abjeta intenção de Rataziáiev, àquela de nos inserir, você e eu mesmo, em sua literatura e de nos descrever numa sátira arguta: foi ele próprio quem falou nisso, e foram umas pessoas boas do nosso meio que me transmitiram aquilo. Não consigo mais nem pensar noutra coisa, mãezinha, e não sei que decisão tomar. Não dá para esconder o pecado: deixamos nós dois, meu anjinho, nosso Senhor irado! E você queria, mãezinha, mandar para mim algum livro, assim por enfado. Deixe, pois, esse livro de lado, mãezinha! O que seria tal livro? Uma historinha da carochinha! O romance é uma bobagem escrita por mera bobagem, só para a gente ociosa ler: acredite em mim, mãezinha, acredite em minha experiência de tantos anos. E nem que eles lhe encham a cabeça com o tal de Shakespeare, dizendo que existe o tal de Shakespeare naquela literatura deles, Shakespeare também é uma bobagem, e tudo aquilo não passa de uma bobagem, e foi tudo feito apenas como pasquim!

Seu

Makar Dêvuchkin.

2 de agosto.

Prezado senhor Makar Alexéievitch!

Não se preocupe com nada: tudo se arranjará, se Deus nosso Senhor o quiser. Fedora conseguiu um montão de encomendas, para si mesma e para mim, e nos pusemos a trabalhar com enlevo: quem sabe se não consertaremos tudo! Ela supõe que todas as minhas últimas contrariedades tenham a ver com Anna Fiódorovna, só que agora não me importo mais com aquilo. Hoje estou alegre de certo modo extraordinário. O senhor quer pedir um empréstimo? Deus o guarde e livre disso! Depois os males não terão mais fim, quando o senhor tiver de devolvê-lo. É melhor que fique ainda mais próximo de nós, que venha mais frequentemente à nossa casa e não dê atenção à sua locadora. Quanto aos demais inimigos e desafetos seus, tenho certeza de que se aflige com dúvidas vãs, Makar Alexéievitch! Veja bem: já lhe disse da última vez que seu estilo estava demasiado irregular. Pois bem: adeus, até a vista. Espero que venha sem falta para me visitar.

Sua

V. D.

3 de agosto.

Meu anjinho Varvara Alexéievna!

Apresso-me a comunicar, minha vidinha querida, que me surgiram algumas esperanças. Mas espere aí, minha filhinha: está escrevendo, anjinho, que não me cabe pedir empréstimos? Mas não seria possível viver sem eles, minha queridinha, porquanto eu mesmo ficaria pior, e você também poderia ter, por acaso, algum problema, que anda fraquinha; por isso, pois, é que lhe escrevo que preciso sem falta pedir dinheiro emprestado. E, assim sendo, continuo...

Notarei para você, Varvara Alexéievna, que fico sentado, aqui na repartição, junto de Yemelian Ivânovitch. Mas não é aquele Yemelian que você conhece. Este é um servidor de nona classe, igual a mim, e somos praticamente, em toda a repartição nossa, os dois funcionários mais antigos e arraigados. Ele possui uma alma bondosa, desinteresseira, porém é tão taciturno e sempre se porta como um verdadeiro urso. Por outro lado, é laborioso, e sua pena tem uma letra puramente inglesa, e não escreve, para dizer a verdade toda, pior do que eu: é um homem decente! Nunca tivemos tanta amizade assim, mas apenas dizíamos, por costume, "adeus" e "bom-dia" um ao outro, e, precisando eu, às vezes, de um canivete, pedia-lhe um: empreste, digamos, seu canivete, Yemelian Ivânovitch; numa palavra, só havia entre nós o que era exigido pela boa convivência. Pois ele me diz hoje: por que é que, Makar Alexéievitch, o senhor está tão pensativo? Percebi que o homem desejava meu bem; pois então me abri com ele: digamos, assim e assado, Yemelian Ivânovitch... ou seja, não lhe contei de tudo, e Deus me livre de contar algum dia, que não terei sequer a coragem de contar daquilo, mas apenas compartilhei umas coisas com ele: digamos, estou em apuros e assim por diante. "Mas o senhor deveria, meu querido", disse Yemelian Ivânovitch, "pedir um empréstimo, até mesmo a Piotr Petróvitch, que está emprestando a juros; eu já pedi um empréstimo, e os juros que ele cobra são razoáveis, nem tão onerosos assim". E este meu coraçãozinho, Várenka, deu um pulo. Fiquei pensando, pensando que talvez Deus viesse soprar ao tal benfeitor Piotr Petróvitch a ideia de me conceder mesmo um empréstimo. Então calculei, aqui comigo, que pagaria à minha locadora e ajudaria você também e consertaria, eu mesmo, todas as minhas coisas, que a vergonha tem sido grande demais: dá medo até de ficar sentado em meu lugar, além de nossos humoristas estarem rindo de mim, que Deus os julgue! E Sua Excelência em pessoa vem passando, às vezes, perto da minha mesa, e Deus me guarde de ele lançar um olhar para mim e reparar na indecência das minhas roupas! É que o principal, para ele, é ser limpo e asseado. Talvez não diga nada, quem sabe, mas eu cá vou morrer de vergonha — eis o que vai ocorrer. Em consequência disso, juntando as forças e escondendo a minha vergonha num bolso furado, fui procurar por Piotr Petróvitch, cheio de esperança e mais morto que vivo de tantas expectativas, tudo junto. Pois bem, Várenka, foi numa bobagem que aquilo tudo redundou! Ele estava ocupado com alguma coisa, falando com Fedossei Ivânovitch. Acheguei-me a ele de lado e puxei-lhe a manga: Piotr Petróvitch, hein, Piotr Petróvitch? Ele se virou, e eu fui falando: assim e assado, digamos, uns trinta rublos, etc. Primeiro ele nem me entendeu e depois, quando lhe expliquei tudo, ficou rindo, mais nada, e se calou a seguir. Então lhe perguntei pelo mesmo. E ele me respondeu: será que tem um penhor aí? Estava absorto, aliás, em sua papelada, escrevendo sem olhar para mim. Fiquei um pouco tímido. Não, disse, Piotr Petróvitch, não tenho nenhum penhor, e lhe expliquei que logo, assim que recebesse meu ordenado, ia devolver aquele dinheiro, e que o devolveria, digamos assim, sem falta, como se fosse o primeiro dos meus deveres. Então alguém chamou por ele; fiquei esperando; ele voltou e começou a aparar sua pena, como se nem me visse. E eu insisti ainda em meu assunto: será que não poderia mesmo, Piotr Petróvitch, dar um jeitinho? E ele continuou calado, como se não me ouvisse; e eu fiquei lá postado e acabei pensando: "E se tentasse pela última vez?", e lhe puxei a manga. E ele não disse sequer uma palavra: terminou de aparar sua pena e se pôs a escrever, e eu me afastei dele. Está vendo, mãezinha: talvez eles todos sejam pessoas decentes, só que são orgulhosos, bem orgulhosos — não fico nem perto deles! Nós dois não estamos nem perto deles, Várenka! Foi por essa razão que lhe escrevi tudo isso. E Yemelian Ivânovitch também ficou rindo e abanou a cabeça, porém me reconfortou amistosamente. Yemelian Ivânovitch é um homem decente. Prometeu que me indicaria a um homem; aquele homem, Várenka, mora no Výborgski[53] e também empresta dinheiro a juros; é um servidor de décima quarta classe, ao que parece. Yemelian Ivânovitch diz que aquele ali me emprestará com certeza: irei atrás dele amanhã, meu anjinho, que tal? O que acha? É que fará muito mal ficar sem empréstimo, não é? Por pouco a locadora não me enxota do apartamento e nem consente em servir-me o almoço. E minhas botas estão muito ruins, mãezinha, e nem botõezinhos eu tenho... e não são poucas as coisas que não tenho ainda! E se algum dos superiores reparar em semelhante indecência, hein? Que desgraça, Várenka, que desgraça: é simplesmente uma desgraça!

Makar Dêvuchkin.

4 de agosto.

Querido Makar Alexéievitch!

Pelo amor de Deus, Makar Alexéievitch, veja se pede emprestado, o mais rápido possível, qualquer dinheiro que puder: não lhe pediria, por nada neste mundo, ajuda nas atuais circunstâncias, mas se o senhor soubesse como está a minha situação! Não podemos mais, de maneira alguma, permanecer neste apartamento. Tive problemas horribilíssimos, e se o senhor soubesse como estou agora

---

[53] O chamado Lado Výborgski: um dos bairros históricos de São Petersburgo onde moravam, na época, os operários e pequenos servidores públicos.

abalada e transtornada! Imagine, amigo meu: hoje, pela manhã, entra em nossa casa um homem desconhecido, já idoso, quase um ancião, com ordens no peito. Fiquei perplexa, sem entender de que ele precisava em nossa casa. Fedora havia ido, nesse meio-tempo, a uma lojinha. Ele começou a indagar-me, como eu vivia e o que fazia, e, sem esperar pela minha resposta, declarou que era o tio daquele oficial, que estava muito zangado com o sobrinho por causa de sua má conduta e por nos ter denegrido perante o prédio inteiro; disse que aquele sobrinho era um meninão, uma cabeça de vento, e que ele mesmo estava pronto a garantir-me a sua proteção; sugeriu que eu não desse ouvidos aos rapazes, acrescentou que tinha pena de mim, como se fosse meu pai, que nutria sentimentos paternos por mim e se dispunha a prestar-me todo tipo de ajuda. Eu enrubescia toda, não sabia nem o que pensar, mas tampouco me apressava a agradecer. E ele me segurou forçadamente a mão, alisou minha bochecha, disse que era muito bonitinha e que ele estava extremamente contente de eu ter covinhas nas faces (sabe lá Deus o que mais disse!) e, finalmente, quis beijar-me alegando que já era velho (estava tão asqueroso!). Foi então que Fedora entrou. Ele se confundiu um pouco e tornou a dizer que sentia respeito por mim, devido à minha modéstia e à minha boa educação, e queria muito que não me esquivasse dele. Depois chamou Fedora à parte e quis, sob algum pretexto estranho, dar algum dinheiro a ela. É claro que Fedora não o aceitou. Por fim, ele se aprontou para ir embora, repetiu, mais uma vez, todas as suas asseverações, disse que me visitaria de novo e me traria um par de brincos (parece que estava, ele mesmo, bastante confuso); sugeriu que eu mudasse de apartamento e me indicou uma excelente morada, na qual estava de olho e que não me custaria nada; disse que gostava muito de mim por ser uma moça honesta e sensata, aconselhou-me a desconfiar dos jovens devassos e declarou, afinal, que conhecia Anna Fiódorovna, a qual o teria incumbido de me dizer que ela própria me visitaria também. Então compreendi tudo. Nem sei o que se deu comigo, foi pela primeira vez na vida que fiquei numa situação dessas; perdi a compostura e deixei o velho todo envergonhado. Fedora me ajudou e quase o enxotou do apartamento. Concluímos que aquilo tudo era obra de Anna Fiódorovna; senão, como ele teria ficado sabendo de nós?

Agora me dirijo ao senhor, Makar Alexéievitch, e rogo que me ajude. Não me abandone, pelo amor de Deus, numa situação dessas! Peça um empréstimo, por favor, arranje, pelo menos, algum dinheiro, que não temos com que mudar de apartamento nem podemos mais morar nele, de jeito nenhum, e Fedora também sugere que façamos isso. Precisamos, no mínimo, de uns vinte e cinco rublos; vou devolver-lhe esse dinheiro; vou ganhá-lo; Fedora conseguirá, dia desses, ainda mais encomendas para mim, de modo que, se o senhor ficar hesitando por causa dos juros altos, não repare neles e aceite todas as condições. Devolverei tudo ao senhor, mas apenas, pelo amor de Deus, não me negue a sua ajuda. Muito me custa incomodá-lo, agora que está em tais circunstâncias, mas é tão só no senhor que deposito todas as minhas esperanças! Adeus, Makar Alexéievitch: pense em mim, e que Deus lhe dê bom êxito!

V. D.

4 de agosto.

Varvara Alexéievna, minha queridinha!

Pois são todos aqueles golpes inesperados que me abalam! Pois são tais calamidades horríveis que trucidam este meu espírito! Não basta ainda que essa chusma de lambe-botas diversos e velhotes nojentos queira arrastar você, meu anjinho, para o leito de perversão, mas, além disso tudo, eles querem acabar, esses lambe-botas, comigo também. E acabarão mesmo comigo: faço meu juramento de que acabarão, sim! Até hoje em dia estou disposto antes a morrer que a deixar de ajudá-la. Se não a ajudar, será minha morte, Várenka, será minha morte pura e verdadeira, porém, se a ajudar, você partirá voando, qual um passarinho a sair do seu ninho, que elas, essas corujas e outras aves ferozes, pretendem matar a bicadas. É isso aí que me atormenta, mãezinha. E você mesma, Várenka, como você mesma é cruel! Como é que faz isso? Eles a torturam, eles a magoam, e você, meu passarinho, está sofrendo e, ainda por cima, fica aflita por ter de me incomodar a mim, e também me promete pagar a dívida com o dinheiro ganho, ou seja, para dizer a verdade, promete que se matará de trabalhar, com essa sua saúde fraquinha, para me socorrer a tempo. Mas pense apenas, Várenka, no que vem dizendo! Por que é que teria de costurar, por que trabalharia atenazando sua pobre cabecinha com tais afazeres, estragando seus olhinhos bonitos e destruindo a sua saúde? Ah, Várenka, Várenka: está vendo, minha queridinha, que não presto eu para nada, e sei, eu mesmo, que não presto para nada, mas farei que fique prestando, sim! Hei de superar tudo, vou arranjar umas tarefas extras, copiar diversos papéis para vários literatos, irei atrás deles, irei por mim mesmo e farei que me contratem, pois eles lá, mãezinha, buscam por bons copistas, bem sei que buscam e não deixarei que você se extenue, não permitirei que cumpra um intento tão pernicioso assim. Pois eu, meu anjinho, pedirei sem falta um empréstimo e prefiro morrer a deixar de pedi-lo. E você me escreve também, minha queridinha, que não tenho de temer os juros altos, e não os temerei mesmo, mãezinha, não os temerei, nada temerei de agora em diante. Pedirei, mãezinha, quarenta rublos em papel-moeda; não seria muito, Várenka, o que acha? Será que se pode confiar quarenta rublos a mim assim, com a primeira palavra dita? Ou seja, quero perguntar se você me considera capaz de impor, à primeira vista, confiança e segurança. Será que se pode julgar de mim, pela fisionomia e à primeira vista, de modo favorável? Lembre aí, meu anjinho, se sou capaz de me impor! O que é que está achando você mesma? É que sinto um medo assim, mórbido, e digo em plena consciência que é mórbido, sabe? Desses quarenta rublos, reservo vinte e cinco para você, Várenka; pagarei dois rublos à locadora e vou destinar o resto às minhas despesas próprias. Está vendo que me cumpriria dar mais dinheiro à locadora, e seria até necessário, mas veja se pondera o negócio todo, mãezinha, e calcula todas as minhas necessidades, então vai perceber que não poderei dar nenhum dinheiro a mais; por conseguinte, não tenho mais de falar nisso nem sequer de mencioná-lo. Com um rublo de prata, comprarei um par de botas: nem sei se serei capaz de ir amanhã à repartição com minhas botas antigas. Precisaria ainda de um lencinho para meu pescoço, que o antigo já vai completar um ano dentro em pouco, mas, como você prometeu talhar para mim, do seu avental velhinho, não apenas um lenço, mas também um peitilho, não vou mais nem pensar nesse lenço. Pois então, já temos as botas e o lenço aqui. Agora vêm os botõezinhos, minha amiguinha! É que vai concordar, minha pequerrucha, que não posso andar sem botõezinhos, mas foi quase metade deles que caiu de um lado! Fico tremendo ao pensar que Sua Excelência pode reparar em tal desordem e dizer... e dizer uma coisa tal! Nem ouvirei, mãezinha, o que ele me dirá, pois morrerei, morrerei logo, no mesmo lugar: morrerei assim, mui simplesmente, de tanta vergonha, só de pensar naquilo! Oh, mãezinha! E ainda me sobrará, satisfeitas todas as necessidades, uma nota de três rublos, e com ela vou custear minha vida e comprar meia librazinha de fumo, que não sei, meu anjinho, viver sem fumo, e já vai para nove dias que não abocanho mais um cachimbo. Já o teria comprado, seja dita a verdade, sem dizer nada a você, mas estou com vergonha. É que você fica aí em apuros, privada dos últimos meios seus, e eu cá me deleito com vários prazeres, e digo-lhe isto tudo justamente para que os remorsos não me aflijam. Confesso-lhe francamente, Várenka, que estou agora numa situação deveras calamitosa, ou seja, nunca se deu ainda comigo, decididamente, nada de parecido. A locadora me despreza, ninguém me respeita de modo algum; vivo numa penúria terribilíssima, endividado; quanto à minha repartição, onde nem antes tive nenhuma *máslenitsa*[54] ao lado dos meus confrades servidores, agora, mãezinha, não tenho nem de falar nela. Escondo, faço questão de esconder tudo de todos e me escondo

[54] Festa de origem pagã que precede a Quaresma, análogo eslavo do Carnaval brasileiro.

também, eu mesmo, e só passo assim, às escondidinhas, quando venho à minha repartição, e me afasto de todos. Só para lhe confessar é que me basta ainda minha força espiritual... E se ele me recusar o empréstimo, hein? Mas não, é melhor, Várenka, nem pensar nisso, matando de antemão, com tais pensamentos, esta minha alma. Escrevo-lhe isto justamente para preveni-la, para você mesma não pensar nisso nem se afligir com esse pensamento maligno. Ah, meu Deus, o que se daria então com você? É verdade que não deixaria então seu apartamento, e eu permaneceria ao seu lado... mas não, nesse caso eu não voltaria mais, simplesmente desapareceria, sumiria algures. Já escrevi demais aqui, mas preciso ainda fazer a barba para ficar mais bem-apessoado, pois quem for bem-apessoado sempre se dá melhor. Pois bem, queira Deus! Agora rezar, e vou lá!

M. Dêvuchkin.

5 de agosto.

Caríssimo Makar Alexéievitch!

Tomara que ao menos o senhor não se desespere! Já bastam essas desgraças para a gente. Envio-lhe trinta copeques de prata: não posso enviar mais dinheiro, de jeito nenhum. Compre aí o que mais lhe for necessário para sobreviver bem ou mal, pelo menos, até amanhã. Quase não sobra mais nada, aqui conosco também, e nem sei o que será amanhã. Que coisa triste, Makar Alexéievitch! De resto, não se entristeça: se não deu certo, fazer o quê? Fedora diz que não faz mal ainda, que podemos ficar neste apartamento por ora, que, mesmo se nos mudássemos, nosso ganho não seria tão grande assim, e que, se eles quiserem, vão encontrar a gente em qualquer lugar. Só que, ainda assim, não é bom agora continuarmos por aqui. Se eu não estivesse tão triste, escreveria alguma coisa para o senhor.

Mas que caráter estranho é que tem, Makar Alexéievitch! Toma demasiadamente tudo a peito, portanto sempre será um homem muitíssimo infeliz. Leio todas as suas cartas com atenção e vejo que se preocupa e se aflige tanto comigo, em cada carta sua, como jamais se preocupou consigo mesmo. Todos dirão, com certeza, que seu coração é bondoso, mas eu cá direi que é bondoso demais. Dou-lhe, pois, um conselho amigável, Makar Alexéievitch. Agradeço ao senhor, muito lhe agradeço tudo o que fez por mim e sinto isso tudo com muita força; julgue, pois, quanto me custa ver que mesmo agora, depois de todas as suas angústias das quais fui uma causa fortuita, que mesmo agora só vive o que estou vivendo: minhas alegrias, meus pesares, meu coração! Quem tomar tanto a peito tudo o que houver de alheio, quem se compadecer tanto de tudo, terá por que ser, palavra de honra, muitíssimo infeliz. Hoje, quando veio à minha casa após o expediente, fiquei assustada ao vê-lo. Estava tão pálido, amedrontado, desesperado: estava desfigurado, e tudo porque temia contar para mim sobre seu malogro, temia deixar-me entristecida e assustada, mas, quando me viu quase risonha, quase se sentiu aliviado. Makar Alexéievitch! Não se aflija nem se desespere, seja mais sensato: é o que lhe peço, é o que lhe imploro. Ainda vai ver que tudo ficará bem, que tudo mudará para melhor, senão lhe será tão penoso viver, sempre angustiado e doente por causa dos pesares de outrem. Adeus, meu amigo: imploro que não se preocupe demais comigo.

V. D.

5 de agosto.

Minha queridinha Várenka!

Pois bem, meu anjinho, pois bem! Você decidiu que, embora não tenha eu conseguido aquele dinheiro, não fazia ainda mal. Pois bem: estou tranquilo, estou feliz por você. Até mesmo contente porque não me abandona, velho que sou, e continuará morando nesse apartamento. E, se disser tudo mesmo, meu coração se encheu todo de alegria quando a vi escrever tão bem sobre mim, nessa sua cartinha, e elogiar estes meus sentimentos de modo devido. Não digo isto por orgulho, mas por ver como você me ama, já que se preocupa tanto com meu coração. Pois bem, não adianta agora falarmos do meu coração! O coração é um caso à parte, mas você manda aí, mãezinha, que eu não seja pusilânime. Sim, meu anjinho, talvez diga eu mesmo que ela é dispensável, a tal da pusilanimidade, mas, ainda assim, julgue você, minha mãezinha, com quais botas irei amanhã à minha repartição! É isso aí, mãezinha, e um pensamento desses pode acabar com uma pessoa, pode destruí-la completamente. E o principal, minha querida, é que não fico angustiado comigo nem sofro por mim mesmo: não me importaria andar, com um frio de rachar, sem capote nem botas, aguentaria e suportaria qualquer coisa, e nada se faria comigo, porquanto sou um homem simples, pequeno, mas o que diriam os outros? O que diriam meus inimigos, todas aquelas más línguas, se eu andasse assim, sem capote? É que a gente usa o capote pelos outros e calça as botas, quiçá, por eles também. E nesse caso, mãezinha, meu benzinho querido, as botas me são necessárias para sustentar minha honra e minha boa reputação, pois, se usasse tais botas furadas, pereceriam ambas: acredite em mim, mãezinha, acredite em minha experiência de muitos anos, e veja se me escuta a mim, este velho que conhece o mundo e as pessoas, e não alguns escribas e pinta-monos por aí.

Ainda não lhe contei, aliás, por miúdo, mãezinha, como tudo isso, no fundo, acontecera hoje nem o que eu tivera de aturar. E aturei tanta coisa, e carreguei tanto peso moral numa manhã só que alguém não o carregaria nem durante um ano inteiro. Aconteceu o seguinte: fui lá, em primeiro lugar, bem cedinho, para encontrá-lo ali e não chegar depois atrasado à minha repartição. E hoje chovia tanto, havia tamanha lama! E eu me envolvia, minha *yássotchka*, em meu capote e caminhava pensando, o tempo todo: "Senhor, perdoai-me, digamos, todas as minhas pechas e mandai para mim a realização dos desejos". Passei perto da igreja de –sk, fiz o sinal da cruz, confessei todos os meus pecados e recordei que era indecoroso eu barganhar assim com Deus nosso Senhor. Mergulhei então em meu âmago e não quis mais olhar para nada, caminhando dessa maneira, sem ver o caminho. As ruas estavam vazias, e quem aparecia pelo caminho estava atarefado, assoberbado, e não seria de admirar: quem é que passearia tão cedo e com um tempo daqueles? Uma *artel*[55] de operários imundos deparou-se comigo; como eles me empurraram, aqueles boçais! Fiquei intimidado, depois apavorado, e não queria mais, para dizer a verdade, nem pensar em dinheiro, ocorresse o que ocorresse! E foi perto da ponte Voskressênski que uma das minhas solas se desprendeu, de sorte que nem sei, eu

[55] Grupo, muitas vezes informal, de operários que têm a mesma profissão.

mesmo, como continuei andando. E foi então que nosso copista Yermoláiev topou comigo e ficou lá plantado, todo esticado, e me seguiu com os olhos, como se me pedisse alguns trocados para comprar vodca: eh, maninho, pensei eu, mas que vodca, que vodca é que poderia ser essa? Parei por um tempo, horrivelmente cansado, e descansei um pouco; depois me arrastei adiante. Olhava de propósito ao redor, buscando a que grudaria meus pensamentos para me distrair e me animar, mas não: nenhum pensamento é que consegui grudar em coisa alguma e, ainda por cima, fiquei tão sujo que acabei por me envergonhar comigo mesmo. Avistei finalmente, de longe, uma casa de madeira, amarela, com um mezanino tipo belvedere — pois é, pensei, é aquilo ali, foi assim que Yemelian Ivânovitch disse! —, e era a casa de Márkov. (É ele próprio, mãezinha, aquele Márkov que empresta dinheiro a juros.) Não me lembrava mais nem de mim mesmo, naquele momento, e, apesar de saber que era a casa de Márkov, perguntei a um vigia, ainda assim, de quem, digamos, era aquela casa, maninho. E o vigia é tão grosseiro que até fala de má vontade, como se estivesse zangado com alguém, e coa palavras por entre os dentes: pois é, diz, é a casa de Márkov. Todos os vigias são tão insensíveis, aliás, mas o que tenho a ver com aquele vigia ali? E toda a impressão minha já vinha sendo ruim e desagradável, e se juntavam, numa palavra, todas as pontas: dá para deduzir de qualquer coisa algo semelhante à situação da gente, e sempre acontece uma coisa dessas. Passei, pois, três vezes pela rua, na frente daquela casa, e, quanto mais andava, tanto pior me sentia: não, pensei, ele não vai emprestar para mim, faça eu o que fizer! Sou um homem desconhecido, e meu negócio é melindroso, e minha cara não é nada simpática: pois bem, pensei, seja como o destino resolver, contanto que não me arrependa apenas mais tarde (e não me comerão, afinal, por tentar!) e... abri devagarinho a portinhola. E eis que me sobreveio outra desgraça: correu ao meu encontro um cachorrinho, um vira-lata assim, sarnento e bobo, e ficou latindo quase até sair daquela sua pele. E são justamente tais casos miúdos e vis que enraivecem sempre um homem, mãezinha, que o deixam cheio de timidez e arrasam toda a firmeza que tiver ponderado de antemão, de sorte que entrei naquela casa mais morto que vivo, entrei e, para mal dos pecados, ainda não vi direito o que estava embaixo, naquela escuridão, à soleira: pisei lá e tropecei numa *baba* qualquer, e ela estava vertendo leite do balde para umas jarras e acabou derramando o leite todo. Guinchou, pois, e taramelou aquela *baba* estúpida — onde é que se mete, digamos, meu queridinho, o que está querendo? — e foi choramingando acerca da coisa ruim. Eu, mãezinha, anoto isso porque sempre me ocorrem tais coisas nos negócios dessa espécie: parece que esta é minha sina, a de tropeçar sempre em qualquer coisa ali. Então, com aquele barulho, uma velha bruxa *tchukhonka*, a dona da casa, botou a cabeça para fora, e perguntei logo a ela: é aqui, digamos, que mora Márkov? Não, ela disse; ficou parada, examinou-me de todos os lados. "O que quer dele?" Expliquei para ela: assim, digamos, e assado, Yemelian Ivânovitch e todo o resto; tenho, digo, um negocinho a tratar com ele. A velha chamou pela filha; veio também sua filha, uma moça já adulta, descalça: "Chama teu pai... ele está lá em cima, com os inquilinos, digne-se a entrar". Entrei. Um quarto decente, umas pinturazinhas estão penduradas nas paredes, retratos de alguns generais, há um sofá, uma mesa redonda, há resedá e não-me-toques... fiquei pensando, pensei se não me cabia dar logo o fora, antes que piorasse, se devia partir ou ficar, e já queria (juro-lhe, mãezinha) fugir. Melhor seria, pensei, que retornasse no dia seguinte: o tempo estaria melhor, e eu mesmo me recomporia, e hoje... o leite está derramado e os generais olham para mim tão zangados... E já estava perto da porta, mas então ele entrou, um sujeitinho qualquer, de cabelos meio grisalhos e olhinhos um tanto safados, vestindo um roupão ensebado, cingido com uma corda. Indagou por que e como; eu respondi: assim, digamos, e assado, Yemelian Ivânovitch... uns quarenta rublos, disse, pois o negócio... e nem terminei de falar. Vi, pelos olhos dele, que o negócio estava perdido. "Não, disse ele, é que não tenho dinheiro, coisa nenhuma. Será que o senhor tem algum penhor aí?". Comecei a explicar que não tinha penhor, não, mas que Yemelian Ivânovitch... e expliquei, numa palavra, o que me era preciso. Não, disse ele ao ouvir tudo, que Yemelian Ivânovitch, que nada: não tenho dinheiro e acabou-se! Pois é, pensei, é isso aí, já sabia disso, estava já pressentindo, mas simplesmente, Várenka, seria melhor que o chão se abrisse embaixo de mim: senti tanto frio, e meus pés ficaram gelados, e um calafrio me passou pelas costas. Olho, pois, para ele, e ele olha para mim e só por pouco não diz: digamos, vá indo, maninho, que não tem nada a fazer aqui, de modo que, se o mesmo me ocorresse em outro caso qualquer, eu me envergonharia para valer. Mas por que, meu senhor, por que precisa de dinheiro? (Foi isso, sim, que ele me perguntou, mãezinha!). Já abria a boca, apenas para não ficar lá parado, mas ele nem me escutou: não, disse, não tenho dinheiro, senão lhe emprestaria com todo o prazer. E como esmiucei o assunto na frente dele, como o esmiucei, dizendo que era só um pouquinho, que lhe devolveria tudo no prazo certo e mesmo antes do prazo, que podia cobrar os juros que lhe aprouvessem, mas eu devolveria tudo, ainda assim, e jurei por Deus. Lembrei-me de você, mãezinha, naquele momento, de todas as suas desgraças e necessidades, e do seu *poltínnitchek* também; não, disse ele, sejam quais forem os juros, mas um penhor cairia melhor! É que não tenho dinheiro, disse, juro por Deus que não tenho, senão lhe emprestaria com gosto: ainda jurou por Deus, aquele ladrão!

Então, minha querida, nem lembro mais como saí de lá, como atravessei o Výborgski, como acertei a ponte Voskressênski; fiquei horrivelmente cansado, congelado, tiritando de frio, e foi apenas às dez horas que cheguei à minha repartição. Queria já limpar minhas roupas daquela lama, porém Sneguiriov, o vigilante, disse que não podia, que estragaria a escova, e a escova, meu senhorzinho, disse ainda, era um bem público. É assim que se fala agora, mãezinha; agora sou, para aqueles senhores, quase pior do que o trapinho com que se limpam os pés. O que é, pois, que me mata, Várenka? Não é o dinheiro que me mata, mas todas aquelas angústias cotidianas, todos aqueles cochichos, sorrisinhos e chistezinhos. E Sua Excelência pode também, ocasionalmente, pensar algo a meu respeito: oh, mãezinha, mas já se foi a minha época de ouro! Hoje reli todas as suas cartas: que tristeza, mãezinha! Adeus, querida, que nosso Senhor a resguarde!

M. Dêvuchkin.

P. S.: Mas que desgraça, Várenka, hein? Queria descrever tudo de mistura com alguma brincadeirinha, porém dá para ver que nenhuma brincadeirinha vem a calhar. Queria só agradar a você. Mas vou visitá-la, mãezinha, vou visitá-la sem falta, amanhã mesmo.

11 de agosto.

Varvara Alexéievna, minha queridinha, mãezinha! Estou perdido; estamos perdidos, nós dois juntos, irremediavelmente perdidos. Minha reputação, minha dignidade: está tudo perdido! É meu fim, mãezinha, e seu fim também, seu fim irremediável junto comigo! E fui eu, fui eu quem a levou à perdição! Eis que me vejo enxotado, mãezinha, desprezado, escarnecido, e a locadora anda simplesmente a xingar-me: gritou hoje comigo, gritou muito, passou um sabão em mim, um sabão daqueles, e me pôs abaixo de qualquer lasca de madeira. E de noite, no quarto de Rataziáiev, um deles começou a ler, em voz alta, o rascunho de uma das minhas cartas a você e deixou-o cair, como que por acaso, do bolso. Mas que galhofa é que eles fizeram, minha mãezinha! Comentaram lá sobre nós, comentaram e gargalharam, gargalharam, aqueles traidores! Entrei no quarto e acusei Rataziáiev de perfídia: disse-lhe que era um traidor! E Rataziáiev me respondeu que eu mesmo era um traidor, que mexia ali com diversas *conquêtes*,[56] dizendo que me escondia deles e era um Lovelace,[57] e agora todos me chamam de Lovelace e não tenho mais outro nome! Está ouvindo, meu anjinho, está ouvindo?

---

[56] Conquistas (em francês).

[57] Personagem do romance *Clarissa ou A História de uma jovem Lady*, de Samuel Richardson (1689-1761), cujo nome passou a designar homens inescrupulosos em suas relações íntimas, sedutores tão cínicos quanto irresistíveis.

Agora eles sabem de tudo, estão cientes de tudo e sabem de você também, minha querida, e de tudo mesmo, de tudo quanto você tem tido. E não só isso! Faldoni também está do lado deles: mandei hoje que fosse a uma salsicharia, assim, para trazer umas coisas de lá, só que ele não foi e ponto-final, disse que tinha algo a fazer. "Mas é sua obrigação, não é?", digo eu. "Obrigação, coisa nenhuma", diz ele: "como o senhor não paga à minha patroa, tampouco lhe fico devendo". Não aguentei, pois, a ofensa dele, daquele mujique[58] bronco, e disse que era tolo, e ele me respondeu: "Do tolo é que ouvi". Pensei que ele me tinha dito uma grosseria dessas por estar bêbado e retorqui: você está bêbado, seu mujique assim e assado, e ele rebateu: "E foi o senhor, por acaso, quem me embebedou? Será que tem aí, o senhor mesmo, com que cortar a ressaca? Não anda lá pedindo, por Cristo, uma *grivnazinha* qualquer a uma daquelas?" e acrescentou ainda: "Eh, mas que coisa, e ainda é dos senhores!". Eis, mãezinha, até onde as coisas foram! É vergonhoso viver desse jeito, Várenka, como se eu fosse algum maluco, pior do que um vagabundo sem passaporte. Minhas desgraças! Estou perdido, simplesmente perdido; perdido irremediavelmente.

M. D.

13 de agosto.

Caríssimo Makar Alexéievitch! Só há infortúnios e mais infortúnios, aqui conosco, e nem mesmo sei mais o que fazer! O que será do senhor agora, e não pode contar muito comigo: queimei hoje meu braço esquerdo com o

---

[58] Apelido coloquial e, não raro, pejorativo do camponês russo.

ferro de passar, deixei-o cair por acaso e me machuquei e me queimei, tudo junto. Não posso mais trabalhar, e já vai para três dias que Fedora está doente. A inquietude me atenaza. Envio trinta copeques de prata ao senhor: é quase o último dinheiro que temos, mas, seja Deus testemunha, tanto me apeteceria socorrê-lo agora em suas necessidades. Estou desgostosa até chorar! Adeus, meu amigo! O senhor me consolaria muito se viesse hoje à nossa casa.

V. D.

14 de agosto.

Makar Alexéievitch! Mas o que é que o senhor tem? Decerto não teme a Deus, é isso? Acabará simplesmente por me enlouquecer. Será que não tem vergonha? Está acabando consigo: pense só em sua reputação! É um homem honesto, nobre e digno, e se todos ficarem sabendo do senhor? Terá então de morrer, simplesmente, de tanto vexame! Será que não tem pena desses seus cabelos brancos? Será que não teme mesmo a Deus? Fedora disse que agora não ia mais ajudar o senhor, nem eu cá lhe darei mais dinheiro algum. Aonde foi que me levou, Makar Alexéievitch? Está achando, por certo, que não me importo com essa sua conduta ruim, mas não sabe ainda o que tenho aturado por sua causa! Não posso mais nem passar pela nossa escada: todos olham para mim e me apontam com o dedo e dizem coisas horríveis; dizem às claras, sim, que *me juntei a um beberrão*. Como me é ouvir essas coisas? Quando o trazem para cá, todos os inquilinos o apontam com desprezo: eis ali, dizem, trouxeram aquele servidor. E não suporto mais tanta vergonha por sua causa. Juro-lhe que me mudarei daqui. Vou trabalhar em algum lugar, como camareira ou lavadeira, mas não ficarei mais aqui. Já lhe escrevi pedindo que passasse pela minha casa, mas o senhor não passou. Pelo visto, minhas lágrimas e meus pedidos não são nada para o senhor, Makar Alexéievitch! E onde foi que conseguiu dinheiro? Cuide-se, pelo Criador! Senão vai perecer, perecer por nada! E quanta vergonha, e quanto vexame! Sua locadora nem quis deixá-lo entrar ontem, e o senhor pernoitou no *sêni*: eu sei de tudo. Se o senhor soubesse como fiquei consternada ao saber disso tudo! Venha cá, pois, que ficará alegre conosco: vamos ler juntos, vamos lembrar o passado. Fedora vai contar sobre as suas peregrinações de devota. Por mim, meu queridinho: não se destrua nem me destrua a mim! É que só vivo pelo senhor; pelo senhor é que permaneço ao seu lado. E agora faz uma coisa dessas! Seja, pois, um homem nobre, firme em meio às provações, e lembre-se de a pobreza não ser um pecado.[59] E por que se desespera tanto assim? É tudo passageiro! Tudo se consertará, se Deus quiser, apenas se segure por ora. Envio-lhe duas *grivnas*; compre tabaco ou tudo quanto lhe apetecer, mas apenas, pelo amor de Deus, não as gaste com coisas ruins. E venha à casa da gente, venha sem falta. Talvez se sinta envergonhado como dantes, mas não se envergonhe, que essa é uma vergonha falsa. Tomara apenas que o senhor traga um arrependimento sincero. Confie em Deus: Ele mudará tudo para melhor.

V. D.

[59] Alusão ao provérbio russo: "A pobreza não é pecado".

19 de agosto.

Varvara Alexéievna, mãezinha!

Estou com vergonha, minha *yássotchka* Varvara Alexéievna, com muita vergonha. Mas, aliás, o que há de especial nisso, mãezinha? Por que eu não alegraria mesmo este meu coração? Nem penso então nestas minhas solas, que a sola é uma bobagem e sempre será uma simples sola vil e suja. E minhas botas também são uma bobagem! Até os sábios gregos andavam sem botas, então por que nossa laia se importaria aqui com uma matéria tão indigna? Por que me magoariam, por que me desprezariam nesse caso, hein? Eh, mãezinha, mãezinha, achou o que escrever! E diga a Fedora que é uma *baba* briguenta, irrequieta, desenfreada e, ainda por cima, boba, inexprimivelmente boba! No que diz respeito aos meus cabelos brancos, nisso também você está enganada, minha querida, porque não sou, nem de longe, tão velho quanto está achando aí. Yemêlia lhe manda uma mesura. Você escreve que se afligia, que estava chorando, e eu cá lhe escrevo que também me afligi e chorei. Em conclusão, desejo-lhe toda a saúde e prosperidade possível e, quanto a mim, também estou saudável e próspero, quedando-me, meu anjinho, seu amigo

Makar Dêvuchkin.

21 de agosto.

Prezada senhorita e querida amiga Varvara Alexéievna!

Sinto que estou culpado, sinto que faltei com você, e não há, a meu ver, nenhum proveito, mãezinha, em sentir tudo isso, diga você aí o que disser. Ainda antes do meu deslize é que sentia isso tudo, e eis que me desanimei e me desanimei consciente da minha culpa. Não sou maldoso nem cruel, minha mãezinha, e para dilacerar esse seu coraçãozinho, minha pombinha, é preciso ser, sem mais nem menos, um tigre sedento de sangue, e eu cá tenho um coração de ovelha e não tenho, conforme você também sabe, nenhum impulso para ser sanguinário; por conseguinte, anjinho meu, a culpa desse meu deslize não é totalmente minha, tampouco do meu coração nem dos meus pensamentos, e nem sei, na verdade, de que essa culpa seria. É um assunto assim, obscuro, mãezinha! Você me enviou trinta copeques de prata e depois mais duas *grivnas*, e meu coração ficou doendo quando vi esse seu dinheirinho de órfã. Queimou, você mesma, o bracinho e vai passar fome daqui a pouco, mas escreve aí para eu comprar tabaco. Como é que me portaria num caso desses, hein? Começaria assim, sem remorso algum, tal e qual um ladrão, a roubá-la, minha orfãzinha? Foi então, mãezinha, que me desanimei, ou seja, logo de início, sentindo involuntariamente que não prestava para nada e era eu mesmo, talvez, só um pouco melhor do que minha sola, julguei indecente tomar-me por algo significativo, mas, pelo contrário, passei a considerar-me algo indecente e, em certo grau, inconveniente. E quando perdi respeito por mim mesmo e me dediquei à negação das minhas boas qualidades e da minha dignidade também, então... que se perca tudo de vez, que venha a ruína! Foi assim que o destino predeterminou, e a culpa disso não é minha. Primeiro saí para me refrescar um pouquinho. E uma coisa veio puxando a outra: e a natureza estava tão chorosa assim, e o tempo estava frio, e chovia, e, por acaso, Yemêlia também passava por lá. Ele, Várenka, já empenhara tudo o que tinha, tudo o que era dele já fora àquele mesmo lugar, e, quando o encontrei, já fazia dois dias inteiros que nem um grãozinho de dormideira[60] passava pela sua boca, de sorte que já queria empenhar o que nem poderia, de jeito nenhum, servir de penhor, porque tais penhores nem existem na face da Terra. Então, Várenka, é que lhe cedi antes por compaixão pela humanidade que por meu gosto próprio. E foi assim que aconteceu tal pecado, mãezinha! Como nós dois choramos juntos! Lembramo-nos de você. Ele é bondosíssimo, é um homem muito bondoso e bastante sensível. Eu mesmo, mãezinha, estou sentindo isso tudo, e é bem por isso que tais coisas se dão comigo volta e meia, pois sinto profundamente isso tudo. Bem sei o que lhe devo, minha queridinha! Quando a conheci, melhor conheci, em primeiro lugar, a mim mesmo e passei a amá-la, e antes de conhecê-la, meu anjinho, estava só e como que dormia em vez de viver neste mundo. Eles lá, malfeitores, andavam dizendo que até minha fisionomia era indecente e tinham asco de mim, e eu mesmo cheguei a ter asco de mim; diziam que era obtuso, e eu pensava mesmo que era obtuso, mas, quando você apareceu diante de mim, iluminou toda a minha vida obscura, tanto assim que meu coração e minha alma ficaram iluminados, e adquiri paz de alma e soube que não era pior que os outros, que apenas não tinha nada a brilhar nem lustre algum nem alto estilo, mas era, ainda assim, um homem, um homem em meu coração e nos meus pensamentos. No entanto, agora que me sinto perseguido pelo destino e me dedico,

---

[60] Um grão de dormideira (papoula) significa, em russo, uma quantidade ínfima de comida.

humilhado por ele, à negação de minha própria dignidade, agora me desanimei, sim, consternado com minhas desgraças. E, como agora você sabe de tudo, mãezinha, imploro-lhe, com lágrimas, que não se interesse mais por essa matéria, pois meu coração está para se dilacerar, e fico amargurado, angustiado.

Atesto-lhe, mãezinha, meu respeito e continuo sendo seu fiel

Makar Dêvuchkin.

3 de setembro.

Não terminei de escrever minha carta anterior, Makar Alexéievitch, porque me era penoso escrevê-la. De vez em quando, há tais momentos de minha vida em que estou feliz de ficar sozinha, triste e angustiada nesta solidão que não compartilho com outrem, e tais momentos vêm surgindo cada vez mais frequentes. Em minhas recordações há algo tão inexplicável para mim, algo que me atrai de modo tão inconsciente e tão forte, que passo diversas horas insensível a tudo quanto me rodeia e me esqueço de tudo, de todo o presente. E não há impressão nesta minha vida de hoje, quer seja agradável, quer seja penosa e triste, que não me recorde algo semelhante em meu passado, sendo, na maioria das vezes, minha infância, minha infância de ouro! Contudo, sempre me sinto angustiada após tais momentos. Fico, de certa forma, enfraquecida, meus devaneios me deixam exausta, e minha saúde se torna, já sem isso, cada vez pior.

Mas hoje foi esta manhã fresca, clara, fulgente, uma das manhãs que são poucas aqui no outono, que me vivificou, e passei-a com alegria. Já estamos, pois, no outono! Como eu gostava daquele outono no campo!

Ainda era uma criança, mas já então sentia muita coisa. Gostava do entardecer outonal mais do que do amanhecer. Lembro-me do lago que ficava a dois passos da nossa casa, ao pé de uma colina. Aquele lago — é como se o visse agora —, aquele lago era tão largo, claro e límpido, feito o cristal! Às vezes, quando o entardecer vem sereno, o lago permanece calmo; nada se move nas árvores que crescem em sua margem, e sua água está imóvel como um espelho. Está fresco, ou melhor, faz frio! O orvalho cai sobre a relva, nas isbás[61] da margem acendem-se umas luzinhas, o rebanho é conduzido de volta; então saio de casa, às escondidas, para ir ver meu lago e fico, às vezes, olhando por muito tempo. Os pescadores queimam um feixe qualquer de chamiço, lá rente às águas, e a luz se espraia longe, bem longe, por essas águas. O céu está tão frio, azul e todo recamado, pelas bordas, de faixas vermelhas, ígneas, e aquelas faixas empalidecem cada vez mais; a lua nasce; o ar está tão sonoro que dá para ouvir tudo, quer esvoace um passarinho afugentado, quer os juncos ressoem sob um ventinho bem leve, quer um peixe agite a água com um barulhinho. E um vapor branco se ergue, tênue e transparente, sobre as águas azuis. Está tudo escuro ao longe, como se submergisse numa neblina, porém está tudo tão nítido, cá por perto, como que esculpido por um cinzel: uma barca, a margem, as ilhas; um tonel largado, esquecido rente à margem, fica oscilando devagarinho sobre a água, um ramo de salgueiro, com suas folhas amareladas, enreda-se nos juncos; uma gaivota adeja, atrasada, ora mergulhando nas águas frias, ora alçando

---

[61] Casas de madeira (em russo).

voo e sumindo naquela neblina. E fico olhando, escutando por muito tempo, e me sinto maravilhosamente bem! E era então apenas uma menina, uma criança!...

Gostava tanto do outono, daquele outono tardio quando os cereais já estão colhidos, quando todos os trabalhos estão terminados, quando já se fazem serões nas isbás e todo mundo espera pelo inverno. Então tudo se torna mais sombrio, o céu escurece, anuviado, as folhas amarelas se espalham, como veredas, pelas ourelas da floresta desnuda, e a floresta azuleia, negreja, sobretudo ao anoitecer, quando desce uma neblina úmida e as árvores transparecem naquela neblina como alguns gigantes, como fantasmas feios e pavorosos. Atraso-me, vez por outra, após um passeio, fico atrás dos outros, caminho sozinha, com pressa, e estou com pavor! E tremo, eu mesma, como uma folha e penso que já, já algum ser medonho assomará daquele oco de árvore; e, nesse meio-tempo, o vento passa voando pela floresta, com aquele barulho, rugido e uivo tão lamentoso, e arranca toda uma nuvem de folhas dos galhos secos, girando-as pelos ares, e eis que um bando de aves voa, comprido e largo, tão barulhento, em seu encalço com um estridente grito selvagem, de sorte que o céu fica preto, inteiramente coberto por elas. E fico assustada e como que chego a ouvir uma voz, como se alguém estivesse lá cochichando: "Corre, corre, criança, não te atrases; logo será medonho aqui; vai, corre, criança!", e um pavor me perpassa o coração, e corro, corro tanto que acabo perdendo o fôlego. E venho correndo, arfante, para casa; e minha casa está barulhenta, alegre, e todas nós, as crianças, recebemos algum trabalho, ervilhas ou grãos de dormideira a descascar. A lenha úmida estala no forno;

minha mãezinha observa, alegre, nosso alegre trabalho; a velha babá Uliana nos conta sobre os tempos idos ou umas histórias terríveis sobre os feiticeiros e mortos-vivos. E nós, as crianças, ficamos ali, apertando-nos uma à outra, mas todas com um sorriso nos lábios. E nos calamos de supetão, todas juntas... escuta aí, um ruído, como se alguém estivesse batendo! Mas nada disso: é a roda de fiar da velha Frólovna que está zumbindo, e quantas risadas se ouvem então! E depois, já de noite, não dormimos de tanto medo ou temos sonhos tão horrorosos assim. Acordo, por vezes, e não me atrevo nem a mexer-me e tremo, até o amanhecer, debaixo da minha coberta. E me levanto pela manhã, fresca como uma florzinha. Olho pela janela: o frio congelou o campo inteiro; aquela fina geada outonal pende nos galhos desnudos; o lago se cobriu de um gelo tão fino quanto uma folha, e um vapor branco se ergue sobre o lago; alegres, as aves estão gritando. O sol brilha, com seus raios vivos em círculo, e aqueles raios quebram o gelo fino que nem vidro. O dia está claro e luminoso, risonho! O fogo estala outra vez no forno, e nos sentamos todos junto do samovar, e eis que olha pelas janelas, de vez em quando, o Polkan, nosso cachorro preto que passou muito frio à noite e agita amigavelmente seu rabo. Um mujiquezinho passa perto das nossas janelas, com seu cavalinho ligeiro, indo cortar lenha ali na floresta. Estão todos tão contentes e tão felizes!... Ah, mas minha infância foi mesmo de ouro!...

E eis que agora fiquei chorando como uma criança, de tão empolgada com minhas recordações. Tão vivamente, mas tão vivamente é que me lembrei de tudo, e todo o passado meu reapareceu tão nítido em minha frente, e meu presente é tão embaçado e tão escuro!... Como isso vai acabar, como vai acabar isso tudo? Tenho cá uma convicção, uma certeza de que morrerei este outono, sabe? Estou muito, muito doente. Penso amiúde que morrerei, mas não quero, ainda assim, morrer desse jeito e ficar jazendo nesta terra. Talvez acabe caindo de cama como então, na primavera, e ainda nem tive tempo para me recobrar. Agora também me sinto muito aflita. Fedora está hoje o dia inteiro fora, e cá estou eu, sozinha. E tenho medo, já faz algum tempo, de ficar sozinha, pois me parece volta e meia que mais alguém está comigo no quarto, que alguém fala comigo, sobretudo quando fico cismando em alguma coisa e, de repente, acordo da minha cisma, de sorte que sinto medo. Foi por isso que lhe escrevi uma carta tão longa assim: quando estou escrevendo, aquilo passa. Adeus; termino a carta porque não tenho mais nem papel nem tempo. Daquele dinheiro que ganhei com meus vestidos e o chapeuzinho, só me resta um rublo de prata. O senhor deu dois rublos de prata à sua locadora; isso é muito bom, que agora ela se calará por um tempo.

Veja se arruma, de algum modo, as suas roupas. Adeus; estou tão cansada; não entendo por que enfraqueço tanto, mas a menor tarefa me cansa. E, se houver um trabalho qualquer, como é que vou trabalhar? É isso que me mata.

V. D.

5 de setembro.

Minha queridinha Várenka!

Experimentei hoje, meu anjinho, muitas impressões. Em primeiro lugar, minha cabeça ficou doendo o dia todo. Para me refrescar de alguma forma, saí para dar uma volta ao longo do Fontanka.[62] A tarde estava tão escura, tão úmida. O crepúsculo cai já pelas seis horas, como agora mesmo! Não chovia, mas havia uma neblina nada pior do que uma chuva das boas. As nuvens andavam pelo céu em faixas compridas e largas. Havia todo um mundaréu na avenida marginal, e era, como que de propósito, aquele povo de rostos tão horrorosos, que deixam a gente entristecida: mujiques embriagados, *babas tchukhonkas* com seus narizes arrebitados, de botas e sem chapéus, operários das *artels*, cocheiros e nossa laia também, indo com alguma necessidade; garotos, um aprendiz de serralheiro vestindo um roupão listrado, macilento, achacadiço, de cara banhada em fumaça de óleo e com um cadeado na mão; um soldado reformado, de uma braça[63] de altura — eis como era o público. Decerto era uma hora tal que nem podia haver outro público. E o Fontanka é um canal navegável! Tamanha profusão de barcas que nem dá para entender onde aquilo tudo poderia caber. As *babas* estão sentadas nas pontes com seus pães de mel ensopados e suas maçãs podres, e são todas tão sujas e molhadas. É tedioso passear pelo Fontanka! Um granito molhado sob os pés e aqueles prédios altos, pretos, fuliginosos dos lados, e a mesma neblina debaixo dos pés e acima da cabeça. Que tarde triste e escura foi hoje!

Quando dobrei a esquina da rua Gorókhovaia, já havia escurecido completamente e se começava a acender

---

[62] Um dos numerosos rios e riachos que atravessam a cidade de São Petersburgo.

[63] Cerca de 2 metros e 20 centímetros.

o gás. Fazia já um tempinho que eu não passava pela Gorókhovaia: não dava certo ir até lá. Uma rua agitada! Que lojas, que armazéns ricos, e tudo é fulgurante e reluzente: tecidos e flores nos mostruários e diversos chapeuzinhos com fitas. A gente acha que tudo isso foi espalhado assim, para enfeitar, mas não, nada disso, pois há quem o compre e presenteie sua esposa com isso tudo. Uma rua opulenta! Muitos padeiros alemães moram na Gorókhovaia: também deve ser um povo assaz abastado. E quantas carruagens passam a cada minuto, e como é que a calçada suporta aquilo tudo? Os coches são tão esplêndidos, e seus vidros são como espelhos, e há veludo e seda lá dentro, e os lacaios da fidalguia portam dragonas e uma espada. Olhei para dentro de todos aqueles coches e vi lá damas com trajes tão luxuosos, talvez umas princesas e condessas. Decerto era uma hora tal que todo mundo se apressava a ir aos bailes e às reuniões. É interessante ver uma princesa e, de modo geral, uma dama ilustre de perto; é muito bom, com certeza; eu nunca vi nenhuma, a menos que a tivesse visto como na ocasião, olhando para dentro de um coche. Então me lembrei de você. Ah, minha querida, minha queridinha! Logo que me lembro de você agora, meu coração fica todo agoniado! Por que, Várenka, é que está tão infeliz? Anjinho meu, mas em que você seria pior do que eles todos? É bondosa, é linda, é instruída; por que é que tem tido, pois, essa sina tão má? Por que acontece volta e meia que uma pessoa boa se veja arrasada, enquanto a tal da felicidade até se impõe, por si mesma, a outra pessoa? Sei, mãezinha, sei que não é bom pensar desse jeito, que é um livre--pensamento, mas, para ser sincero, para dizer a verdade toda, por que o destino corveja, feito uma gralha, que tal pessoa será feliz, quando ela está ainda na barriga de sua mãe, enquanto outra pessoa entra no mundo de Deus ao sair de um orfanato? E acontece ainda que a felicidade cabe frequentemente a um Ivânuchka, o bobinho,[64] da vida. Digamos, tu, Ivânuchka, o bobinho, fica ali revirando os sacos de teu avô, bebendo, comendo e te alegrando à beça, e tu, assim e assado, fica apenas lambendo os beiços, que és assim mesmo, maninho, que só prestas para isso! É um pecado, mãezinha, é um pecado pensar desse jeito, mas o pecado é que se insinua assim, sem a gente querer, na alma da gente. Pois você também andaria, minha querida *yássotchka*, num coche daqueles. Os generais estariam captando seu olhar benévolo, e não apenas esta nossa laia, e você não usaria esse seu vestidinho precário de lona, mas seda e ouro. E não estaria magrinha e mofininha como agora, mas tal e qual uma figurinha de açúcar, fresquinha, corada e roliçazinha. E eu cá então ficaria feliz tão somente de vê-la da rua ao menos, pelas janelas bem iluminadas, de ver apenas uma sombra sua, e só de pensar que vive lá feliz e alegre, meu passarinho bonito, é que me alegraria também. E como está agora? Como se não bastasse aqueles vilões terem-na arruinado, qualquer drogazinha ali, um *zabuldyga*[65] qualquer a magoa. Só de andar de casaca que nem um pavão, só de mirá-la através daquele seu lornhão[66] de ouro, é que já se perdoa tudo àquele sem-vergonha, e já se tem de ouvir sua fala asquerosa

---

[64] Personagem típico do folclore russo, um homem de origem humilde, pouco inteligente, mas favorecido pela sorte.
[65] Um dos sinônimos coloquiais da palavra "bêbado" (em russo).
[66] Par de lentes munido de um cabo longo e usado, na época descrita, como óculos.

com indulgência! Chega, meus queridinhos, será que é isso mesmo? E por que será tudo isso? Porque você é uma órfã, porque é indefesa, porque não tem um amigo forte que lhe dê um arrimo conveniente. E qual é aquele homem, quais são aquelas pessoas lá que ofendem uma órfã com toda a facilidade? Mas é uma droga; não são pessoas e, sim, uma droga mesmo, apenas constam ali, cadastradas, porém não existem de fato, e tenho certeza disso. Eis como são aquelas pessoas! Pois a meu ver, minha querida, o tocador de realejo que encontrei hoje na Gorókhovaia antes imporia respeito por sua pessoa que aquela gentinha ali. Posto que ande, o dia inteiro, angustiado, à espera de um tostão imprestável, largado, para matar a fome, é seu próprio senhor e alimenta a si mesmo. Não quer pedir esmola, mas anda trabalhando para o prazer das pessoas, feito uma máquina à qual deram corda: faço o que posso, digamos, para agradar a vocês. É um mendigo apenas, um mendicante, que seja dita a verdade, um simples mendigo, mas, em compensação, um mendigo nobre: está cansado, com frio, porém não para de trabalhar; embora à sua maneira, mas trabalha ainda assim. E muitas são as pessoas honestas, mãezinha, que ganham pouco, naquela medida em que seu trabalho tiver serventia, porém não se curvam ante ninguém, não pedem pão a ninguém. E eu cá sou como aquele tocador de realejo, ou seja, não sou nada igual a ele, mas, à minha maneira própria, naquele sentido nobre, fidalgo, trabalho assim como ele, na medida das minhas forças, e faço o que posso, digamos. E não teria utilidade maior, eu mesmo, porém um "não" não se julga.[67]

---

[67] Provérbio russo.

Passei a falar daquele tocador de realejo, mãezinha, porque me aconteceu hoje sentir minha pobreza em dobro. É que me detive a fim de olhar para aquele tocador lá. E pensamentos tais se insinuavam em minha cabeça que me detive para me distrair. Fico, pois, lá parado, e os cocheiros também ficam parados lá, e uma rapariga qualquer e uma menina pequena, assim, toda sujinha. O tocador estava defronte às janelas de alguém. Avisto lá um menino, um pingo de gente, de uns dez anos: seria até bonitinho, mas aparenta estar doente, tão mofininho, só de camisa e mais alguma roupinha qualquer, praticamente descalço... está ouvindo a música, boquiaberto (idade infantil!), olhando para aquelas bonecas que dançam no mostruário de um alemão, e tem, ele mesmo, as mãos e os pés congelados, e fica tremendo e mordiscando a pontinha de sua manga. Noto então que segura um papelzinho. Um senhor veio passando e jogou uma moedinha miúda para o tocador, e ela caiu direto naquela caixinha cercada onde é representado um francês a dançar com damas. E o menino estremeceu, tão logo tiniu a moeda, olhou timidamente à sua volta e acabou pensando, por certo, ter sido eu quem dera aquele dinheiro. Então acorreu a mim, e suas mãozinhas tremiam, e sua vozinha tremia, e me estendeu o tal papelzinho e disse que era um bilhete! Abri aquele bilhete; pois bem, é tudo já conhecido: digamos, meus benfeitores, a mãe das crianças está morrendo, e seus três filhos estão famintos; ajudem-nos, pois, agora, e eu, quando estiver morta, não me esquecerei de vocês, meus benfeitores, no outro mundo, já que não deixam agora a minha prole desamparada. Pois bem: está tudo claro, está tudo simples, mas o que lhes daria a eles? Não dei, pois, nada àquele menino. Mas quanta pena é que senti! Um menino tão pobrezinho, azulado de frio, talvez esfomeado, talvez não esteja mentindo... juro que não está, pois conheço aquele negócio todo. Mas o que é ruim é que as mães desnaturadas não cuidam dos filhos, mas os mandam, seminus e com tais bilhetes, enfrentar um frio desses. Talvez seja uma *baba* estúpida e não tenha caráter; não há, talvez, quem a ampare, e ela fica ali sentada, encolhendo as pernas, e está, quem sabe, doente de fato. E deveria, pois, recorrer a quem de direito, mas, aliás, talvez seja mui simplesmente uma trapaceira e mande, de caso pensado, aquela criança faminta e enfermiça ludibriar o povo, até ela mesma adoecer. E o que é que o coitado do menino vai aprender com aqueles bilhetes, hein? Apenas seu coração endurecerá mais ainda, andando ele, correndo e mendigando. As pessoas andam por lá, mas estão sem tempo. Seus corações são de pedra; suas palavras são cruéis: "Fora! Vai indo! Não brinques!" É isso que ele ouve de todos, e endurece o coração da criança, e treme em vão, com aquele frio, o coitadinho do menino intimidado, como um passarinho que caiu do seu ninhozinho quebrado. Gelam-lhe as mãos e os pés, falta-lhe fôlego. A gente olha, e ele já está tossindo, e nem se precisa esperar por muito tempo, que a doença já vem rastejando, feito uma víbora demoníaca, invadir-lhe o peito, e, logo a seguir, a morte já está ao seu lado, ali num canto fétido, sem ninguém cuidar dele nem o ajudar, e essa é toda a sua vida! Eis como ela é, vez por outra, a vida da gente! Oh, Várenka, como é doloroso ouvir "por Cristo" e seguir adiante e não dar nada e lhe dizer: "Deus dará". Ainda se pode suportar, às vezes, aquele "por Cristo". (Até os "por Cristo" podem ser diferentes, mãezinha!) Às vezes, é longo e arrastado, já costumeiro, decorado, pura e simplesmente mendicante, e não é tão doloroso assim deixarmos de dar esmola a quem o pronunciar, porquanto é um mendigo antigo, de longa data, um mendigo por ofício: está acostumado, pensamos, vai superar e sabe como superará. Só que há um "por Cristo" inabitual, brutal, pavoroso, como aquele de hoje, quando peguei o bilhete daquele menino: havia lá mais um sujeito, postado junto de uma cerca, que não pedia, aliás, a todos, e ele me disse a mim: "Dá aí um vintém, senhorzinho, por Cristo!", e disse com uma voz tão entrecortada e grossa que estremeci, tomado de uma sensação medonha, e não lhe dei sequer um vintém, que não tinha dinheiro nenhum. E quem for rico não gosta, ademais, que os pobres reclamem, em voz alta, de seu destino cruel: estão incomodando a gente, digamos, são importunos! Aliás, a pobreza é sempre importuna: será que estorvam o sono aqueles gemidos de fome?

Teria de lhe confessar, minha querida, que me pus a descrever tudo isso para você, em parte, no intuito de aliviar este meu coração, mas, principalmente, para lhe apresentar uma amostra do bom estilo de minhas obras. É que você mesma, mãezinha, há de reconhecer certamente que meu estilo está em formação nesses últimos tempos. Mas agora uma tristeza tal se apoderou de mim que comecei a simpatizar, até o fundo da alma, com minhas próprias ideias e, apesar de saber, cá no íntimo, que tal simpatia não muda as coisas, mãezinha, consigo de certa forma, ainda assim, fazer justiça a mim mesmo. Pois é verdade, minha querida, que amiúde a gente se destrói sem motivo algum, achando que não vale nem um tostão furado, e se classifica abaixo de uma lasca de madeira qualquer. E, comparativamente falando, talvez isso ocorra porque estou intimidado e posto contra a parede, eu mesmo, igual, por exemplo, àquele coitado do garotinho que me pedia esmola. Agora lhe falarei de modo aproximado, mãezinha, alegoricamente; veja, pois, se me escuta: acontece, minha querida, que de manhã cedo, quando vou apressado à minha repartição, demoro olhando para a cidade, a qual está acordando, ficando em pé, soltando fumaça, fervendo, estrondeando, e eis que me quedo, por vezes, tão rebaixado perante tal espetáculo que me arrasto então, como quem tenha levado um piparote em seu nariz curioso, mais quieto do que a água, mais baixo do que a relva, e sigo meu caminho como quem tenha aberto mão! E agora observe bem o que se faz naqueles grandes prédios de alvenaria, pretos, fuliginosos, pondere aquilo e conclua depois, você mesma, se seria justo a gente se classificar de maneira inútil e se colocar num embaraço inconveniente. Note aí, Várenka, que não estou falando no sentido literal, mas assim, alegoricamente. Vejamos, pois, o que há nesses prédios. Há neles, num canto esfumaçado, num cubículo úmido considerado um apartamento por mera necessidade, um artesão que acaba de acordar; e suponhamos que tenha sonhado a noite toda, enquanto dormia, com aquelas botas que estragara na véspera, sem querer, como se justamente com uma droga daquelas um homem tivesse de estar sonhando! Só que ele é um artesão, um sapateiro, e é perdoável que pense, o tempo todo, naquela única profissão sua. Tem lá uns filhos que estão piando e uma esposa faminta, e não são apenas os sapateiros, minha querida, que acordam, por vezes, dessa maneira. Ainda não faria mal nem valeria a pena escrever sobre aquilo, mas eis que surge a circunstância seguinte, mãezinha: lá mesmo, no mesmo prédio, um piso acima ou abaixo, foi um homem riquíssimo que sonhou à noite, quem sabe, em seus aposentos dourados com as mesmas botas, ou seja, sonhou com umas botas de outro tipo e de feitio diferente, mas foram as botas mesmo, pois acontece, mãezinha, neste exato sentido que venho subentendendo aqui, que nós todos somos, minha querida, um pouco sapateiros. Nem isso faria mal, porém o que é ruim é que não há ninguém ao lado daquele homem riquíssimo, não há quem sopre ao seu ouvido que "chega, digamos, de pensares naquilo, de pensares tão só em ti mesmo, de viveres tão só para ti; não és, digamos, nenhum sapateiro, teus filhos estão com saúde e tua esposa não pede comida; olha, pois, ao redor e vê se não há uma matéria mais nobre, para que te ocupes dela, do que essas tuas botas!". Eis o que eu quis dizer-lhe alegoricamente, Várenka. Talvez seja uma ideia por demais livre, minha querida, mas essa ideia me surge de vez em quando, vem por momentos e jorra então do meu coração, mesmo sem que eu o queira, com tais palavras acaloradas. Portanto, nem me cabia dizer, só por me assustar com ruídos e trovoadas, que não valia eu nem um tostão furado! Em conclusão, mãezinha, direi que talvez você ache que eu lhe conte calúnias, ou tudo isso seja assim, uma melancolia que se apossa de mim, ou então eu tenha copiado isso de algum livrinho. Não, mãezinha, dissuada-se, que não é nada disso: detesto as calúnias, nenhuma melancolia se apossou de mim, e não copiei patavina de livro algum — é isso aí!

Voltei para casa, num triste estado de espírito, sentei-me à mesa, esquentei minha chaleira e já me aprontava para sorver um copinho ou dois de chazinho. De súbito, vejo Gorchkov, nosso pobre inquilino, entrar no meu quarto. Eu tinha notado, ainda pela manhã, que ele se esgueirava de algum jeito, o tempo todo, junto dos moradores e já queria acercar-se de mim também. E digo-lhe de passagem, mãezinha, que a vidinha dele é bem pior que a minha. Nem se compara: a esposa, os filhos! Destarte, se eu fosse Gorchkov, nem sei o que teria feito no lugar dele! Pois então: entra meu Gorchkov, faz uma mesura, e uma lagrimazinha remela, como de praxe, em seus cílios; arrasta os pés, mas não consegue dizer uma só palavra. Fiz que ele se sentasse numa cadeira, quebrada, que seja dita a verdade, mas não havia outras cadeiras. Ofereci-lhe chazinho. Ele pediu desculpas, pediu-me desculpas por muito tempo, mas, finalmente, pegou o copo. Queria já tomar chá sem açúcar e começou a pedir outra vez desculpas, quando lhe assegurei que tinha, sim, de pegar um pouco de açúcar, e discutiu longamente, negando-se, e colocou afinal o menor dos torrões em seu copo e passou a asseverar que o chá estava doce até dizer chega. Eh, mas a quanta humilhação é que a pobreza leva as pessoas! "Pois bem, queridinho, o que há?", perguntei-lhe. "Assim e assado, digamos, meu benfeitor Makar Alexéievitch, veja se me revela a graça divina e presta ajuda a esta família infeliz: meus filhos e minha esposa não têm nada para comer, e eu, o pai de família, como me sinto, hein?". Já me dispunha a responder, mas ele me interrompeu: "Tenho, digamos, medo de todos aí, Makar Alexéievitch, ou seja, não é que os tema, mas sinto vergonha, sabe? É que são todos altivos e presunçosos. Nem o incomodaria, meu querido e meu benfeitor, disse-me ele, sabendo que o senhor também teve umas contrariedades aí, sabendo que nem sequer poderia dar muito dinheiro, mas veja se me empresta, pelo menos, alguma coisa; ousei, disse ainda, pedir-lhe ajuda por conhecer seu bom coração, por saber que o senhor mesmo já ficou em apuros, que agora também está passando umas provações, e que seu coração, portanto, sente compaixão". E concluiu dizendo: perdoe minha ousadia e minha indecência, Makar Alexéievitch. Então lhe respondo que ficaria feliz, com toda a minha alma, de ajudá-lo, porém não tenho coisa nenhuma, absolutamente nada. "Meu queridinho Makar Alexéievitch", diz-me ele, "nem lhe peço muita coisa, mas, assim e assado (então ficou todo vermelho), minha esposa, diz, e meus filhos estão com fome... nem que seja uma *grivnazinha* qualquer". E foi meu próprio coração que ficou doendo. Eta, pensei, mas como ele me deixou para trás! E só me restavam vinte copeques, mas eu contava com eles, querendo gastá-los, no dia seguinte, com minhas necessidades extremas. "Não, queridinho, não posso, assim e assado", digo-lhe. "Makar Alexéievitch, meu querido, seja como for, diz-me ele, apenas dez copequezinhos". Tirei, pois, vinte copeques da minha gaveta e passei-os a ele, mãezinha: foi uma boa ação, não foi? Eh, que miséria! Fico, pois, conversando com ele: como foi, queridinho, pergunto, que o senhor chegou a tanta penúria e ainda aluga, com tantas necessidades, um quarto por cinco rublos de prata? E ele me explica que o alugou há meio ano, pagando três meses adiantados, só que depois as circunstâncias ficaram tais que não pôde mais, coitado, nem ir nem voltar. Esperava que seu processo tivesse terminado até aquele momento. E seu processo é desagradável. Ele é responsabilizado, Várenka, por alguma razão, pela justiça, está vendo? Pleiteia com um comerciante ali, que fraudou o fisco com uma empreitada; a fraude ficou descoberta, o comerciante foi processado e acabou envolvendo Gorchkov também, já que este estava casualmente por perto, naqueles seus negócios criminosos. Mas, seja dita a verdade, Gorchkov é culpado apenas de falta de zelo e de prudência, por ter perdido de vista, imperdoavelmente, o interesse público. Já faz vários anos que dura aquele processo, e os obstáculos mais variados surgem, o tempo todo, contra Gorchkov. "Quanto à desonra que me é imputada", diz-me Gorchkov, "não sou culpado dela, nem um pouco culpado: não tenho culpa da fraude nem da roubalheira". Aquele pleito deixou-o um tanto manchado: foi exonerado do cargo e, mesmo que não seja provada a sua culpa capital, não consegue até agora, antes de ser totalmente absolvido, receber certa quantia bem considerável, que lhe é devida, daquele comerciante, disputando-a nos tribunais. Eu cá acredito nele, mas a justiça não acredita, diga o que disser, e seu processo tem tantos anzóis e nós que não dá para desenredá-lo nem em cem anos. Mal o desenredam um pouco, aí vem o tal comerciante jogando mais um anzol e mais um. Cordialmente me compadeço daquele Gorchkov, minha querida, e tenho dó dele. Um homem sem cargo; não tem emprego algum por não ser confiável; tudo quanto guardavam já foi comido; o processo está enredado, mas é preciso viver, não obstante; e foi nesse meio-tempo, sem mais nem menos e fora de propósito, que nasceu um neném, daí umas novas despesas; seu filho adoeceu, mais despesas; seu filho morreu, mais despesas; sua esposa está doente; ele mesmo padece de uma doença já arraigada... numa palavra, tem sofrido o homem, e ponha-se sofrimento nisso. Aliás, diz que espera, um dia desses, pela resolução favorável de seu problema e que agora não há mais nenhuma dúvida a respeito disso. Tenho pena dele, mãezinha, sim, tenho pena e muita pena! Então o tratei com carinho. É um homem perdido, está em maus lençóis e busca por quem o proteja; foi isso que me levou a tratá-lo carinhosamente. Adeus, pois, mãezinha, que Cristo esteja ao seu lado, e fique você com saúde. Minha queridinha! Tão logo me lembro de você, é como se aplicasse um remédio à minha alma enferma, e, posto que eu sofra por sua causa, até sofrer por você é fácil.

Seu verdadeiro amigo

Makar Dêvuchkin.

9 de setembro.

Mãezinha Varvara Alexéievna!

Escrevo-lhe fora de mim. Estou todo perturbado com um acidente horrível. Minha cabeça não para de girar. Sinto que tudo está rodopiando ao meu redor. Ah, minha querida, o que lhe contarei agora! A gente nem sequer o pressentia. Aliás, não, não creio que eu não o tenha pressentido: pressenti tudo isso, sim. Meu coração percebia tudo isso de antemão! E mesmo sonhei, dia destes, com algo parecido.

Eis o que ocorreu! Vou contar-lhe sem estilo qualquer, mas assim, como nosso Senhor ordenar que isso seja contado. Fui hoje à minha repartição. Uma vez lá, fiquei sentado, escrevendo. E você precisa saber, mãezinha, que ontem escrevia também. Pois então, ontem se achega a mim Timofei Ivânovitch e se digna a mandar pessoalmente: aqui está, digamos, um papel necessário e urgente. Copie-o, diz para mim, Makar Alexéievitch, com a maior limpeza possível, rápida e minuciosamente, que hoje mesmo será assinado. E tenho de notar para você, meu anjinho, que ontem eu estava tão abalado que nem me apetecia olhar para qualquer coisa: foram tanta tristeza e tamanha angústia que me atacaram! Meu coração estava frio, minha alma estava escura, e quem não saía da minha memória era você, minha pobre *yássotchka*. E eis que me pus a copiar; copiei tudo limpo, muito bem, só que não sei como lhe diria mais precisamente, se o próprio tinhoso me confundira ou se aquilo fora determinado por alguns destinos secretos ou, simplesmente, porque havia de ser assim... mas acabei omitindo uma linha inteira, e o sentido ficou sabe lá Deus qual, ou melhor, não houve nenhum sentido. E se atrasaram ontem com aquele papel, de sorte que Sua Excelência foi assiná-lo apenas hoje. E eis que chego hoje, como se de nada se tratasse, à minha repartição, na hora habitual, e me instalo pertinho de Yemelian Ivánovitch. Cumpre-me notar para você, querida, que tenho ficado, nesses últimos tempos, duas vezes mais pudico do que antes e sentido o dobro de vergonha. Ultimamente, nem tenho olhado para ninguém. Mal estala a cadeira de alguém lá, e já fico mais morto que vivo. E hoje, do mesmo jeito, fiquei todo murcho, quietinho, tal e qual um ouriço, de modo que Yefim Akímovitch (um sujeito tão implicante que ainda não houve, antes dele, quem lhe igualasse no mundo) disse para todos ouvirem: por que é que o senhor fica aí sentado, Makar Alexéievitch, que nem u-u-uh? E fez então uma careta tal que todos os que estavam ao lado dele e ao meu lado caíram na gargalhada e gargalharam, bem entendido, por minha causa. E foram, e foram rindo! Até encolhi as orelhas, cerrei os olhos e fiquei lá sentado, sem me mover. Este é meu costume, assim me deixam em paz mais depressa. E, de repente, ouço um barulho, um rebuliço, um atropelo; ouço alguém chamar por mim (será que meus ouvidos estão enganados?), chamar, sim, exigindo que venha Dêvuchkin. E meu coração tremeu todo no peito e nem sei de que tive medo, sei apenas que me assustei tanto como não me acontecera ainda nenhuma vez nesta vida. Fiquei grudado na minha cadeira, como se de nada se tratasse, como se não chamassem por mim. Só que então se puseram a chamar novamente, cada vez mais perto. Eis que já gritam ao meu ouvido: chamem, digamos, Dêvuchkin, Dêvuchkin; onde está Dêvuchkin? Ergui os olhos: quem está em minha frente é Yevstáfi Ivánovitch, dizendo: "Makar Alexéievitch, vá logo até Sua Excelência! É que aprontou uma com aquele papel!". Só disse aquilo, mas não é verdade, mãezinha, que já foi dito o bastante? Então me quedei semimorto, todo gelado, perdi os sentidos... e fui lá, simplesmente mais morto que vivo, fui ver Sua Excelência. Conduzem-me, pois, através de um cômodo, do outro cômodo, do terceiro cômodo; entro no gabinete e me posto na frente dele! Não posso relatar-lhe positivamente o que estava pensando então. Mas vejo Sua Excelência em pé, rodeado por todos eles. Parece que nem me curvei, que me esqueci de fazer uma mesura. Estava tão intimidado que meus lábios tremiam e minhas pernas também. E havia por quê, mãezinha! Em primeiro lugar, estava com vergonha: olhei para a direita e me vi num espelho, e havia por que a gente enlouqueceria diante de uma visão daquelas. Em segundo lugar, sempre me portei como se nem existisse neste mundo. Destarte, é pouco provável que Sua Excelência estivesse ciente da minha existência. Talvez tivesse ouvido dizerem a meu respeito assim, de passagem, que havia um tal de Dêvuchkin em sua repartição, mas nunca estabelecera comigo nenhuma relação mais próxima do que essa.

E começou a falar com ira: "Mas o que fez aí, meu senhor? Por que está olhando? Um papel importante, tem de ser feito logo, e o senhor o estraga! Como foi que fez isso?". Então Sua Excelência se dirigiu a Yevstáfi Ivânovitch. E ouvi apenas os sons de suas palavras chegar até mim: "Falta de zelo, falta de bom senso! O senhor me causa problemas!". Abri, pois, a boca com algum propósito. Queria já pedir desculpas, só que não consegui; quanto a fugir, nem ousava pensar naquilo, e eis que... eis que aconteceu uma coisa tal, mãezinha, uma coisa tal que até mesmo agora mal seguro a pena, de tão envergonhado assim. Um botãozinho meu (que o diabo o carregue!), um botãozinho que estava suspenso num fiozinho, desprendeu-se de súbito, ricochetou, foi pulando (decerto eu roçara nele assim, sem querer) e tilintando, rodou, maldito, diretamente, direto mesmo, até os pés de Sua Excelência, e tudo isso em meio ao silêncio geral! Foi essa toda a minha justificativa, toda a minha desculpa, toda a minha resposta, tudo quanto me dispusesse a dizer a Sua Excelência! As consequências foram horríveis! Sua Excelência prestou logo atenção neste meu vulto e neste meu traje. Lembrei-me do que tinha visto no espelho e corri para apanhar o botãozinho. Deu uma louca em mim! Curvo-me, pois, querendo pegar o tal botãozinho, e ele fica rodando, girando, e não consigo apanhá-lo... e me destaquei, numa palavra, em matéria de destreza também. Sinto então que as últimas forças me abandonam, que tudo, tudo mesmo já está perdido! Toda a reputação está perdida, o homem todo está perdido! E, sem motivo algum, são Thereza e Faldoni que falam em ambos os ouvidos meus, e batem um papo daqueles. Por fim, apanhei o botãozinho e me soergui e me empertiguei, e até que devia, sendo tão imbecil mesmo, ter ficado assim, em posição de sentido, com as mãos esticadas ao longo das coxas! Mas não: comecei a ajustar o botãozinho àqueles fios rotos, como se fosse aderir a eles, e a sorrir, ainda por cima, e a sorrir. Primeiro Sua Excelência me deu as costas, depois voltou a olhar para mim, e eis que o ouço dizer a Yevstáfi Ivânovitch: "Como assim?... Veja só o estado dele!... Como ele está!... Por que está assim?". Ah, minha querida, mas aquela pergunta: por que está assim? Porque se destacou, eis por que está! E ouço Yevstáfi Ivânovitch responder: "Não foi visto, digamos, em nenhuma situação que o desabonasse; tem a conduta exemplar e o salário suficiente, conforme o ordenado...". — "Pois então veja se o alivia de alguma maneira", diz Sua Excelência. "Dê um adiantamento a ele...". — "Mas ele já recebeu, dizem aí que já recebeu um adiantamento por tanto e tanto tempo! As circunstâncias dele são essas, por certo, mas sua conduta é exemplar, e nunca foi visto, jamais foi visto". E eu, meu anjinho, estava todo queimando, queimando num fogo infernal! Estava morrendo! "Pois bem", diz Sua Excelência, em voz alta, "que recopie o mais depressa possível. Venha cá, Dêvuchkin, e recopie tudo sem aquele erro, e vejam se escutam...". Então Sua Excelência se voltou para os outros, distribuiu diversas ordens, e foram todos embora. Mal eles foram embora,

Sua Excelência tira apressadamente seu *kníjnik*[68] e, dele, uma nota de cem rublos. "Aqui está", diz: "é o que posso, pense o senhor como quiser..." e enfia tal nota em minha mão. Estremeci, meu anjinho, e toda a minha alma ficou transtornada; nem sei o que se deu comigo, só que queria já agarrar a mãozinha de Sua Excelência. E ele enrubesceu tanto assim, minha queridinha — pois sim, agora não me afasto da verdade nem por um fiozinho de cabelo, minha querida! —, pegou minha mão indigna e sacudiu-a, simplesmente a pegou e sacudiu, como se eu fosse seu par, como se fosse eu um general como ele próprio. "Vá indo, disse, é o que posso... Não faça mais erros, e rache-se o pecado ao meio".

E agora, mãezinha, eis o que decidi fazer: peço-lhe, e a Fedora também, e, se tivesse filhos, mandaria que eles também rezassem a Deus, ou seja, que não rezassem pelo seu pai de sangue, mas todos os dias, eternamente, por Sua Excelência! E mais lhe direi, mãezinha, e digo isto solenemente — veja se me escuta direito, mãezinha! —: juro que, fosse qual fosse o pesar de minha alma a matar-me nos dias cruéis de nossa desgraça, olhando eu para você, para seus infortúnios, e para mim mesmo, para minha humilhação e minha incapacidade, e apesar disso tudo, juro-lhe que não prezo tanto aqueles cem rublos quanto o fato de Sua Excelência se dignar assim, em pessoa, a apertar esta mão indigna a mim, a um feixe de palha, a um beberrão qualquer! Com isso é que me devolveu a mim mesmo. Ressuscitou meu espírito com essa ação, tornou minha vida mais doce para todo o sempre, e estou firmemente convicto de que, por mais

[68] Carteira (arcaísmo russo).

pecaminoso que seja eu perante o Supremo, a oração pela felicidade e pelo bem-estar de Sua Excelência chegará ao trono dEle!...

Mãezinha! Agora estou num horrível transtorno espiritual, horrivelmente ansioso! Meu coração bate tanto que quer saltar-me do peito. E fico, eu mesmo, como que todo debilitado. Envio-lhe quarenta e cinco rublos em papel-moeda, dou vinte rublos à minha locadora e deixo trinta e cinco rublos comigo: vou consertar minhas roupas com vinte rublos e guardar quinze rublos para minha vidinha. Pois só agora é que todas essas impressões matinais perturbaram toda a minha essência. Deitar-me-ei por um tempo. Estou tranquilo, aliás, muito tranquilo. Apenas minha alma dói um pouco, e dá para sentir como ela estremece, cá no fundo, treme e se remexe. Vou visitá-la, mas agora estou simplesmente ébrio com todas essas sensações... Deus vê tudo, minha mãezinha, minha queridinha inestimável!

Seu amigo decente

Makar Dêvuchkin.

10 de setembro.

Meu caro Makar Alexéievitch!

Estou inefavelmente feliz com sua felicidade e sei estimar as virtudes de seu superior, meu amigo. Pois então, agora é que vai descansar das suas provações! Apenas, pelo amor de Deus, não gaste outra vez seu dinheiro em vão. Viva de mansinho, o mais humildemente que puder, e comece, a partir deste mesmo dia de hoje, a guardar sempre alguma coisa, para que as desgraças não o apanhem mais desprevenido. E não se preocupe, pelo amor de Deus, conosco. Viveremos de algum jeito, Fedora e eu. Por que nos mandou tanto dinheiro, Makar Alexéievitch? Nem precisamos de tanto. Estamos contentes com o que temos. É verdade que logo precisaremos de dinheiro para trocar de apartamento, mas Fedora espera cobrar de alguém uma dívida antiga e já vencida. Deixo, enfim, vinte rublos comigo, para as necessidades extremas. E lhe mando o resto de volta. Conserve, por favor, esse dinheiro, Makar Alexéievitch! Adeus. Viva agora em paz, tenha saúde e esteja alegre. Escreveria mais para o senhor, porém me sinto muito cansada e ontem passei o dia inteiro de cama. Fez bem em prometer que me visitaria. Visite-me, por favor, Makar Alexéievitch!

V. D.

11 de setembro.

Minha querida Varvara Alexéievna!

Imploro-lhe, minha querida, que não se afaste de mim agora, agora que estou plenamente feliz e contente com tudo. Minha queridinha! Não dê ouvidos a Fedora, e vou fazer tudo o que você desejar: vou comportar-me bem, por mero respeito por Sua Excelência é que me comportarei de modo certo e correto, e voltaremos a escrever cartas felizes um ao outro, a confiar um ao outro nossos pensamentos, nossas alegrias, nossas angústias, se houver algumas; viveremos juntos, concordes e felizes. Vamos mexer com literatura... Anjinho meu! Tudo mudou neste meu destino, e mudou tudo para melhor. A locadora ficou mais tratável, Thereza, mais inteligente, e até mesmo Faldoni se tornou, de algum jeito, mais hábil. Eu fiz as pazes com Rataziáiev. De tão alegre, fui eu mesmo à casa dele. É um bom sujeito, mãezinha, palavra de honra, e tudo quanto foi dito de mau a respeito dele foi uma bobagem pura. Acabo de descobrir que aquilo tudo foi uma calúnia abjeta. Ele nem pensou em descrever a gente, e foi ele próprio quem me disse isso. Leu uma nova obra para mim. E, se acaso me chamou então de Lovelace, não foi nenhum palavrão, nada disso, nenhuma palavra indecente: foi dessa maneira que ele me explicou. Aquilo foi traduzido, tintim por tintim, de uma língua estrangeira e significa "um rapaz expedito" e, se o disséssemos de forma mais bonita, mais literária, significaria "um rapaz que mete direito", assim, e não qualquer coisa ali. Foi uma brincadeira inocente, anjinho meu. E eu cá, bronco que sou, fiquei sentido de tão imbecil. Só que agora lhe pedi desculpas... E que tempo maravilhoso é que faz hoje, Várenka, mas que tempo bom! É verdade que houve um pouco de geada pela manhã, como se estivesse caindo através de uma peneira. Mas não faz mal! O ar ficou, em compensação, um pouquinho mais fresco. Fui comprar minhas botas e comprei um par admirável. Dei uma volta pela Nêvski. Li "A abelhinha".[69] Sim! Quase me esqueci de lhe contar sobre o principal. É o seguinte:

Fiquei conversando, esta manhã, com Yemelian Ivânovitch e Aksênti Mikháilovitch sobre Sua Excelência. Sim, Várenka, não fui tão somente eu mesmo que ele tratou com tanta benevolência. Não só a mim é que cumulou de favores, e todo mundo conhece a bondade de seu coração. Em muitos lugares é que o homenageiam com louvores e vertem lágrimas de gratidão

[69] "A abelha do Norte": jornal literário de orientação conservadora, editado em São Petersburgo de 1825 a 1864.

por ele. Estava criando uma órfã ali. Dignou-se, pois, a ampará-la, fazendo que se casasse com um homem conhecido, um servidor que cumpria as incumbências especiais de Sua Excelência em pessoa. Colocou o filho de uma viúva numa repartição qualquer e fez muitas outras boas ações. E eu cá, mãezinha, logo resolvi que devia também contribuir e contei a todos, em voz alta, sobre o que Sua Excelência fizera: contei tudo a eles, sem esconder nada. Só minha vergonha é que escondi no bolso. Que vergonha, mas que melindre é que poderia haver numa situação dessas? Contei em voz alta, que sejam glorificados os feitos de Sua Excelência! Falei com entusiasmo, falei com ardor, sem enrubescer, mas, pelo contrário, todo orgulhoso de estar contando, por sorte, uma coisa assim. Contei de tudo (foi tão só você, mãezinha, que deixei, por sensatez, fora do meu relato): de minha locadora e de Faldoni e de Rataziáiev e das minhas botas e de Márkov — contei de tudo. Houve quem risse e, seja dita a verdade, todos estavam rindo. Só que era apenas em minha figura que deviam ter achado algo ridículo ou então riam das minhas botas, notadamente destas minhas botas. E não poderiam ter feito aquilo com alguma intenção má. É assim, a juventude, ou então eles mesmos são gente rica, mas não poderiam, de jeito nenhum, ter zombado do meu discurso com uma intenção má e perversa. Ou seja, quanto a dizerem algo a respeito de Sua Excelência, não poderiam mesmo ter feito aquilo. Não é verdade, Várenka?

Eu não consigo, de certa forma, recobrar-me até agora, mãezinha. Todos esses incidentes deixaram-me tão confuso! Você tem lenha? Veja se não se resfria, Várenka, que é bem rápido que a gente se resfria. Oh, minha mãezinha, você me mata com esses seus pensamentos tristes. E como rezo a Deus, como ando rezando por você, mãezinha! Será que tem, por exemplo, umas meiazinhas de lã ou assim, algumas roupinhas mais quentes? Veja aí, minha queridinha! Se precisar de qualquer coisa que seja, não deixe este velho, pelo Criador, ressentido. Venha logo tratar comigo. Agora os maus tempos já estão no passado. E, quanto a mim, não se preocupe. Está tudo tão luminoso, tão bom, pela frente!

Mas foi um tempo tristonho, Várenka! Mas tanto faz, já passou! Os anos se passarão, então lamentaremos até mesmo aqueles idos. Lembro-me dos meus anos verdes. Que tempos! Não tinha, por vezes, nem sequer um copeque. Estava com frio, com fome, mas vivia alegremente e ponto-final. Dou uma voltinha, de manhã, pela Nêvski, encontro uma carinha bonitinha e fico feliz pelo resto do dia. Bons tempos, sim, houve bons tempos, mãezinha! Vive-se bem neste mundo, Várenka! Sobretudo em Petersburgo. Ontem me arrependi, com lágrimas nos olhos, perante Deus nosso Senhor, pedindo que me perdoasse todos os meus pecados daquela época triste: reclamações, ideias liberais, crápula e paixão. E me lembrei de você, enternecido, nessa oração. Foi só você, meu anjinho, quem me fortaleceu, foi só você quem me consolou e me ajudou com seus conselhos bons e edificantes. Nunca me esquecerei disso, mãezinha! Hoje beijei todos os seus bilhetinhos, um por um, minha queridinha! Adeus, pois, mãezinha! Dizem que se vendem roupas aqui por perto. Vou, então, procurar algumas. Adeus, meu anjinho. Adeus.

Seu cordialmente devotado

Makar Dêvuchkin.

15 de setembro.

Prezado senhor Makar Alexéievitch!

Estou tomada de uma emoção forte. Escute, pois, o que se deu conosco. Pressinto algo fatal. Julgue o senhor mesmo, meu inestimável amigo: o senhor Býkov está em Petersburgo. Foi Fedora quem o encontrou. Ele vinha passando, mandou parar o *drójki*,[70] aproximou-se, ele mesmo, de Fedora e começou a perguntar onde ela morava. De início, ela não respondeu. Depois ele disse, com um sorrisinho, que sabia quem morava com ela. (Decerto fora Anna Fiódorovna que lhe contara de tudo). Então Fedora não aguentou e começou a exprobrá-lo ali mesmo, no meio da rua, a censurá-lo dizendo que era um homem imoral e causara todas as minhas desgraças. Ele respondeu que, quando não se tinha nem um vintém, estava-se infeliz mesmo. Fedora lhe disse que eu conseguiria viver do meu trabalho, que poderia casar-me ou então arranjar um emprego fora, e que agora minha felicidade estava perdida para sempre, que eu estava, além disso tudo, doente e morreria em breve. Pois ele redarguiu dizendo que eu era ainda nova demais, que minha cabeça ainda estava amalucada e que nossas virtudes também se tinham embaçado (são as palavras dele). Pensávamos, Fedora e eu, que ele desconhecesse o nosso endereço, e de repente ontem, mal eu saí para ir fazer compras no Pátio Gostínny, entrou no quarto da gente: parece que não queria encontrar-me em casa. Passou muito tempo interrogando Fedora acerca da nossa vidinha, examinou tudo em nosso quarto; viu

---

[70] Leve carruagem de quatro rodas.

também meu trabalho e, afinal, perguntou: "Mas quem é aquele servidor que conhece vocês?". Era então que o senhor estava passando através do pátio, e Fedora apontou para o senhor; ele olhou e sorriu; Fedora lhe suplicou que fosse embora, disse que eu já estava adoentada por causa de tantas mágoas e que me seria muito desagradável vê-lo em nossa casa. Ele se manteve calado; disse que viera assim, por falta de quefazeres, e queria já dar a Fedora vinte e cinco rublos, mas ela, bem entendido, não os aceitou. O que será que isso significa? Por que foi que ele veio à casa da gente? Não consigo entender como sabe tudo a nosso respeito! E me perco em minhas conjeturas. Fedora diz que Aksínia, sua cunhada que vem à nossa casa, conhece a lavadeira Nastácia, e que o primo de Nastácia trabalha como zelador no departamento onde serve aquele conhecido do sobrinho de Anna Fiódorovna, e será que não foi assim porventura que uma fofoca qualquer ficou rastejando? De resto, bem pode ser que Fedora esteja enganada; não sabemos, pois, nem o que pensar. Será que ele vai vir de novo? Fico apavorada só de pensar nisso! Quando Fedora contou aquilo tudo ontem, fiquei tão assustada que por pouco não desmaiei de susto. De que é que eles precisam mais? Não quero agora nem saber deles! O que têm a ver comigo, esta coitada aqui? Ah, como estou receosa agora, pensando que já, já Býkov entrará em meu quarto. O que será de mim? O que é que o destino me reserva ainda? Por Cristo, venha visitar-me agora mesmo, Makar Alexéievitch! Venha, pelo amor de Deus, venha.

V. D.

18 de setembro.

Mãezinha Varvara Alexéievna!

Houve neste dia, em nosso apartamento, um acontecimento extremamente lamentável, que não se explicaria com nada e pelo qual ninguém esperara. Nosso pobre Gorchkov (tenho de notá-lo para você, mãezinha) ficou totalmente absolvido. A decisão tinha sido tomada já havia tempos, mas hoje ele foi ouvir o veredicto definitivo. Seu pleito teve um desfecho bem favorável. Fosse qual fosse a culpa dele, aquela de falta de zelo e de prudência, acabou sendo completamente perdoada. Decidiram cobrar daquele comerciante, em benefício de Gorchkov, uma quantia considerável, de sorte que ele melhorasse muito de vida e sua honra se livrasse daquele labéu e tudo mesmo se tornasse melhor: numa palavra, aconteceu que seu desejo teve a mais plena satisfação. Hoje ele voltou para casa às três horas. Estava todo alterado, branco que nem um pano, e seus lábios tremiam, mas ele sorria, ainda assim, e veio abraçar a mulher e os filhos. E fomos nós, todos juntos, felicitá-lo. Ele se quedou bastante sensibilizado com o que fizéramos, curvando-se para todos os lados e apertando, diversas vezes, a mão de cada um de nós. Até me pareceu que havia crescido, que se endireitara e que não tinha mais uma só lagrimazinha nos olhos. Estava tão emocionado, coitado! Não conseguia manter-se, nem por dois minutos, no mesmo lugar; pegava tudo quanto tivesse ao alcance da mão, depois o largava de novo, sorria o tempo todo, fazia mesuras, sentava-se, levantava-se, sentava-se outra vez, dizia sabe lá Deus o quê, dizia: "Honra minha, minha honra, meu nome honesto, meus filhos!" e como dizia aquilo, chegando até mesmo a chorar. A maioria de nós também derramou umas lágrimas. Rataziáiev quis, pelo visto, animá-lo e disse: "O que é a honra, meu queridinho, quando não se tem o que comer? É o dinheiro, meu queridinho, que é o principal, é por isso que deve agradecer a Deus!", e logo lhe deu um tapinha no ombro. Pareceu-me que Gorchkov ficara sentido, ou seja, não que tivesse manifestado um descontentamento qualquer, mas apenas olhara para Rataziáiev de certo modo estranho e tirara a mão dele do seu ombro. E antes não teria feito nada disso, mãezinha! Aliás, há índoles diferentes. Eu, por exemplo, não me mostraria orgulhoso, se acaso tivesse uma alegria dessas; é que a gente, minha querida, faz uma mesura a mais, vez por outra, e até se presta à humilhação tão somente por um acesso daquela bondade espiritual e por ter um coração demasiado suave... porém não se trata, aliás, de mim! "Sim, disse ele, o dinheiro também é bom; graças a Deus, graças a Deus!" e depois ficou repetindo, ao longo de todo aquele tempo que passamos com ele: "Graças a Deus, graças a Deus!...". Sua esposa encomendou um almoço mais delicado e mais copioso. Foi nossa locadora em pessoa quem cozinhou para eles. É que nossa locadora é uma mulher bondosa, em parte. E Gorchkov nem conseguiu ficar quieto até o almoço. Foi entrando nos quartos de todos, quer chamassem por ele, quer não chamassem. Entra assim, sorri, senta-se numa cadeira por um tempinho, diz alguma coisa, ou então não diz nada, e vai embora. Até mesmo pegou o baralho no quarto de nosso aspirante da Marinha, e eis que o fizeram jogar com três outros homens. Ele jogou, jogou um bocado, confundiu-se estupidamente no jogo, fez umas três ou quatro cartadas e parou de jogar. "Não, disse, é que eu assim... apenas assim, disse" e saiu desse quarto. Encontrou-me no corredor, segurou-me ambas as mãos, olhou bem nestes meus olhos, mas de maneira algo estranha, apertou minha mão e se afastou de mim, sorrindo o tempo todo, mas com um sorriso penoso, bem esquisito, igual a um morto. Sua mulher chorava de alegria; estava tudo tão alegre no quarto deles, como se fosse uma festa. Almoçaram depressa. E eis que ele diz à sua esposa, após o almoço: "Escute aí, meu benzinho, e se eu me deitar um pouco?", e foi assim para a cama. Chamou pela sua filha, pôs a mão na cabecinha dela e alisou a cabecinha daquela criança por muito, mas muito tempo. Depois se voltou novamente para sua mulher: "E Pêtenka, hein? Nosso Pêtia, disse, Pêtenka?...". Sua mulher se benzeu e lhe responde que ele já faleceu. "Sim, sim, sei, sei de tudo: agora Pêtenka está no reino de Deus". Sua esposa percebe, pois, que ele não está bem, que o acontecido o deixou totalmente abalado, e diz a ele: "Você faria bem, meu querido, se dormisse". —"Sim, está bem, agora eu... só um pouquinho". Então lhe virou as costas, ficou deitado por algum tempo, depois se virou de novo, querendo dizer alguma coisa. Sua esposa não ouviu direito, perguntou: "O quê, meu amigo?". Mas ele não respondeu. Ela esperou um pouco, pensou que o marido adormecera e saiu por uma horinha, indo ver a locadora. Voltou uma hora depois e viu que o marido não acordara ainda, que estava deitado sem se mover. Ela pensou que estivesse dormindo, então se sentou e começou a fazer algo lá. Agora conta que trabalhou por meia hora e mergulhou tanto em sua meditação que nem sequer se recorda mais em que estava pensando, diz apenas que se esqueceu do marido. Subitamente, foi acordada por uma sensação angustiante e se surpreendeu, antes de tudo, com aquele silêncio sepulcral em seu quarto. Olhou para a cama e viu o marido deitado na mesma posição. Então se acercou dele, tirou a coberta e viu que já estava todo friozinho: morreu, mãezinha, morreu esse nosso Gorchkov, morreu de repente, como se um raio o tivesse matado! E por que foi que morreu... só Deus sabe disso. E isso me perturbou tanto, Várenka, que até agora não consigo recuperar-me. Nem posso acreditar que um homem possa ter morrido assim tão simplesmente. E que coitado, que pobre-diabo é que foi esse Gorchkov! Ah, que destino, mas que destino foi esse! Sua esposa está chorando, toda assustada. A menina se recolheu num canto qualquer. Há tanto corre-corre, ali no quarto, vão fazer uma perícia médica... nem posso dizer-lhe com toda a certeza. Mas quanta pena é que estou sentindo, tamanha pena! É triste a gente pensar que não sabe mesmo que dia nem a que hora... É que morremos assim, por nada...

Seu

Makar Dêvuchkin.

19 de setembro.

Prezada senhorita Varvara Alexéievna!

Apresso-me a avisá-la, minha amiga, de que Rataziáiev arranjou para mim um emprego com um escritor. Alguém veio à sua casa e lhe trouxe um manuscrito tão volumoso que, graças a Deus, terei muito trabalho. Só que a letra é tão ilegível que nem sei como procederia àquilo, porém o autor exige que eu o copie logo. E o que ele escreve é assim, como se a gente não entendesse coisa nenhuma... Combinamos, pois, que me pagaria quarenta copeques por folha. Escrevo-lhe tudo isso, minha querida, porque terei agora um dinheiro a mais. Pois bem, e agora adeus, mãezinha. Logo me ponho a trabalhar.

Seu fiel amigo

Makar Dêvuchkin.

23 de setembro.

Meu caro amigo Makar Alexéievitch!

Já vai para três dias, amigo meu, que não lhe escrevo nada, mas tive cá muitas, muitas preocupações e fiquei muito angustiada.

Foi anteontem que Býkov veio à nossa casa. Eu estava sozinha, Fedora tinha ido a algum lugar. Abri a porta e fiquei tão assustada, quando o vi, que não tive mais nem como me mover. Senti que empalidecera. Ele entrou, segundo seu hábito, com altas risadas, pegou uma cadeira e se sentou. Passei muito tempo sem me recompor e me sentei, afinal, num canto para trabalhar. Logo ele parou de rir. Parece que se surpreendeu com minha aparência. Tenho emagrecido tanto, nestes últimos tempos; minhas faces e meus olhos ficaram cavados; estava pálida como um lenço... de fato, seria difícil alguém que me conhecera havia um ano reconhecer-me agora. Ele me fitou longa e atentamente; por fim, alegrou-se de novo. Disse uma coisa daquelas; não lembro o que lhe respondi, mas ele tornou a rir. Passou uma hora inteira sentado em meu quarto; falou comigo por muito tempo e me indagou sobre várias coisas. Finalmente, antes de se despedir, segurou-me a mão e disse (escrevo todas as palavras dele para o senhor): "Varvara Alexéievna! Entre nós seja dito que Anna Fiódorovna, sua parenta e minha conhecida bem próxima e amiguinha, é uma mulher vilíssima". (Então a chamou ainda de um nome indecente.) "Foi ela quem tirou sua priminha também do bom caminho e levou você mesma à perdição. Eu também, por minha parte, fui o vilão dessa história, só que não adianta falar, que as coisas da vida são essas". Então rompeu a gargalhar com a força toda. Depois comentou que não era nada eloquente e que o principal, aquilo que lhe cumpria explicar, mandando os deveres da nobreza que não se calasse a respeito, já fora declarado, e que ele passaria agora, em breves termos, a contar o resto. Então me anunciou que me pedia em casamento, que considerava como seu dever restituir minha honra, que era rico, que me levaria, depois do casamento, para sua fazenda, lá nas estepes, que queria caçar lebres por lá, mas que nunca retornaria a Petersburgo, porquanto a vida petersburguense era um nojo, que tinha em Petersburgo, conforme ele mesmo se expressou, um sobrinho imprestável, tendo ele jurado que o deserdaria, e que era por esse exato motivo, ou seja, desejando ter herdeiros legítimos, que me pedia em casamento e que era essa a razão principal de seu pedido. Notou, a seguir, que minha vida era bastante pobre, que não era de admirar eu ter ficado doente, morando numa choupana dessas, e me predisse uma morte iminente se eu continuasse vivendo assim tão só por um mês, e acrescentou que os apartamentos eram nojentos em Petersburgo e acabou perguntando se eu não precisava de alguma coisa.

Fiquei tão estupefata com sua proposta que me pus a chorar, nem sei por qual dos motivos. Ele tomou meu choro por um agradecimento e me disse que sempre tivera a certeza de eu ser uma moça bondosa, sensível e instruída, mas que não se atrevera, de resto, à tal medida sem antes se informar, nos mínimos detalhes, sobre a minha conduta atual. Então me indagou acerca do senhor, disse ter ouvido falarem de tudo e saber que o senhor era um homem de regras nobres, que ele não queria, por sua parte, ficar devendo ao senhor, e perguntou se quinhentos rublos lhe bastariam por tudo quanto fizera por mim. Quando lhe expliquei que não se pagava com dinheiro algum o que o senhor fizera por mim, ele me disse que era tudo uma bobagem, tudo por causa dos romances, que eu era ainda jovem e lia poemas, que os romances corrompiam as moças, que os livros não faziam outra coisa senão estragar a moral, e que ele mesmo detestava quaisquer livros; depois me aconselhou a viver até a idade dele e só então julgar a respeito das pessoas: "Então", acrescentou, "é que vai conhecê-las". Disse, em seguida, para eu refletir direitinho em suas propostas, que lhe seria muito desagradável se eu desse um passo tão importante sem antes ter refletido, acrescentou que a imponderação e a empolgação destruíam a juventude inexperiente, mas que ele almejava pela resposta favorável da minha parte e que, caso contrário, teria finalmente de se casar com uma comerciante em Moscou por ter jurado, no dizer dele próprio, deserdar aquele canalha do seu sobrinho. Deixou à força, em cima de meu bastidor, quinhentos rublos, dizendo que eram para comprar bombons; disse que em sua fazenda eu engordaria feito uma panqueca, que rolaria, na casa dele, como um queijo pela manteiga,[71] que ora tinha montes

[71] A locução idiomática "rolar como o queijo pela manteiga" (*кататься, как сыр в масле*) significa aproximadamente "levar uma vida agradável, alegre e opulenta".

de afazeres, que passara o dia todo mexendo com seus negócios e que dera agorinha um pulo em minha casa tão só de passagem. Depois foi embora. Fiquei pensando, pensei em muitas coisas, sofri a pensar, meu amigo, e afinal tomei a minha decisão. Vou casar-me com ele, amigo meu, que tenho de aceitar essa sua proposta. Se alguém pudesse livrar-me da minha desonra, restituir meu nome honesto, afastar de mim a pobreza, as provações e desgraças por vir, seria unicamente ele. O que mais eu esperaria do meu futuro, o que mais pediria ao meu destino? Fedora diz que não se deve perder a felicidade própria e questiona o que se chamaria, nesse caso, de felicidade. Eu, pelo menos, não encontro outro caminho para mim, meu amigo inestimável. O que tenho a fazer? Já estraguei, trabalhando, toda a saúde minha; nem posso trabalhar, ademais, o tempo todo. Procurar um emprego fora? Então vou definhar de tanta tristeza e, além disso, não vou agradar a ninguém. Sou doentia por natureza e sempre serei, portanto, um fardo nas costas de outrem. É claro que nem agora vou ao paraíso, mas o que me resta fazer, meu amigo, o que me resta fazer? Que escolha é que tenho?

Não lhe pedi conselhos. Quis refletir sozinha. A decisão que o senhor acaba de ler é inalterável, e vou anunciá-la de imediato a Býkov que já me apressa a tomar uma decisão definitiva. Ele disse que seus negócios não estavam esperando, que lhe cumpria partir e não se podia adiar tudo por conta de tais ninharias. Sabe lá Deus se serei feliz, ficando meu destino em Seu sacrossanto e misterioso poder, mas estou decidida. Dizem que Býkov é um homem bondoso; ele há de me respeitar, e pode ser que eu também venha a respeitá-lo. O que mais esperaria do nosso matrimônio?

Comunico-lhe tudo, Makar Alexéievitch. Tenho certeza de que compreenderá toda a minha angústia. Não me distraia da minha intenção. Seus esforços serão inúteis. Pondere, em seu próprio coração, tudo quanto me obrigou a agir assim. De início, fiquei muito inquieta, mas agora estou mais calma. Não sei o que há pela frente. Mas, haja lá o que houver, que venha o que Deus mandar!...

Veio Býkov, e deixo minha carta inacabada. Queria ainda dizer muita coisa ao senhor. Býkov já está aqui!

V. D.

23 de setembro.

Mãezinha Varvara Alexéievna!

Eu me apresso, mãezinha, a responder-lhe; eu me apresso, mãezinha, a declarar-lhe que estou surpreso. Tudo isso é assim, meio errado... Ontem enterramos Gorchkov. Sim, é isso, Várenka, é bem isso: Býkov agiu nobremente, mas veja apenas, minha querida, se você não consente rápido demais. É claro que tudo se faz por vontade de Deus, é assim mesmo e há de ser assim infalivelmente, ou seja, deve sem falta haver a vontade de Deus nisso, e a providência do Criador celestial é, por certo, tão boa quanto misteriosa, e os destinos da gente também, os destinos também. E Fedora simpatiza com você, igualmente. É claro que ficará agora feliz, mãezinha, que viverá abastada, minha pombinha, minha *yássotchka*, minha adorável, anjinho meu... mas apenas é rápido demais, Várenka, está vendo?... Sim, os negócios... o senhor Býkov tem uns negócios ali... mas é claro: quem não teria negócios, e ele também pode ter alguns, por acaso... pois eu o vi, quando ele saía da sua casa. Um homem vistoso, vistoso, sim, e até mesmo um homem vistoso demais. Só que isso tudo é assim, meio errado, e não se trata exatamente de ele ser um homem vistoso, e eu cá também estou agora um tanto fora de mim. Como é que vamos agora escrever essas nossas cartas um para o outro, hein? Eu cá, como eu cá ficarei sozinho? Pois eu, meu anjinho, pondero tudo, pondero tudo, conforme você me escreveu aí, pondero tudo isso em meu coração, todas essas causas. Já terminava de copiar a vigésima folha, e eis que se deram, nesse meio-tempo, tais acontecimentos! É que está partindo, mãezinha, e precisa fazer ainda diversas compras, comprar vários sapatinhos aí, um vestidinho, e há, como que de propósito, uma loja que conheço na Gorókhovaia: ainda lembra como eu a descrevia amiúde para você? Mas não! Como assim, mãezinha, o que está fazendo? É que não pode partir agora, é absolutamente impossível, de jeito nenhum! É que precisa fazer compras grandes e arranjar uma carruagem. E, além do mais, o tempo está ruim agora: veja só aquela chuva torrencial, uma chuva tão... tão molhada, e ainda... ainda vai sentir frio, meu anjinho, esse coraçãozinho seu estará com frio! É que você tem medo daquele homem estranho, mas, ainda assim, parte com ele. E eu cá, com quem é que ficarei aqui sozinho? Fedora diz lá que uma grande felicidade espera por você... mas é uma *baba* desenfreada e quer acabar comigo. Será que vai assistir à missa vespertina hoje, mãezinha? Iria eu também, para vê-la. É verdade, mãezinha, é pura verdade que é uma moça instruída, virtuosa e sensível, mas é melhor que ele se case com a tal da comerciante! O que está achando, mãezinha? É melhor que se case com a comerciante, sim! Vou dar um pulinho em sua casa, minha Várenka, tão logo escurecer, e ficar por uma horinha. É que escurece agora cedo, então darei um pulinho aí. Irei hoje, mãezinha, sem falta, por uma horinha. Agora você está à espera de Býkov, e, quando ele for embora, então... Espere aí, mãezinha, que darei um pulinho, sim...

Makar Dêvuchkin.

27 de setembro.

Amigo meu, Makar Alexéievitch!

O senhor Býkov disse que me cumpria sem falta ter o pano holandês para fazer três dúzias de camisas. É preciso, pois, encontrarmos, o mais depressa possível, umas costureiras de roupa branca para confeccionar duas dúzias, e o tempo está muito curto. O senhor Býkov anda zangado, diz que esses trapos dão uma trabalheira imensa. Nosso casamento será daqui a cinco dias, e partiremos logo no dia seguinte. O senhor Býkov está apressado, diz que não temos tamanho tempo a perder com essas bobagens. Estou exausta de tantos afazeres e mal me aguento de pé. Há um montão de coisas a fazer, mas juro que seria melhor se não houvesse coisa nenhuma. E, mais ainda, as *blondes*[72] e outras rendas estão em falta, portanto, temos de comprar algumas, dizendo o senhor Býkov que não quer que sua esposa se vista como uma cozinheira, e que me cumpre sem falta "secar o nariz[73] a todas as fazendeiras". É assim que ele mesmo fala. Pois bem, Makar Alexéievitch: dirija-se, por favor, à loja da Madame Chiffon,[74] na Gorókhovaia, e peça, primeiro,

---

[72] Rendas brancas (em francês).

[73] Locução idiomática russa (*утереть нос*) que significa aproximadamente "botar/meter/pôr alguém no chinelo".

[74] Literalmente "trapo" (em francês).

que mande umas costureiras de roupa branca para nossa casa e, segundo, que trate de vir ela também. Hoje estou doente. Faz tanto frio em nosso apartamento novo, e a desordem está tremenda. A titia do senhor Býkov mal consegue respirar de tão velha. Receio que acabe falecendo antes de nossa partida, mas o senhor Býkov diz que não faz mal, que ela se recomporá. Há uma tremenda desordem em nossa casa. O senhor Býkov não mora conosco, de sorte que os criados fogem todos, sabe lá Deus para onde. Por vezes, é Fedora quem nos atende sozinha, pois o camareiro do senhor Býkov, que está zelando por tudo, anda ninguém sabe por onde há quase três dias. O senhor Býkov vem toda manhã, fica zangado e ontem espancou um servente do prédio, o que lhe valeu uns problemas com a polícia... Não tinha, eu mesma, nem com quem lhe enviar esta carta. Envio-a pelo correio urbano. Sim! Quase me esqueci do mais importante. Diga à Madame Chiffon para trocar sem falta as *blondes*, de acordo com a amostra de ontem, e vir pessoalmente e me mostrar as que ela tiver escolhido. E diga ainda que mudei de ideia quanto ao *canezou*,[75] já que teria de bordá-lo com um *crochet*.[76] E outra coisa: que as letras dos monogramas sejam bordadas, naqueles lenços, com o *tambour*[77] — o senhor está ouvindo? —, com o *tambour* e não com o ponto cheio. Pois veja se não esquece: com o *tambour*! E mais uma coisa da qual já me esquecia! Diga a ela, pelo amor de Deus, para bordar aquelas folhinhas do mantelete em alto estilo,

[75] Corpete sem mangas (em francês).
[76] Agulha de crochê (em francês).
[77] Bastidor (*tambour à broder* em francês).

com franjas de *cordonnet*,[78] e para depois revestir a gola de rendas ou de *falbalas*[79] largos. Transmita-lhe isso, Makar Alexéievitch, por favor.

Sua

V. D.

P. S.: Estou tão envergonhada de tanto atenazar o senhor com estas incumbências minhas. Anteontem também passou a manhã inteira correndo. Mas fazer o quê? Não há ordem nenhuma em nossa casa, e eu mesma estou indisposta. Não se apoquente, pois, comigo, Makar Alexéievitch! Quanta angústia! Ah, mas o que será, meu amigo, meu caro, meu generoso Makar Alexéievitch? Tenho medo até de olhar para meu futuro. Pressinto algo, o tempo todo, e vivo como numa fumaça.

P. P. S.: Pelo amor de Deus, meu amigo, veja se não esquece nada daquilo que acabei de lhe dizer! Receio, o tempo todo, que o senhor acabe errando de algum jeito. Lembre-se, pois: com o *tambour* e não com o ponto cheio.

V. D.

27 de setembro.

Prezada senhorita Varvara Alexéievna!

Cumpri todas as suas incumbências com bastante zelo. A Madame Chiffon diz que ela mesma já pensava em bordar com o *tambour*, sendo aquilo, talvez, mais conveniente... não sei, que não entendi direito. E outra coisa: você escreveu aí sobre os *falbalas*, e ela falou também desses *falbalas*. Só que, mãezinha, já esqueci o que ela

[78] Cordão usado como enfeite (em francês).

[79] Faixas de tecido pregueado, babados (em francês).

me disse sobre os *falbalas*. Apenas me lembro de ela ter dito muita coisa: uma *baba* tão ruim assim! O que seria? Pois bem, ela mesma lhe contará de tudo. E eu, minha mãezinha, fiquei todo extenuado. Nem fui hoje à minha repartição. Mas você, minha querida, fica desesperada à toa. Estou pronto, para sua tranquilidade, a correr por todas as lojas que houver. Está escrevendo que tem medo de olhar para seu futuro. Só que hoje mesmo, lá pelas sete horas, ficará sabendo de tudo. A Madame Chiffon irá pessoalmente à sua casa. Não se desespere, pois: tenha esperança, mãezinha; quem sabe se tudo não mudará finalmente para melhor, hein? Pois é aquilo ali, aqueles *fal-ba-las* malditos... eh, mas aqueles *falbalas*, puxa vida! Até que eu daria, meu anjinho, um pulinho em sua casa, daria, sim, daria sem falta; até mesmo me acerquei, umas duas vezes, desse portão de seu prédio, mas... É que o tal de Býkov, ou seja, quero dizer que o senhor Býkov anda zangado, o tempo todo, pois então é aquilo ali... Mas não adianta falar!

Makar Dêvuchkin.

28 de setembro.

Prezado senhor Makar Alexéievitch!

Corra logo, pelo amor de Deus, à joalheria. Diga ao ourives que não precisa fazer aqueles brincos com pérolas e esmeraldas. O senhor Býkov diz que é luxo demais, que o preço morde. Anda zangado; diz que, já sem aquilo, seu bolso está ficando vazio e que a gente rouba dele, e ontem disse que, se soubesse de antemão dessas despesas todas, nem se envolveria comigo. Diz que, tão logo nos casarmos, vamos depressa embora, que não haverá convidados e que não me cabe nem pensar em saracotear e dançar, pois as festas estão ainda bem longe. É desse jeito que fala! Mas, seja Deus testemunha, será que preciso daquilo tudo? Foi o senhor Býkov mesmo quem o encomendou, não foi? Não ouso nem lhe responder nada a ele, que é tão irascível. O que é que será de mim?

V. D.

28 de setembro.

Minha queridinha Varvara Alexéievna!

Por mim... ou seja, é o ourives quem fala... por mim, tudo bem, só que eu queria antes dizer que eu mesmo estava doente e não podia nem me levantar da cama. Agora que veio esse momento de azáfama necessária, agora mesmo é que os resfriados me atacaram, que o tinhoso os leve! Também lhe participo que, para completar estas minhas desgraças, Sua Excelência também se dignou a ser rigoroso, zangando-se e gritando muito com Yemelian Ivânovitch, tanto assim que acabou, coitadinho, ficando cansado. E eis que lhe participo tudo isso. Gostaria de lhe escrever mais alguma coisinha, porém temo que lhe dê trabalho. É que sou, mãezinha, um homem tolo, simplório, escrevo tudo quanto me passa pela cabeça, e pode ser que você, de alguma maneira, esteja aquilo ali... Mas não adianta falar!

Seu

Makar Dêvuchkin.

29 de setembro.

Varvara Alexéievna, minha querida!

Hoje vi Fedora, minha queridinha. Ela diz que você se casará amanhã, que irá embora depois de amanhã e que o senhor Býkov já está arranjando os cavalos. Quanto a Sua Excelência, já informei você a respeito, mãezinha. E outra coisa: cheguei a conferir as contas daquela loja na Gorókhovaia; está tudo certo, mas é caro demais. Mas por que será que o senhor Býkov se zanga com você? Pois bem: seja feliz, mãezinha! Estou feliz; estarei feliz, sim, contanto que você esteja feliz. Até iria à igreja, mãezinha, porém não posso, que meus lombos estão doendo. E lhe falo ainda sobre as cartas: quem é que vai agora ajudar a gente a trocá-las, mãezinha? Sim! Mas você cumulou Fedora de favores, minha querida, não é? Pois fez uma boa ação, minha amiga, fez muito bem. Uma boa ação! É que nosso Senhor vai abençoá-la por cada uma das suas boas ações. As boas ações não ficam sem recompensa, e a virtude sempre será coroada com os louros da justiça divina, mais cedo ou mais tarde. Mãezinha! Gostaria de lhe escrever muita coisa ainda, escreveria para você toda hora, todo minuto, escreveria, sim! Ainda ficou comigo um livrinho seu, os "Contos de Bêlkin", e não o tome de mim, mãezinha, mas me presenteie com ele, minha queridinha, sabe? Não é que me apeteça tanto lê-lo. Mas você mesma sabe, mãezinha, que o inverno está chegando: as noites serão longas, e vou ficar triste e querer ler alguma coisa. Pois eu, mãezinha, deixarei meu apartamento e me mudarei para seu apartamento antigo, que vou alugar de Fedora. Agora não abandonarei mais essa mulher honesta por nada no mundo, que é, ainda por cima, tão laboriosa assim. Ontem examinei minuciosamente aquele seu apartamento esvaziado. E seu bastidorzinho está como antes, com sua costura em cima, ali no canto, intacto. Examinei, pois, a sua costura. Havia lá também uns retalhozinhos diversos. E você tinha começado a enrolar seus fiozinhos numa cartinha minha. Encontrei uma folhinha de papel em cima de sua mesinha, e naquele papelzinho estava escrito: "Prezado senhor Makar Alexéievitch, estou com pressa..." e nada mais. Decerto alguém a interrompeu no momento mais interessante. E sua caminha está no canto, atrás dos biombozinhos... Minha queridinha!!! Pois bem: adeus, adeus, e veja se me responde de alguma maneira, o mais depressa possível, a esta cartinha, pelo amor de Deus.

Makar Dêvuchkin.

30 de setembro.

Meu inestimável amigo Makar Alexéievitch!

Está tudo feito! Minha sorte está lançada; não sei qual é, mas me submeto à vontade de nosso Senhor. Partimos amanhã. Despeço-me do senhor pela última vez, meu inestimável, amigo meu, meu benfeitor, meu querido! Não se entristeça por minha causa, viva feliz, lembre-se de mim, e venha a bênção de Deus envolvê-lo! Eu me lembrarei do senhor com frequência, em meus pensamentos e minhas rezas. Eis que este tempo chegou ao fim! Serão poucas as recordações agradáveis de meu passado que levarei para minha vida nova, mas tanto mais valiosa há de ser minha lembrança do senhor e tanto mais precioso o senhor mesmo será ao meu coração. É meu único amigo; o senhor foi o único que me amou por aqui. É que eu via tudo, é que eu sabia como o senhor me amava! Ficava feliz apenas com um sorriso meu, com uma só linha de minha carta. Agora terá de se desacostumar de mim! Como é que vai ficar aí sozinho? Com quem é que ficará, meu bondoso, inestimável e único amigo? Deixo o livrinho, o bastidor e a carta iniciada com o senhor: quando olhar para aquelas linhas que comecei a escrever, continue lendo, em sua mente, tudo quanto quiser ouvir ou ler da minha parte, tudo quanto eu lhe escreveria... E seriam muitas aquelas coisas que lhe escreveria agora! Lembre-se da sua pobre Várenka que o amou tanto assim. Todas as suas cartas ficaram com Fedora, na gaveta superior de sua cômoda. Escreve aí que está doente, mas o senhor Býkov não me deixa ir hoje a lugar algum. Vou escrever-lhe, amigo meu, prometo, mas só Deus sabe o que pode acontecer. Despeçamo-nos, pois, agora e para sempre, amigo meu, meu querido, meu queridinho... sim, para sempre! Oh, como o abraçaria agora! Adeus, meu amigo, adeus, adeus. Viva feliz; tenha saúde. Eternamente rezarei pelo senhor. Oh! Como estou triste, como toda a minha alma fica apertada. O senhor Býkov chama por mim. Sua eternamente amorosa

V.

P. S.: Minha alma está tão cheia agora, tão cheia de lágrimas...

Os prantos me sufocam e me laceram. Adeus.

Meu Deus, que tristeza!

Lembre-se da sua pobre Várenka, lembre-se!

Mãezinha, Várenka, minha queridinha, minha inestimável! Eis que a levam embora, eis que você se vai! Mas seria melhor agora que arrancassem o coração do meu peito em vez de me privar de você! O que está fazendo? Está chorando, mas, ainda assim, vai embora?! Acabo de receber essa sua cartinha, toda salpicada de lágrimas. É que você não quer ir; é que a levam à força; é que você tem pena de mim; é que você me ama! Mas como assim, com quem vai ficar agora? Ali seu coraçãozinho ficará triste, enojado, gelado. As saudades o sugarão todo, a tristeza vai rasgá-lo ao meio. Você morrerá ali, vão colocá-la na terra úmida e não haverá ninguém que a pranteie ali. E o senhor Býkov não fará outra coisa senão caçar aquelas lebres dele... Ah, mãezinha, mãezinha! O que é que decidiu fazer, como é que pôde resolver que faria uma coisa dessas? O que fez, o que fez, o que foi que você fez consigo? É que a levarão ali para o caixão, é que a farão morrer, meu anjinho, ali. É que você, mãezinha, é tão fraquinha como uma pena! E onde é que eu mesmo estive? Por que estava apenas olhando, imbecil que eu sou? Via, pois, que a criança andava divagando, que simplesmente a cabecinha dessa criança estava dodói! Era tudo tão simples, mas não: sou um imbecil mesmo, não penso em nada, não vejo nada, como se estivesse com a razão, como se o assunto não fosse comigo... e ainda fui correndo comprar esses *falbalas*! Não, mas me levantarei, Várenka; talvez convalesça até amanhã, então me levantarei, sim!... Vou atirar-me, mãezinha, embaixo das rodas, mas não a deixarei ir embora! Mas, puxa vida, o que é isso, no fim das contas? Com que direito é que tudo isso se faz? Partirei com você; correrei atrás da sua carruagem, se não me levar consigo, e vou correr com todas as minhas forças, até que minha alma me abandone. Será que sabe apenas, mãezinha, o que há ali, para onde é que está indo? Talvez não saiba disso, então me pergunte a mim! Ali é uma estepe, minha querida, uma estepe nua, uma estepe... nua que nem esta palma da minha mão! Ali anda uma *baba* insensível, e um mujique anda ali, bronco e bêbado. Ali as folhas já caíram todas das árvores, ali está chovendo, ali faz frio, mas é bem ali que você vai! Pois é, o senhor Býkov tem ali uma ocupação: vai mexer com aquelas lebres; e você mesma, hein? Quer ser uma fazendeira da vida, mãezinha? Mas, meu querubinzinho! Olhe só para si mesma: será que se parece com uma fazendeira?... Como é que poderia ser isso, Várenka? E para quem é que vou escrever minhas cartas, mãezinha? Pois sim, só leve isso em consideração, mãezinha: para quem, digamos, é que ele vai escrever aquelas cartas? A quem é que vou chamar de mãezinha, a quem é que vou chamar desse nome tão gentil? Onde é que vou encontrá-la depois, meu anjinho? Vou morrer, Várenka, hei de morrer, que meu coração não suportará tamanha desgraça! Amava-a como o mundo de Deus, como uma filha de sangue; amava tudo em você, mãezinha, minha querida, e só vivia, eu mesmo, para você! Trabalhava, copiava aqueles papéis, caminhava, passeava e colocava as minhas observações no papel, em forma daquelas cartas amistosas, só porque você, mãezinha, morava aí de frente para mim, bem pertinho. Talvez você nem soubesse disso, mas tudo isso era justamente assim! Pois escute, mãezinha, e julgue aí, minha queridinha mimosa: como é que pode ser que você abandone a gente? É que não pode ir embora, minha querida, pois isso é impossível; é que, decididamente, não há nenhuma possibilidade de você partir! É que está chovendo, e você é fraquinha, você se resfriará. Sua carruagem ficará molhada, ficará molhada sem falta. Mal sairá da cidade, ficará quebrada, haverá de se quebrar de propósito. É que as carruagens são feitas de modo precário, aqui em Petersburgo! Conheço, aliás, todos os carpinteiros que as fazem: eles só querem fabricar um brinquedinho qualquer, só para mostrar o serviço, mas não as constroem sólidas, juro que não as constroem sólidas! Eu, mãezinha, tombarei de joelhos diante do senhor Býkov; vou provar a ele, vou provar tudo! E você, mãezinha, também lhe prove e prove com argumentos! Diga que vai ficar e que não pode ir embora!... Ah, mas por que ele não se casou em Moscou com aquela comerciante? Tomara que se tenha casado ali com ela! Ela combinaria melhor com ele, combinaria bem melhor, sim, e sei cá por que motivo! E eu teria você aqui, ao meu lado. Mas o que tem a ver com ele, mãezinha, com aquele Býkov? Por que é que se tornou, de repente, tão caro assim a você? Talvez seja porque ele só anda comprando os *falbalas* para a gente, talvez seja apenas por isso? Mas o que têm esses *falbalas*, para que eles servem? Mas são uma bobagem, mãezinha! Trata-se da vida humana aqui, e, quanto aos *falbalas*, são apenas um pano, mãezinha; são apenas, mãezinha, um retalho qualquer. Mas eu mesmo, tão logo receber este meu ordenado, comprarei montes de *falbalas* para você, comprarei, sim, mãezinha, até conheço uma lojinha por lá; deixe apenas que me paguem o tal ordenado, meu querubinzinho Várenka! Ah, Deus meu Senhor! Pois você parte mesmo, com o senhor Býkov, para aquela estepe, parte e não volta mais? Ah, mãezinha!... Não, mas você ainda me escreverá, ainda me escreverá mais uma cartinha sobre todas aquelas coisas e, quando tiver partido, escreverá para mim dali também. Senão, meu anjo celeste, será a última carta, só que não pode ser, de jeito nenhum, que esta seja a última carta. Como é que seria mesmo, assim tão de repente, a última carta? Mas não, vou escrever, e você também escreva para mim... É que até meu estilo está agora para se formar... Ah, minha querida, mas o que tem este meu estilo? Nem sequer sei agora o que estou escrevendo, realmente não sei, nada sei nem releio o escrito, nem corrijo o estilo, mas escrevo assim, só por escrever mesmo, só para lhe escrever o mais que puder... Minha queridinha, minha querida, minha mãezinha!

a anfitriã

novela

primeira parte

I

Ordýnov resolveu finalmente mudar de apartamento. A dona da habitação que ele alugava, viúva idosa e paupérrima de um servidor público, deixou Petersburgo por algumas circunstâncias imprevistas e partiu para o interior, onde viviam seus parentes, sem ter esperado pelo primeiro dia do mês em que venceria o contrato de aluguel. Ao passo que o tal contrato chegava ao fim, o jovem pensava com lástima nesse seu canto já antigo e aborrecia-se com a necessidade de abandoná-lo: era pobre, e o apartamento custava caro. Logo no dia seguinte à partida de sua locadora, ele pegou seu casquete e foi perambulando pelas ruelas petersburguenses, examinando todos os anúncios pregados aos portões dos prédios e escolhendo um edifício que fosse mais enegrecido, mais povoado e *mais capital*, onde lhe seria o mais cômodo possível encontrar, no apartamento de alguns moradores pobres, um canto de que precisava.

Já estava procurando havia bastante tempo, com muito zelo, porém foram umas impressões novas, quase desconhecidas, que não demoraram a dominá-lo. Primeiro distraído e negligente, depois atento e, afinal, cheio de curiosidade, ele passou a olhar à sua volta. A multidão e a azáfama urbana, o barulho, a movimentação, a novidade dos objetos e da situação toda — toda essa mesquinhez, todas essas miudezas cotidianas de que se fartou, há tamanho tempo, um petersburguês expedito e atarefado, o qual se esforça pela vida afora, nem que seja em vão, para conseguir meios de apaziguar-se, de aquietar-se e de acalmar-se em algum ninho quente, obtido com trabalho, suor e de várias outras maneiras, toda essa *prosa* vulgar e todo esse tédio acabaram por despertar nele, pelo contrário, uma sensação serenamente alegre e luminosa. Suas faces pálidas começaram a cobrir-se de um leve rubor, seus olhos ficaram brilhando, como se expressassem uma nova esperança, e eis que ele se pôs a tragar avidamente o ar fresco e gélido. Sentiu uma leveza extraordinária.

Levava, desde sempre, uma vida pacata e totalmente solitária. Cerca de três anos antes, ao receber seu grau científico e alcançar uma relativa liberdade, foi tratar com um velhinho que só conhecia, até então, por ouvir falarem dele e passou muito tempo esperando até um mordomo uniformizado consentir em anunciá-lo pela segunda vez. Depois entrou numa sala de teto alto, escura e vazia, extremamente enfadonha, como ainda sói ocorrer naquelas antigas casas senhoris que subsistem desde a época das famílias tradicionais, e viu lá um velhinho recoberto de ordens e adornado de cãs, amigo e colega de seu pai: era o tutor de Ordýnov. O velhinho lhe entregou uma pitadinha de dinheiro. A quantia se revelou ínfima: era o que sobrara da herança de seu bisavô, leiloada por dívidas. Indiferente, Ordýnov tomou posse dessa quantia, despediu-se do seu tutor para sempre e foi embora. A tarde outonal estava fria e lúgubre; o jovem estava meditativo, e era certa tristeza inconsciente que lhe partia o coração. Havia fogo em seus olhos; febril, ele sentia calores e calafrios alternados. Calculou, pelo caminho, que poderia viver, com seus meios próprios, em torno de dois ou três anos e até mesmo, se meio esfomeado, uns quatro anos. Escurecia e chuviscava. Ele barganhou o primeiro canto que encontrara e, uma hora depois, mudou-se para lá. Viveu como quem se tivesse trancado num monastério, como quem renegasse o mundo inteiro. Em dois anos, asselvajou-se por completo.

Asselvajou-se sem se dar conta disso: por ora, nem lhe passava pela cabeça a existência de outra vida, daquela vida ruidosa, estrondosa, constantemente agitada, que nunca cessa de mudar, nem de chamar por nós, e sempre vem a ser, mais cedo ou mais tarde, inevitável. É verdade que não podia ter deixado de ouvir falarem dela, porém não a conhecia nem a procurara jamais. Vivia, desde criança, de modo excepcional, e agora essa sua excepcionalidade estava bem definida. Era devorado pela paixão mais profunda e mais insaciável, capaz de exaurir toda uma vida humana sem conceder a tais criaturas como Ordýnov sequer um palmo em nenhuma esfera de atividades distintas, práticas e vitais. Aquela paixão era a ciência. Ela consumia, por ora, a sua juventude, envenenava, com um veneno lento e delicioso, a paz noturna, tirava-lhe tanto a comida saudável como o ar fresco, que nunca estava presente em seu canto abafado, mas, gozando de sua paixão, Ordýnov não queria nem reparar nisso. Era novo e, por enquanto, não reclamava nada maior. A paixão transformou-o num recém-nascido para a vida externa, tornou-o inapto, para todo o sempre, a afugentar qualquer gente boa caso lhe fosse, algum dia, necessário demarcar um cantinho próprio em seu meio. Há pessoas hábeis, para as quais a ciência é um cabedal nas mãos; quanto a Ordýnov, sua paixão era uma arma apontada para ele mesmo.

Havia nele antes uma propensão inconsciente que uma motivação logicamente nítida para estudar e saber, assim como em todas as outras atividades, inclusive as mais insignificantes, que o atraíam até então. Ainda criança, era tido como um esquisitão e não se parecia com seus companheiros. Não chegara a conhecer seus pais; era tratado pelos companheiros, em razão de sua índole estranha e arredia, de forma grosseira e desumana, tornando-se, portanto, realmente arredio e sombrio; foi assumindo, pouco a pouco, a sua excepcionalidade. Contudo, seus estudos recolhidos jamais tinham sido, nem mesmo agora eram, ordenados nem sistemáticos: só havia agora um primeiro arroubo, um primeiro ardor, uma primeira exaltação artística. Ele mesmo vinha criando seu próprio sistema, o qual se desenvolvia por anos, e a imagem de uma ideia, ainda obscura e imprecisa, mas, em certo sentido, milagrosamente agradável, vinha surgindo, aos poucos, em sua alma, adquirindo já uma forma nova, iluminada, e essa forma pedia que a deixasse sair da sua alma e acabava por torturá-la; ainda timidamente, ele sentia a originalidade, a verdade e a independência de sua ideia, e suas forças já se voltavam para a criação que tomava corpo e se fortalecia. Entretanto, o momento da encarnação e da criação estava ainda bem longe, talvez longe demais, ou era, quem sabe, inatingível!

Agora ele estava andando pelas ruas como um alienado, como um eremita que tivesse passado, subitamente, do seu mudo deserto para uma cidade ruidosa e estrondosa. Tudo lhe parecia novo e esquisito. Mas ele era tão alheio àquele mundo a fervilhar e estrondear ao seu redor que nem sequer pensava em surpreender-se com sua estranha sensação. Aparentava nem reparar em seu estado selvagem; pelo contrário, despontou nele uma sensação feliz, uma espécie de embriaguez, como naquele faminto a quem dessem, após um jejum prolongado, de beber e de comer. Decerto era estranho que uma novidade tão ínfima de sua situação quanto uma mudança de domicílio pudesse obnubilar e perturbar um habitante de Petersburgo, nem que fosse Ordýnov, mas por outro lado, que seja dita a verdade, ainda não lhe acontecera antes, quase nenhuma vez, sair *a negócios*.

Ele gostava cada vez mais de andar pelas ruas. Mirava tudo como um *flaneur*.[1] Mas mesmo agora, fiel ao seu humor costumeiro, estava lendo o quadro que se abria, vivaz, em sua frente, como leria as entrelinhas de um livro. Tudo o deixava atônito; sem perder uma única impressão, ele corria um olhar pensativo pelos rostos dos transeuntes, examinava a fisionomia de tudo quanto o rodeasse, escutava amorosamente as falas populares, como se verificasse, por meio daquilo tudo, as conclusões nascidas no silêncio das suas noites solitárias. Amiúde ficava estarrecido com alguma minúcia, sugerindo-lhe ela alguma ideia, e se sentia, pela primeira vez na vida, desgostoso por se ter sepultado assim em sua cela. Agora tudo se fazia mais depressa; seu pulso estava forte e veloz, sua mente, oprimida pela solidão, refinada e sublimada apenas pelas suas atividades intensas e cheias de exaltação, funcionava rápida, calma e corajosamente. Ademais, ele queria, de certo modo inconsciente, achar um meio de inserir-se também nessa vida que lhe era

---

[1] Flanador (em francês), alguém que anda sem rumo nem objetivo, só por andar.

alheia, antes conhecida ou, melhor dito, tão só corretamente intuída pelo seu instinto artístico. Seu coração passou a vibrar, involuntariamente saudoso do amor e da compaixão. Ele examinava, com mais atenção, as pessoas que passavam por perto, mas eram pessoas estranhas, preocupadas e pensativas... E, pouco a pouco, a distração de Ordýnov foi diminuindo, quisesse ele ou não; a realidade já o subjugava, fazia-o sentir um medo involuntário das atenções de outrem. Ele começou a cansar-se daquele afluxo de novas impressões que antes desconhecia, igual a um enfermo que se levanta feliz, pela primeira vez, do leito de sua enfermidade e cai em seguida, extenuado pela luz, pelo brilho, pelo turbilhão da vida, pelo barulho e pela variedade da multidão a voar ao seu lado, estonteado e transtornado com o movimento dela. Sentiu-se angustiado e triste. Quedou-se temendo por toda a sua vida, por todas as suas atividades e até mesmo pelo seu porvir. Uma nova ideia destruiu a sua paz. De súbito, veio-lhe à cabeça que passara a vida toda em solidão, que ninguém o amara nem ele próprio conseguira amar a quem quer que fosse. Alguns dos transeuntes, com quem havia travado uma conversa casual no início de seu passeio, vinham a encará-lo com grosseria e estranhamento. Ele percebia que o tomavam por um maluco ou um esquisitão originalíssimo, o que era, aliás, plenamente justo. Lembrou que todos ficavam sempre como que embaraçados em sua presença, que todos o evitavam, ainda na infância, por causa do seu caráter teimosamente meditativo, que sua empatia se revelava com dificuldade, reprimida e imperceptível para os outros, sem nunca transparecer nela, presente em seu âmago, nenhuma equidade moral, o que o afligia ainda em criança, quando ele não se assemelhava, de modo algum, às outras crianças da mesma idade. Agora estava lembrando e compreendendo que sempre, em qualquer momento, todos o abandonavam e se esquivavam dele.

Sem reparar nisso, caminhou até um dos bairros de Petersburgo distantes do centro urbano. Ao almoçar, de qualquer jeito, numa taberna solitária, voltou a perambular. Percorreu outra vez muitas ruas e praças, além das quais se estendiam as cercas compridas, amarelas e acinzentadas, vinham surgindo alguns casebres em plena ruína no lugar das casas ricas e, ao mesmo tempo, alguns edifícios colossais, ocupados por fábricas, feios, enegrecidos, vermelhos, com altos fumeiros. Não havia ninguém por lá, estava tudo ermo e parecia, de certa forma, sombrio e hostil: era, pelo menos, o que achava Ordýnov. Já entardecera. Por uma ruela comprida, ele chegou ao terreno onde ficava a igreja paroquial.

Distraído, entrou nela. A missa acabava de terminar; a igreja estava quase totalmente vazia, apenas duas mulheres velhas se ajoelhavam ainda à entrada. O sacerdote, um velhinho grisalho, apagava as velas. Os raios do sol poente fluíam, como uma larga torrente, por cima, através da janela estreita da cúpula, e derramavam todo um mar de brilho sobre uma das alas, porém fulgiam cada vez menos, e, quanto mais negrejava a escuridão que se adensava sob as abóbadas do templo, tanto mais rutilavam, aqui e acolá, os ícones banhados de ouro, alumiados com o clarão trêmulo das lamparinas e velas. Num acesso de profunda angústia e de certa sensação reprimida, Ordýnov se encostou na parede, no canto mais escuro da igreja, e se absorveu por um instante. Voltou a si quando os passos cadenciados de dois paroquianos a entrarem ressoaram, surdos, sob as abóbadas do templo. Ele ergueu os olhos, e uma curiosidade inexprimível dominou-o ao olhar para ambos os visitantes. Eram um homem velho e uma jovem mulher. O velho era alto, ainda ereto e enérgico, mas magro e morbidamente pálido. Quem o visse poderia tomá-lo por um negociante vindo de alguma parte longínqua. Trajava um comprido cafetã[2] negro, forrado de peles e usado, pelo visto, nos dias festivos, todo desabotoado. Via-se, embaixo daquele cafetã, alguma outra veste russa, munida de abas compridas e bem abotoada de baixo a cima. Seu pescoço nu estava envolto, descuidosamente, num lenço escarlate; ele segurava uma *chapka* de peles. Sua barba comprida, fina, meio embranquecida, caía-lhe sobre o peito, e um olhar cheio de fogo, febrilmente inflamado, soberbo e longo cintilava debaixo das suas sobrancelhas hirsutas e tenebrosas. A mulher tinha uns vinte anos e era maravilhosamente bela. Vestia uma peliçazinha rica, azul, forrada de peles, e sua cabeça estava coberta por um lenço de cetim branco atado rente ao queixo. Ela vinha de olhos baixos, e uma imponência pensativa, dispersa por sobre todo o seu vulto, manifestava-se brusca e tristemente no delicioso contorno das suas feições, ternas e dóceis como as de uma criança. Havia algo estranho naquele casal inopinado. O velho se deteve no meio da igreja e se curvou para todos os quatro lados, posto que a igreja estivesse totalmente vazia, e sua companheira fez o mesmo. Depois ele pegou sua mão e conduziu-a até o grande ícone local da Madre de Deus,

---

[2] Vestimenta tradicional russa, de origem oriental: espécie de comprido sobretudo masculino.

em nome da qual fora construída aquela igreja, que resplandecia, junto do altar, com o brilho deslumbrante das luzes refletidas na *riza*[3] a flamejar com seu ouro e suas pedras preciosas. O sacerdote, o último a permanecer na igreja, saudou o velho com uma respeitosa mesura, e este também inclinou a cabeça. A mulher veio prosternar-se diante do ícone. O velho segurou a ponta do véu que pendia ao pé do ícone e cobriu a cabeça dela. Um surdo soluço se ouviu na igreja.

Comovido com a solenidade de toda aquela cena, Ordýnov esperava, impaciente, pelo seu desfecho. Uns dois minutos depois, a mulher ergueu a cabeça, e a luz viva de uma das lamparinas tornou a iluminar seu rosto encantador. Ordýnov estremeceu e deu um passo para a frente. Ela já tinha estendido a mão ao velho, e eis que ambos foram saindo, silenciosos, da igreja. As lágrimas ferviam nos olhos azul-escuros dela, emoldurados pelos cílios compridos que brilhavam sobre a brancura láctea de seu rosto, e rolavam pelas suas faces empalidecidas. Um sorriso transparecia em seus lábios, porém os vestígios de um medo infantil e um pavor misterioso percebiam-se em seu semblante. Tímida, ela se apertava ao velho, e dava para ver que estava toda trêmula de emoção.

Perturbado, atenazado por uma sensação ignota, deliciosa e obstinada, Ordýnov foi rapidamente atrás deles e cruzou seu caminho no adro. O velho encarou-o hostil e severamente; ela também o mirou de relance, mas sem curiosidade e toda distraída, como se outro pensamento longínquo a absorvesse. Ordýnov seguiu

---

[3] Adorno metálico de ícones (em russo).

no encalço deles, sem compreender, ele mesmo, esse seu impulso. Já escurecera completamente; ele caminhava à distância. O velho e a jovem mulher enveredaram por uma rua grande e larga, suja e repleta de toda espécie de operários fabris, armazéns de farinha e pousadas, a qual levava diretamente até a fronteira da cidade, e dobraram a esquina de uma viela estreita e comprida, com cercas compridas de ambos os lados, que terminava no imenso muro enegrecido de um prédio de alvenaria, de quatro andares, cujo portão dava logo para outra rua, também grande e repleta de gente. Eles já se aproximavam do prédio, mas, de repente, o velho se virou e olhou, com impaciência, para Ordýnov. O jovem parou como que pregado ao chão, julgando, ele mesmo, estranha essa sua empolgação. O velho se virou de novo, como se quisesse certificar-se de sua ameaça ter surtido efeito, e depois ambos, ele e a jovem mulher, entraram, por um portão estreito, no pátio daquele prédio. Ordýnov voltou para trás.

Estava de péssimo humor, desgostoso consigo mesmo por entender que desperdiçara um dia inteiro, que se cansara em vão e que, além do mais, acabara cometendo uma tolice ao atribuir o sentido de toda uma aventura a um incidente mais do que ordinário.

Por mais que se tivesse aborrecido, pela manhã, consigo mesmo por causa de sua índole arredia, havia algo, em seus instintos, que o fazia evitar tudo quanto pudesse distraí-lo, comovê-lo e abalá-lo em seu externo, e não interno, mundo artístico. Agora pensava naquele seu canto sossegado com tristeza e certo arrependimento; em seguida, foi assaltado pela angústia e ficou preocupado com sua situação ainda não resolvida e os afazeres por vir, e, ao mesmo tempo, desgostoso por uma ninharia daquelas ser capaz de absorvê-lo. Por fim, cansado e incapaz de ligar duas ideias uma à outra, arrastou-se, já em plena noite, até seu apartamento e se surpreendeu, estupefato, ao passar perto do prédio onde morava sem ter reparado nele. Perplexo, abanando a cabeça com sua distração, acabou por atribuí-la ao seu cansaço, subiu a escada e entrou finalmente em seu quarto situado no sótão. Lá acendeu uma vela, e a imagem daquela mulher chorosa veio, um minuto depois, perturbar a sua imaginação. E foi tão ardente, tão forte essa impressão sua, e seu coração reproduziu tão amorosamente aqueles serenos e dóceis traços do rosto comovido por um enternecimento misterioso e atemorizado, molhado pelas lágrimas extáticas ou provocadas por uma contrição infantil, que sua vista se turvou e como que uma chama lhe percorreu todos os membros. Contudo, a visão durou pouco. O enlevo ficou substituído por uma reflexão, depois veio um desgosto, depois uma ira impotente; sem se despir, ele se enrolou em sua coberta e se atirou sobre a sua cama dura...

Na manhã seguinte, Ordýnov acordou bastante tarde, num estado de espírito irritado, tímido e aflito, aprontou-se às pressas, quase se forçando a pensar em suas tarefas urgentes, e tomou uma direção oposta à de seu percurso da véspera; encontrou, afinal, uma *svetiolka*[4] a alugar na casa de um pobre alemão chamado Spies, que morava com sua filha Tinchen. Ao receber um sinal, Spies tirou logo o anúncio pregado ao portão para atrair

---

[4] Quartinho claro, situado no piso superior de um sobrado, também denominado *svetlitsa* (arcaísmo russo).

os locatários, elogiou Ordýnov por seu amor pelas ciências e prometeu que ele mesmo estudaria zelosamente com ele. Ordýnov disse que se mudaria ao entardecer. Já ia voltar para casa, porém mudou de ideia e se dirigiu para outro lado; sentiu-se novamente animado e sorriu, no íntimo, à sua curiosidade. Estava tão impaciente que o caminho lhe pareceu demasiado longo; enfim chegou à igreja que visitara na noite passada. Celebrava-se a missa matutina. Ele escolheu um lugar de onde pudesse ver quase todos os que rezavam, mas os que viera procurar não estavam lá. Após uma longa espera, saiu enrubescendo. Teimando em reprimir um sentimento involuntário em seu âmago, forçava-se, pertinaz, a alterar o rumo de seus pensamentos. Pensando em coisas rotineiras, cotidianas, lembrou que era a hora do almoço e, percebendo que realmente estava com fome, entrou naquela mesma taberna onde almoçara na véspera. Nem lembraria mais tarde como saiu de lá. Longa e maquinalmente perambulou pelas ruas, pelas vielas cheias de gente ou desertas, e acabou indo até um ermo, onde não havia mais cidade e se estendia um campo amarelado; voltou a si quando um silêncio sepulcral o atordoou com uma impressão nova, que não tivera havia tempos. Era um dia seco e frio, nada raro nesse outubro petersburguense. Uma isbá ficava perto dali, com duas medas de feno ao lado; um cavalinho de costelas protuberantes, cabeça baixa e lábio pendente estava parado, sem arreios, junto de uma *taratáika*[5] de duas rodas, parecendo cismar em alguma coisa. Próximo de uma roda quebrada, um cão de guarda roía, rosnando, um osso, e um menino de três anos, só de

[5] Charrete (arcaísmo russo).

blusinha, coçava sua cabeça loura, descabelada, mirando com pasmo aquele citadino solitário que acabava de vir. Estendiam-se, detrás da isbá, campos e hortas. As florestas negrejavam à margem dos céus azuis, e as nuvens carregadas de neve vinham, turvas, do lado oposto, como que fazendo um bando de aves de arribação avançar sem gritarem, uma por uma, através do céu. Estava tudo silencioso e, de certo modo, solenemente triste, permeado de certa espera oculta, entorpecida... Ordýnov foi caminhando, mais e mais longe, porém aquele deserto apenas o afligia. Então voltou para trás, para a cidade em que se ouviu repentinamente o ruído surdo, espesso, dos sinos a chamarem para a missa vespertina, redobrou o passo e, algum tempo depois, entrou de novo no templo que lhe era tão familiar desde a véspera.

Sua desconhecida já estava lá.

Estava ajoelhada rente à entrada, no meio da multidão a rezar. Passando a custo por entre mendigos, velhas esfarrapadas, doentes e aleijados que aguardavam pela esmola, formando uma massa cerrada às portas da igreja, Ordýnov se ajoelhou ao lado da desconhecida. Suas roupas roçavam nas dela, e ele ouvia a respiração entrecortada da moça cujos lábios sussurravam uma oração ardorosa. As feições dela estavam marcadas, como dantes, pelo sentimento de sua infinda devoção, e as lágrimas rolavam outra vez e secavam em suas faces cálidas, como se lavassem algum crime terrível. Aquele lugar onde estavam ambos permanecia totalmente escuro, de sorte que apenas de vez em quando a flâmula da lamparina, agitada pelo vento que irrompia através do vidro aberto de uma estreita janela, iluminava, com um brilho trêmulo, o rosto dela, cada traço do qual ficava gravado na memória do jovem, turvava-lhe a vista e lacerava seu coração com uma dor vaga, mas insuportável. No entanto, um gozo frenético era contido nesse seu sofrimento. Por fim, ele não conseguiu mais suportá-lo: num instante, todo o seu peito tremeu e ficou dolorido com um impulso desconhecido e deleitoso, e ele rompeu a chorar, deixando sua cabeça inflamada cair no tablado frio da igreja. Não ouvia nem sentia mais nada, além dessa dor em seu coração que entorpecia num doce sofrimento.

Quer o jovem devesse aquela extrema impressionabilidade, aquela nudez do sentimento desprotegido, à sua solidão, quer se tivesse preparado no silêncio angustiante, sufocante e desesperante de suas longas noites insones, em meio aos impulsos inconscientes e ansiosos abalos espirituais, essa impetuosidade de seu coração, prestes a explodir afinal ou a encontrar um desafogo qualquer, mas havia de ser assim mesmo, como se subitamente, num dia tórrido e abafadiço, o céu todo enegrecesse e uma tempestade viesse derramar a chuva e a flama sobre a terra sedenta, deixando pérolas de chuva penderem em ramos verdes, amassando o relvado e o campo, grudando as ternas corolas das flores ao solo, para depois, com os primeiros raios de sol, tudo ressuscitar e se reerguer e se precipitar ao encontro dele, mandando-lhe solenemente seu opulento e deleitoso incenso a subir até o céu, alegrando-se e regozijando-se com a renovação de sua vida... Contudo, Ordýnov nem poderia pensar agora no que se dava com ele, quase inconsciente como estava...

Mal percebeu que a missa já terminara e voltou a si quando penava em abrir caminho, atrás de sua desconhecida, naquela multidão espremida à saída. Captava, vez por outra, o olhar dela, pasmado e cheio de luz. Retida, a cada minuto, pelas pessoas que estavam saindo, a moça se virava amiúde para ele; obviamente, ficava cada vez mais espantada, e eis que se ruborizou toda, de supetão, como se um clarão a iluminasse. Nesse momento apareceu de repente, no meio da multidão, o velho da véspera, que pegou a mão dela. Ordýnov tornou a lobrigar seu olhar bilioso e jocoso, e uma estranha ira premeu-lhe, de chofre, o coração. Acabou por perdê-los de vista na escuridão; então fez um esforço antinatural, atirando-se para a frente e saindo da igreja. Todavia, o ar fresco do anoitecer não podia mais refrescá-lo: a respiração se estreitou e se comprimiu em seu peito, e seu coração passou a bater devagar e bem forte, como se visasse furar-lhe o peito. Afinal, ele percebeu que realmente perdera os desconhecidos de vista: não estavam mais na rua nem na viela. Ainda assim, na cabeça de Ordýnov, já surgira uma ideia, já se compusera um daqueles planos bizarros e resolutos que, apesar de serem sempre insensatos, quase sempre dão certo e se realizam em semelhantes casos: no dia seguinte, às oito horas da manhã, ele se acercou do prédio pelo lado da viela e adentrou seu pátio traseiro, exíguo e sujo, ou melhor, imundo, uma espécie de monturo daquele prédio. O zelador, que fazia algo no pátio, deteve-se apoiando o queixo no cabo de sua pá, examinou Ordýnov dos pés à cabeça e perguntou de que ele estava precisando.

Esse zelador era um rapaz novo, de uns vinte e cinco anos de idade, com uma cara por demais envelhecida, todo pequeno e enrugado, da laia dos tártaros.

— Procuro um apartamento — respondeu Ordýnov, impaciente.

— Qual deles? — indagou o zelador, com um sorrisinho. Encarava Ordýnov como quem estivesse a par de todo o seu negócio.

— Um quarto para alugar — respondeu Ordýnov.

— Naquele pátio não há — disse o zelador, num tom enigmático.

— E por aqui?

— Nem por aqui... — Dito isso, o zelador empunhou novamente a pá.

— Talvez alguém concorde — replicou Ordýnov, dando uma *grivna* ao zelador.

O tártaro olhou para Ordýnov, pegou a *grivna*, depois tornou a empunhar sua pá e, após uma breve pausa, declarou que "não havia apartamento, não". Entretanto, o jovem não o escutava mais, enveredando pelas tábuas podres e desengonçadas, postas através de um charco, em direção à única porta da casinha dos fundos, toda preta e suja, ou melhor, imunda, que parecia afogada naquele charco. Em seu térreo morava um pobre fabricante de caixões. Ao passar perto de sua engenhosa oficina, Ordýnov subiu uma escada em caracol, escorregadia e meio quebrada, que levava ao andar de cima, apalpou, nas trevas, uma grossa porta canhestra, revestida de esteiras esfrangalhadas, encontrou a fechadura e soabriu a porta. Não se enganara: o velho que já conhecia estava postado em sua frente e olhava para ele atentamente, com um pasmo extremo.

— O que você quer? — inquiriu, de modo entrecortado e quase cochichando.

— Tem um quarto?... — perguntou Ordýnov, quase se esquecendo de tudo o que queria dizer. Viu, por cima do ombro daquele velho, sua desconhecida.

Calado, o velho se pôs a fechar a porta, empurrando Ordýnov com ela.

— Temos um quarto — soou, de repente, a voz carinhosa da jovem mulher.

O velho liberou a entrada.

— Preciso de um canto — disse Ordýnov, entrando apressadamente no quarto e dirigindo-se àquela beldade.

Contudo, parou atônito, como que pregado ao chão, quando olhou para seus futuros locadores: uma cena muda, estarrecedora, acontecera diante dos seus olhos. O velho ficara mortalmente pálido, como se estivesse prestes a desmaiar. Fixava naquela mulher um olhar de chumbo, imóvel e penetrante. De início, ela também empalidecera, mas depois o sangue afluiu todo ao seu rosto, e seus olhos fulgiram de certo modo estranho. Conduziu Ordýnov para outro cubículo.

O apartamento todo só tinha um cômodo assaz espaçoso, dividido em três partes por dois tabiques; entrava-se, logo do *sêni*, numa antessala estreitinha e escura, e mais uma porta, que ficava defronte, levava para o outro lado do tabique, decerto para o quarto dos donos. Do lado direito, através da antessala, passava-se para o quarto que se alugava. Era estreitinho, todo apertado, como que espremido pelo tabique contra duas janelas baixinhas. Estava tudo abarrotado e atulhado de objetos necessários em qualquer moradia; o apartamento era pobre e apertado, mas, na medida do possível, limpo. A mobília se compunha de uma simples mesa branca, duas cadeiras simples e um *zalávok*[6] rente a ambas as paredes.

---

[6] Caixa comprida e provida de tampa, usada como banco ou cama (arcaísmo russo).

Um grande ícone antigo, com uma coroazinha dourada, estava num canto, encimando uma prateleira, e uma lamparina ardia na frente dele. No quarto por alugar e, parcialmente, na antessala ficava um forno russo, enorme e desajeitado. Estava claro que três pessoas não podiam morar num apartamento desses.

Eles começaram a negociar, mas sem nexo, mal entendendo um ao outro. A dois passos da moça, Ordýnov ouvia seu coração bater, percebia que ela tremia toda de emoção e, quem sabe, de medo. Finalmente se entenderam, bem ou mal. O jovem declarou que logo se mudaria e olhou para o anfitrião. Ainda pálido, o velho se mantinha às portas; porém, um sorriso se insinuava, manso e até mesmo meditativo, nos lábios dele. Ao deparar o olhar de Ordýnov, tornou a franzir o sobrolho.

— Tem passaporte? — perguntou de súbito, com uma voz alta e entrecortada, abrindo-lhe a porta do *sêni*.

— Sim! — respondeu Ordýnov, um pouco perplexo.

— Quem é você?

— Vassíli Ordýnov, fidalgo; não sirvo; vivo por conta própria — respondeu o jovem, imitando o tom do velho.

— Eu também — disse o velho. — Sou Iliá Múrin, burguês... Já chega para você? Vá indo...

Uma hora depois Ordýnov já estava em seu novo apartamento, surpreendendo-se ele próprio e deixando surpreso o alemão que já começava a suspeitar, com sua submissa Tinchen, que o locatário inesperado o tivesse enganado. Quanto a Ordýnov, nem ele mesmo entendia como aquilo tudo se fizera; aliás, não queria sequer entendê-lo...

II

Seu coração batia tanto que tudo se esverdeava aos seus olhos e sua cabeça girava. Maquinalmente, ele começou a dispor seus escassos pertences naquele novo apartamento, desatou a trouxa com vários bens necessários, destrancou o baú com livros e se pôs a colocá-los em cima da mesa, porém, pouco depois, todo esse trabalho caiu-lhe das mãos. A cada minuto fulgia, diante dos seus olhos, a imagem daquela mulher cujo encontro havia comovido e abalado toda a sua existência, que enchia seu coração de tanto enlevo irrefreável, convulso; tamanha fora a felicidade que afluíra, de uma vez só, à sua vida tacanha que seus pensamentos se obscureciam e seu espírito entorpecia angustiado e perturbado. Ele foi mostrar seu passaporte ao dono da casa, na esperança de revê-la. Contudo, Múrin só entreabriu a porta, pegou o papel, disse-lhe: "Está bem, viva em paz" e voltou a trancar-se em seu quarto. Uma sensação desagradável apoderou-se de Ordýnov. Sentiu, sem saber por que, desprazer em olhar para aquele velho. Havia algo desdenhoso e iracundo no olhar dele. Mas essa impressão desagradável se dissipou logo. Já ia para três dias que Ordýnov vivia num verdadeiro redemoinho, se comparado com o antigo sossego de sua vida, porém não conseguia e até mesmo temia raciocinar. Tudo se confundira e se misturara em sua existência; ele sentia, no íntimo, que toda a sua vida estava como que rachada ao meio; dominado por um só anelo, por uma só esperança, não se importava com outras ideias.

Perplexo, retornou ao seu quarto. Lá, perto do forno em que se fazia comida, azafamava-se uma velhinha de costas curvas, tão suja e maltrapilha que até olhar para ela seria uma lástima. Parecia muito zangada e, de vez em quando, resmungava alguma coisa, mascando com os lábios, consigo mesma. Era a criada dos donos da casa. Ordýnov tentou puxar conversa com ela, mas a velhinha permaneceu calada, decerto por zanga. Chegou, afinal, a hora do almoço; a velha tirou do forno *chtchi*,[7] pastéis e carne de vaca, levando-os para o quarto dos donos. Serviu o mesmo a Ordýnov. Após o almoço, fez-se um silêncio sepulcral no apartamento.

Com um livro nas mãos, Ordýnov ficou folheando as páginas por muito tempo, buscando pelo sentido daquilo que já tinha lido diversas vezes. Impaciente, jogou o livro de lado e tentou novamente arrumar seus pertences; acabou pegando o casquete, pondo o capote e saindo portas afora. Enquanto avançava a esmo, sem enxergar o caminho, esforçava-se, na medida do possível, para se concentrar espiritualmente, juntar as ideias despedaçadas e ponderar, pelo menos um pouco, a sua situação. Contudo, esses esforços o faziam apenas sofrer, transformavam-se numa tortura. Os calafrios e calores se alternavam a dominá-lo, e de repente seu coração passava a bater, vez por outra, tão forte que ele tinha de se encostar num muro qualquer. "Não, é melhor morrer" pensava, "é melhor morrer", cochichava com seus lábios inflamados, trêmulos, pensando pouco naquilo que estava dizendo. Andou por muito tempo; sentindo, afinal, que estava molhado até os ossos e percebendo, pela primeira vez, que chovia a cântaros, voltou para

[7] Sopa tradicional russa, feita de repolho, batata, cenoura e outros legumes.

casa. Avistou o zelador ao lado do prédio. Achou que o tártaro o tivesse fitado, atento e curioso, por algum tempo e depois, ao notar que Ordýnov o vira, fosse tomando seu próprio rumo.

— Boa tarde — disse Ordýnov, ao alcançá-lo. — Qual é seu nome?

— Meu nome é zelador — respondeu ele, arreganhando os dentes.

— E faz muito tempo que é zelador aí?

— Faz, sim.

— E meu locador é burguês?

— É, sim, já que ele falou.

— E o que está fazendo?

— Está doente: vive lá, reza a Deus... é isso.

— E aquela é a mulher dele?

— Que mulher?

— Aquela que vive com ele?

— É, sim, já que ele falou. Adeus, meu senhor.

O tártaro tocou em sua *chapka* e entrou em sua guarita.

Ordýnov foi ao seu quarto. Mascando com os lábios e resmungando algo consigo mesma, a velha lhe abriu a porta, tornou a aferrolhá-la e subiu em cima do forno, onde terminava de viver sua vida. Já estava escurecendo. Ordýnov foi buscar fogo e percebeu que a porta dos donos estava trancada. Chamou pela velha, a qual o mirava com atenção, soerguendo-se sobre o cotovelo em cima do forno e aparentando pensar no que ele teria a ver com a tranca dos donos, e a velha lhe jogou, calada, uma caixeta de fósforos. Ele retornou ao seu quarto e se pôs de novo, pela centésima vez, a mexer com seus pertences e livros. Mas pouco a pouco, perplexo por não entender o que se dava com ele, veio sentar-se no banco, e pareceu-lhe que tinha adormecido. Voltava a si, vez por outra, e adivinhava que não era um sono, mas um torpor mórbido que o angustiava. Ouviu a porta estalar, ao abrir-se, e adivinhou que eram os donos que regressavam após a missa vespertina. Então lhe veio à cabeça que precisava ir vê-los por algum motivo. Soergueu-se e achou que já estivesse indo ao quarto deles, mas tropeçou e tombou sobre uma pilha de lenha que a velha havia largado no meio do cômodo. Então se quedou totalmente inconsciente e, reabrindo os olhos ao cabo de muito e muito tempo, notou com espanto que estava deitado no mesmo banco, vestido como estava, e que se inclinava sobre ele, com um terno desvelo, o rosto de uma mulher, maravilhosamente belo e como que todo umedecido por lágrimas mansas, maternais. Sentiu alguém colocar um travesseiro debaixo da sua cabeça, cobri-lo com algo quente, pousar uma mão carinhosa em sua testa em brasa. Quis agradecer, quis segurar essa mão, levá-la aos seus lábios crestados, molhá-la com lágrimas e beijá-la, beijá-la por toda uma eternidade. Quis dizer muita coisa, porém não sabia, nem ele mesmo, o que seria; quis morrer nesse exato momento. Contudo, suas mãos não se moviam, como se fossem de chumbo; como que emudecido, ele ouvia apenas o sangue fluir voando por todas as suas veias, como se o soerguesse em sua cama. Alguém lhe deu água... Por fim, ele desmaiou.

Acordou de manhã, pelas oito horas. O sol derramava um feixe de raios dourados através das janelas verdes, mofadas, de seu quarto; uma sensação prazenteira afagava todos os membros do enfermo. Tranquilo e calado, ele estava infinitamente feliz. Parecia-lhe que alguém estava agora à sua cabeceira. Acordou procurando, com zelo, aquele ser invisível ao seu redor: queria tanto abraçar aquele amigo seu e dizer, pela primeira vez na vida: "Salve, bom dia para ti, meu querido".

— Mas há quanto tempo é que estás dormindo! — disse uma terna voz feminina. Ordýnov virou a cabeça, e eis que se inclinou sobre ele, com um sorriso afável e luminoso como o sol, o semblante daquela beldade de sua anfitriã.

— Mas quanto tempo é que estiveste doente — dizia ela. — Já chega, levanta-te: por que te reprimes? A liberdade é mais gostosa do que o pão, é mais linda do que o sol. Levanta-te, meu pombinho, levanta-te.

Ordýnov pegou sua mão e apertou-a com força. Parecia-lhe que estava ainda sonhando.

— Espera, que preparei chá para ti. Queres chá? Vê se queres, pois te sentirás logo melhor. Eu mesma já fiquei doente e sei como é.

— Dá-me de beber, sim — disse Ordýnov, com uma voz débil, e levantou-se. Estava ainda bem fraco. Um calafrio lhe percorreu o dorso; todos os seus membros doíam, como se estivessem quebrados. Mas seu coração estava sereno, e os raios de sol pareciam aquecê-lo com uma alegria solene e luminosa. Ele sentia que uma vida nova, forte, invisível acabava de começar. Teve uma leve tontura.

— É que te chamas Vassíli? — perguntou ela. — Ou me enganei ou parece que ontem o dono te chamou desse nome.

— Vassíli, sim. E qual é teu nome? — disse Ordýnov, aproximando-se dela e mal se mantendo em pé. Oscilou. E ela lhe segurou as mãos, arrimou-o e ficou rindo.

— Meu nome é Katerina — disse, fitando-o com seus olhos azuis, grandes e claros. Ambos se seguravam pelas mãos.

— Queres dizer-me alguma coisa? — acabou perguntando.

— Não sei — respondeu Ordýnov. Sua vista estava turva.

— Estás vendo como tu és? Chega, meu pombo, chega: não te aflijas, não fiques triste; senta-te cá à mesa, ao sol, e fica quietinho, não venhas atrás de mim — acrescentou, vendo que o jovem se movera como que para retê-la. — Já, já estou de volta: terás muito tempo para me olhar... — Um minuto depois, trouxe seu chá, colocou-o em cima da mesa e se sentou defronte ao jovem.

— Toma aí, bebe à farta — disse. — Será que tua cabeça está doendo?

— Agora não dói mais, não — disse ele. — Não sei, talvez esteja doendo, sim... mas não quero... já chega, chega!... Nem sei o que tenho — dizia, ofegante, ao achar enfim a mão dela —: fica aqui, não me deixes só e me dá, me dá outra vez a mão... Meus olhos se turvam: olho para ti como para o sol — arrematou, como se arrancasse essas palavras do coração, entorpecendo de êxtase ao pronunciá-las. Eram os soluços que lhe premiam a garganta.

— Coitado! É que não viveste, por certo, com uma boa pessoa. Estás só, sozinho... Será que não tens família?

— Não tenho ninguém, estou só... não faz mal, que seja! Agora me sinto melhor... estou bem agora! — dizia Ordýnov, como que delirante. O quarto parecia andar à sua volta.

— Nem eu mesma vi gente por muitos anos. Olhas para mim de um jeito... — disse ela, após um minuto de silêncio.

— Pois bem... como?

— Como se meus olhos te aquecessem! Sabes, quando se está amando alguém... É que te recebi, desde as primeiras palavras, no meu coração. Se ficares doente, vou cuidar de ti outra vez. Mas não fiques doente, não. Quando te levantares, vamos viver como irmãos. Queres? É difícil arranjar uma irmã, quando não se tem uma pela graça de Deus.

— Quem és? De onde vieste? — indagou Ordýnov, com uma voz fraca.

— Não sou daqui... por quê? Sabes como se conta: viviam doze irmãos numa floresta escura, e foi uma moça bonita que se perdeu naquela floresta. Entrou na casa deles e arrumou tudo lá, deixou seu amor espalhado por toda parte. Vieram os irmãos e souberam que uma irmãzinha passara o dia inteiro em sua casa. Puseram-se a chamar pela moça, e ela apareceu. Então a chamaram todos de sua irmã e lhe deram a liberdade toda, e ela ficou igual aos irmãos. Será que conheces essa história?

— Conheço — sussurrou Ordýnov.

— É bom viver. Será que gostas de viver neste mundo?

— Sim, sim, viver muito, viver um século — respondeu Ordýnov.

— Não sei — disse Katerina, pensativa —; eu cá desejaria também a morte. É bom amar a vida, amar as pessoas boas, porém... Mas olha só: ficaste de novo branco como farinha!

— Sim, a cabeça está girando...

— Espera, que te trarei minhas roupas de cama e meu travesseiro, mais um, e deixarei tudo aí. Quando pegares no sono, sonharás comigo, e tua doença irá embora. Nossa velha também está doente...

Ainda estava falando, ao passo que já começava a preparar-lhe a cama, e, vez por outra, olhava sorrindo, por cima do ombro, para Ordýnov.

— Quantos livros é que tens! — disse, empurrando o baú.

Achegou-se a ele, abarcou-o com o braço direito, conduziu-o até a cama, deitou-o e cobriu-o com a coberta.

— Dizem que os livros estragam o homem — dizia a balançar, pensativa, a cabeça. — Gostas de ler esses livros?

— Sim — respondeu Ordýnov, sem saber se estava sonhando ou não, e apertou a mão de Katerina com mais força para se convencer de que não sonhava.

— Meu senhor tem muitos livros, e vês mesmo quais são? Ele diz que são divinais. E lê, o tempo todo, aqueles livros para mim. Depois te mostrarei alguns, e tu me contarás mais tarde daquilo que ele está lendo, certo?

— Contarei — sussurrou Ordýnov, sem despregar os olhos dela.

— Gostas de rezar? — perguntou ela, após um minuto de silêncio. — Sabes de uma coisa? Estou com medo, com medo...

Não terminou de falar, como se estivesse refletindo em algo. Ordýnov levou, afinal, a mão dela aos seus lábios.

— Por que me beijas a mão? (E as faces dela enrubesceram de leve.) Toma, pois, beija — continuou, rindo e lhe estendendo ambas as mãos; livrou, a seguir, uma delas e apertou-a à testa quente do jovem, depois começou a desemaranhar e a alisar seus cabelos. Ficava cada vez mais rubra; por fim, sentou-se no chão, rente à cama do jovem, e apertou sua face à dele, de sorte que seu alento lhe aflorava, tépido, úmido, o rosto... De chofre, Ordýnov sentiu suas lágrimas quentes jorrarem dos olhos, caindo, como chumbo derretido, nas faces dele. Cada vez mais fraco, não conseguia mais nem mover o braço. Ouviram-se, nesse meio-tempo, umas batidas à porta, e eis que estalou a tranca. Ordýnov pôde ouvir ainda o velho, seu locador, passar pelo tabique. Depois ouviu Katerina se soerguer, sem pressa nem pejo, pegar aqueles seus livros e benzê-lo antes de sair; fechou, pois, os olhos. De súbito, um beijo longo, apaixonado, ardeu em seus lábios inflamados, como se alguém o esfaqueasse no coração. Ele deu um grito fraquinho e desmaiou...

Depois uma vida estranha começou para ele.

Às vezes, num dos momentos de vaga consciência, surgia em sua mente a ideia de que estava fadado a viver num sonho longo, interminável, cheio de estranhas angústias estéreis, de lutas e sofrimentos. Apavorado, ele tentava rebelar-se contra o fatalismo fatídico que o atormentava, e uma força desconhecida voltava a atingi-lo, naqueles momentos da luta mais encarniçada e desesperada, e ele intuía e percebia bem claramente que voltava a perder os sentidos, que se reabria em sua frente uma escuridão sem fundo, intransponível, e que ele se atirava lá com um berro de angústia e desespero. Às vezes, surgiam alguns instantes daquela felicidade insuportável e destrutiva quando a vitalidade se fortalece, espasmódica, em toda a essência humana, quando o passado clareia, quando o momento presente ressoa, tão luminoso, com júbilo e regozijo, quando se sonha, de olhos abertos, com o futuro ignoto; quando uma esperança inexprimível recai, como um orvalho vivificante, sobre a alma; quando se quer gritar de arroubo, quando se sente a impotência da carne perante tamanho peso das impressões e a ruptura completa do fio existencial, e quando se felicita, ao mesmo tempo, a vida inteira pela renovação e pela ressurreição. Às vezes, entorpecia de novo, e então tudo quanto lhe ocorrera naqueles últimos dias tornava a repetir-se, a ressurgir em sua mente como um enxame turvo e agitado, porém essa visão se apresentava ao jovem de certo modo estranho, misterioso. Às vezes, o enfermo se esquecia do que se dava com ele e se pasmava de não estar mais em seu apartamento antigo, com sua locadora de antes. Não entendia por que a velhinha não se achegava, como sempre fazia naquela hora tardia, crepuscular, da vela prestes a apagar-se, a qual alumiava, de vez em quando, todo o canto escuro do quarto com um clarão fraco, bruxuleante, nem aquecia por hábito, a esperar até que o fogo se apagasse mesmo, as mãos ossudas e trêmulas sobre o fogo que se extinguia, sempre taramelando e cochichando consigo mesma, olhando por vezes, atônita, para ele, seu morador esquisito que considerava insano por causa das suas longas vigílias com livros. Outras vezes, lembrava que se mudara para outro apartamento, porém não sabia como fizera aquilo, o que se dera com ele nem por que tivera de se mudar, embora seu espírito entorpecesse todo com um impulso ininterrupto, irrefreável... Mas o que o chamava e para onde, o que o atormentava e quem acendera aquela chama insuportável que o sufocava, que lhe devorava o sangue todo — tampouco sabia nem se recordava daquilo. Pegava amiúde, avidamente, uma sombra com ambas as mãos, ouvia amiúde o farfalhar dos passos ligeiros ao lado de sua cama, além do sussurro das falas meigas e carinhosas, doces como uma música; um alento úmido, ansioso, deslizava pelo seu rosto, e o amor sacudia todo o seu ser; umas lágrimas quentes queimavam as faces inflamadas do jovem, e de repente um beijo lhe penetrava, longo e terno, os lábios, e então sua vida se consumia num sofrimento inextinguível, e parecia que toda a existência, o mundo todo parava, morria, ao seu redor, por séculos inteiros, e que uma noite longa, milenar, vinha estender-se por sobre todas as coisas...

Ou então como que regressavam os anos tenros, transcorridos em paz, de sua primeira infância, com aquela serena alegria, com aquela felicidade inapagável, com aquele primeiro e delicioso pasmo ante a vida, com aqueles enxames de espíritos benfazejos que irrompiam voando de baixo de cada flor que ele colhia, brincavam com ele num viçoso prado verde, em face de uma casinha circundada de acácias, e lhe sorriam daquele infindo lago de cristal em cuja margem ele passava horas inteiras sentado, ouvindo uma onda bater na outra, e rodeavam-no a farfalhar com as asas e vinham recobrir, amorosamente, seu berçozinho de sonhos irisados, cheios de luz, quando sua mãe se inclinava sobre ele, benzia-o e beijava-o e cantava baixinho uma canção de ninar para embalá-lo naquelas noites longas e plácidas. Mas, de improviso, começou a aparecer um ente que o afligia com um pavor nada infantil, que infundia o primeiro e demorado veneno de pesares e lágrimas em sua vida, e ele sentia vagamente que um velho desconhecido detinha todos os seus anos futuros em seu poder e, trêmulo como estava, não conseguia mais desviar os olhos daquele velho. E o velho maldoso o seguia por toda parte. Ora surgia, com falsas mesuras, de trás de cada moita no bosque, ria e reptava-o, e se transformava em cada boneco daquele menino, fazendo caretas e gargalhando em suas mãos como um gnomo ruim e malvado, ora atiçava qualquer um dos seus desumanos colegas de escola contra ele ou então se sentava, junto com aquelas crianças, num banco escolar e, fazendo caretas, surgia de trás de cada letra de sua gramática. Depois, quando o menino dormia, o velho maldoso vinha sentar-se à sua cabeceira... Afugentou os enxames de espíritos benfazejos, cujas asas de ouro e de safira farfalhavam ao redor de seu berço, afastou dele, para todo o sempre, sua pobre mãe e passou a cochichar-lhe, noites adentro, um conto de fadas longo e assombroso, o qual, ininteligível para o coração do pequeno, atormentava-o, ainda assim, e perturbava-o com horrores e paixões nada infantis. Todavia, o velho maldoso não atentava para seus prantos nem rogos e continuava a falar com ele até que ficasse entorpecido e perdesse os sentidos. Depois o menino acordava já sendo homem, tendo anos inteiros esvoaçado, invisíveis e inaudíveis, sobre ele. De chofre, conscientizava-se da sua situação atual; de chofre, vinha a entender que estava sozinho, alheio ao mundo inteiro, sozinho num canto que não era dele, cercado por pessoas misteriosas, suspeitas, pelos inimigos que se reuniam, o tempo todo, e cochichavam nos cantos de seu quarto escuro, e acenavam para aquela velha agachada rente ao fogo, aquecendo as mãos senis, murchas, e apontando-lhes o jovem. Quedava-se inquieto, angustiado; queria saber, o tempo todo, quais eram aquelas pessoas, por que estavam ali, por que ele mesmo estava naquele quarto, e adivinhava que entrara por acaso num tenebroso antro de malfeitores, que fora atraído por algo poderoso, mas desconhecido, sem ter percebido antes quais eram os habitantes daquele antro e a quem, notadamente, ele pertencia. Uma suspeição começava a afligi-lo, e de repente, em meio às trevas noturnas, ressurgia aquele cochicho, aquele longo conto de fadas, e quem se punha a contá-lo baixinho, quase inaudivelmente, como se falasse consigo mesma, era uma velha a balançar, pesarosa, sua cabeça branca diante do fogo que se apagava. Mas eis que o pavor voltava a apoderar-se dele: o conto de fadas se encarnava, em sua frente, em rostos e vultos. Ele via tudo, a começar pelos seus indistintos sonhos infantis, todos os seus pensamentos e devaneios, tudo quanto vivenciara em sua vida, tudo quanto lera em seus livros, tudo quanto já esquecera havia tempos, tudo mesmo se animar e se aglomerar e se encarnar e se erguer em sua frente, formando imagens e figuras descomunais, movendo-se e pululando ao seu redor; via jardins se estenderem, maravilhosos e suntuosos, em sua frente, cidades inteiras se construírem e se destruírem diante dos seus olhos, cemitérios inteiros mandarem embora os defuntos que reviviam, tribos inteiras e povos chegarem, nascerem e definharem a olhos vistos, e cada ideia sua se realizar finalmente, agora, nas proximidades daquele leito de sua doença, e cada seu sonho etéreo se tornar real, quase no mesmo instante de sua aparição; e ele deixava enfim esses sonhos etéreos para trás e vinha a abranger, com seu pensamento, mundos inteiros e criações inteiras, e flutuava, igual a um grão de poeira, através de todo aquele universo estranho, sem fim nem saída, e toda aquela vida passava a oprimi-lo, a persegui-lo com sua independência rebelde, a acossá-lo com sua ironia eterna e infinita; e ele sentia que estava morrendo, que se desmembrava, virando cinza e pó, sem ressurreição, para os séculos dos séculos; e ele queria escapar, mas não havia, em todo o universo, um canto sequer que pudesse abrigá-lo. Por fim, num acesso de desespero, ele juntou todas as suas forças, deu um grito e acordou...

Quando acordou, banhava-se todo num suor frio, gelado. Um silêncio sepulcral envolvia-o, e a noite estava profunda ao seu redor. Mas ainda lhe parecia que aquele seu assombroso conto de fadas continuava algures, que uma voz rouca recomeçava mesmo aquela longa narração sobre algo que lhe era, talvez, familiar. Ouvia alguém falar sobre as florestas escuras, sobre os salteadores ousados, sobre algum valentão corajoso, quase sobre Stenka Rázin[8] em pessoa, sobre os alegres *burlaks*[9] ébrios, sobre alguma donzela bonita e sobre a "mamãe" Volga.[10] Seria um conto de fadas, ou então ele ouvia aquilo de fato? Passou uma hora inteira deitado, de olhos abertos, sem mover um só membro, tomado de um torpor aflitivo. Afinal se soergueu cautelosamente e sentiu, todo alegre, que sua força não se exaurira

---

[8] Stepan Timoféievitch Rázin, vulgo "Stenka" (1630-1671): líder de uma imensa rebelião popular contra o governo czarista da Rússia, apresentado pelo folclore russo como análogo de Robin Hood e outros "bandidos nobres".

[9] Operários que puxavam embarcações, mediante um cabo chamado "sirga", caminhando pela margem do rio.

[10] O nome do rio Volga é feminino em russo.

durante aquela doença cruel. Seu delírio havia passado; era a realidade que começava. Ele percebeu que ainda estava com as mesmas roupas que usava quando de sua conversa com Katerina, e que não se passara, por conseguinte, muito tempo desde aquela manhã em que ela saíra do seu quarto. E foi uma flama intrépida que lhe percorreu as veias. Encontrou maquinalmente, às apalpadelas, um grande prego cravado, por alguma razão, na parte superior do tabique, junto do qual lhe tinham improvisado a cama, agarrou-se a ele e, pendurando-se nele com o corpo todo, alcançou, bem ou mal, uma fresta que deixava uma luz mal perceptível entrar em seu quarto. Aplicou o olho àquele orifício e ficou olhando, quase sufocado pela emoção.

Uma cama estava no canto do cubículo de seu locador, e havia, defronte àquela cama, uma mesa coberta por um tapete, abarrotada de grandes livros encapados, de feitio antigo, semelhantes aos escritos sagrados. Em outro canto ficava um ícone, tão antigo quanto o de seu quarto, e uma lamparina ardia diante daquele ícone. O velho Múrin estava deitado na cama, enfermo, extenuado pelo sofrimento e pálido como um pano, envolto num cobertor de peles. Um livro aberto estava no colo dele. Deitada num banco rente à sua cama, Katerina abraçava o peito do velho e punha a cabeça sobre seu ombro. Fitava-o com um olhar atento, pasmado como o de uma criança, e parecia escutar inerte e esperançosa, com uma curiosidade inesgotável, o que lhe contava Múrin. Elevava-se, vez por outra, a voz do narrador, e uma inspiração se refletia em seu rosto pálido, e ele franzia o sobrolho, e seus olhos passavam a brilhar, e Katerina parecia empalidecer de medo e emoção. Então algo semelhante a um sorriso surgia no rosto do velho, e Katerina se punha a rir baixinho. De vez em quando, as lágrimas cintilavam nos olhos dela; então o velho lhe alisava carinhosamente a cabeça, como se fosse uma criança mesmo, e ela o estreitava ainda mais forte com aquele seu braço desnudo, fúlgido como a neve, e se apertava, mais amorosa ainda, ao peito dele.

Por momentos, Ordýnov pensava que tudo isso fosse ainda um sonho e até mesmo tinha a certeza disso, porém o sangue lhe afluía à cabeça, e as veias pulsavam tensas, se não doloridas, em suas têmporas. Ele soltou o prego, levantou-se da cama e, cambaleando, esgueirando-se como um sonâmbulo, sem entender, ele mesmo, aquele impulso que se acendera, igual a todo um incêndio, em seu sangue, achegou-se às portas do quarto vizinho e empurrou-as com força; enferrujada, a tranca se partiu de uma vez só, e eis que ele se postou, com estalo e estrondo, no meio do quarto de seu locador. Viu Katerina se soerguer e estremecer toda; viu os olhos do velho fulgirem, irados, debaixo das sobrancelhas que se cerraram forçosamente e uma fúria repentina lhe deformar o semblante todo. Viu o velho buscar às pressas, sem despregar os olhos dele, sua espingarda, que pendia na parede, com a mão corrediça; viu, a seguir, refulgir a boca da espingarda apontada, com a mão indecisa, tremente de raiva, direto para o peito dele... Ouviu-se um tiro; ouviu-se, em seguida, um grito medonho, quase inumano, e foi uma cena horrível que aterrou Ordýnov quando se dissipou a fumaça. Tremendo com o corpo todo, ele se inclinou sobre o velho. Múrin jazia no chão, retorcido por convulsões, e seu rosto estava desfigurado pelo suplício, e uma espuma transparecia em seus lábios entortados. Ordýnov adivinhou que o infeliz fora acometido por um crudelíssimo ataque de mal de terra.[11] Veio correndo acudi-lo com Katerina...

III

Passaram a noite toda alarmados. No dia seguinte Ordýnov saiu de manhã cedo, apesar de sua fraqueza e da febre que ainda não o deixava em paz. Tornou a encontrar o zelador no pátio. Dessa vez, o tártaro soergueu seu boné ao vê-lo ainda de longe e olhou para ele com curiosidade. Depois, como quem se recobrasse, empunhou sua vassoura, mirando de esguelha Ordýnov que se acercava devagar dele.

— Não ouviu nada à noite, hein? — perguntou Ordýnov.

— Ouvi, sim.

— Quem é aquele homem? Quem é ele?

— Quem alugou tem que saber, e a gente tá de lado.

— Será que me diz afinal? — gritou Ordýnov fora de si, tomado de certa irritação mórbida.

— Mas o que é que a gente fez? A culpa é do senhor: foi o senhor quem assustou os moradores, não foi? Aquele dos caixões mora embaixo: é surdo, mas ouviu tudo, e a *baba* dele é surda, mas ouviu também. E lá no outro pátio, se bem que fique longe daqui, também ouviram... é isso. Vou falar com o delegado.

---

[11] Denominação arcaica e coloquial da epilepsia, doença evocada por Dostoiévski, que também padecia dela, em várias obras literárias.

— Eu também vou lá — respondeu Ordýnov, indo em direção ao portão.

— Como quiser: quem alugou, pois... Senhor, hein, senhorzinho, espere!

Ordýnov se voltou para ele; por cortesia, o zelador tocou em sua *chapka*.

— Pois não?

— Se for lá, eu vou falar com o dono.

— E daí?

— É melhor que se mude logo.

— Mas você é tolo — disse Ordýnov, indo outra vez embora.

— Senhor, hein, senhorzinho, espere! — O zelador tocou novamente em sua *chapka* e arreganhou os dentes.

— Escute aí, senhorzinho: segure seu coração. Por que enxota um pobre coitado? Enxotar um pobre é um pecado. Deus não permite, ouviu?

— Pois escute você também: pegue isto, venha. Então, quem é ele?

— Quem é?

— Sim.

— Vou falar até sem dinheiro.

O zelador empunhou a vassoura, agitou-a uma ou duas vezes, depois parou de varrer e olhou, atento e imponente, para Ordýnov.

— É um bom senhorzinho. E, se não quiser morar com um homem bom, faça como quiser: é assim que lhe falo.

Então o tártaro encarou-o de modo ainda mais expressivo e, como se estivesse zangado, voltou a pegar em sua vassoura. Fazendo enfim de conta que terminara algum trabalho, aproximou-se de Ordýnov, todo misterioso, e proferiu com um gesto muito sugestivo:

— Ele é assim, ó.

— "Assim" como?

— Não tem miolo.

— O quê?

— Foi voando. Voando foi, sim! — repetiu o zelador, num tom mais misterioso ainda. — É doente. Já tinha uma barca grande, e mais uma, e mais outra também, que andavam lá pelo Volga (e eu mesmo sou lá do Volga); e tinha uma fábrica, que queimou depois, e ficou sem cabeça.

— Ele é insano?

— Nem... nem! — respondeu, pausadamente, o tártaro. — É bem sano. É um homem sábio. E sabe de tudo, e leu muitos livros, e lia e lia, lia demais e falava verdade aos outros. Assim, quando vem alguém: dois rublos, três rublos, quarenta rublos e, quem não quiser, faça como quiser; olha para um livrinho, vê umas coisas e fala a verdade toda. E o dinheiro tá logo na mesa, tá logo; e, sem dinheiro, de jeito nenhum!

Então o tártaro, que esquadrinhava, entusiástico em excesso, os interesses de Múrin, ficou mesmo rindo de alegria.

— Pois ele fazia feitiços ou lia a sorte para alguém?

— Hum... — mugiu o zelador, inclinando rapidamente a cabeça. — Ele falava verdade. E vive rezando a Deus, rezando muito. Mas é assim, tem lá uns chiliques.

E o tártaro repetiu aquele seu gesto sugestivo.

Nesse momento alguém chamou pelo zelador, ali no outro pátio, e logo em seguida apareceu um homenzinho grisalho, de dorso curvado, que trajava um *tulup*. Vinha gemendo e tropeçando, olhava para o solo e cochichava consigo mesmo. Podia-se supor que tivesse enlouquecido de tão velho.

— Os donos, os donos! — sussurrou o zelador, ansioso; saudou Ordýnov com uma mesura apressada e, arrancando a *chapka*, correu ao encontro daquele velhinho cujo rosto parecia, de certo modo, familiar a Ordýnov (tê-lo-ia encontrado, pelo menos, em algum lugar e havia bem pouco tempo). Ao entender, todavia, que isso não tinha nada de incomum, ele foi saindo do pátio. Tomara o zelador por um velhaco e um descarado de primeira ordem. "Como que barganhou comigo, o vagabundo!" pensava. "Só Deus sabe o que está havendo!". Foi já na rua que pronunciou essa última frase.

Pouco a pouco, viu-se assediado por outros pensamentos. Essa impressão era desagradável: o dia estava cinzento e frio, a neve caía voluteando. O jovem sentia um calafrio que tornava a sacudi-lo; sentia também o solo como que oscilante debaixo dos pés. E foi uma voz familiar, um tenor desagradavelmente adocicado e tilintante, que lhe deu de repente bons-dias.

— Yaroslav Ilitch! — disse Ordýnov.

Estava postado em sua frente um homem enérgico, não muito alto, de bochechas vermelhas e olhinhos cinza, como que oleosos, que aparentava ter em torno de trinta anos, sorria de leve e usava... o que sempre usa um Yaroslav Ilitch desses, e lhe estendia a mão de maneira agradabilíssima. Ordýnov o conhecera havia exatamente um ano, por mero acaso, quase no meio da rua. O que contribuíra àquela aproximação demasiado fácil teria sido, além do acaso, uma capacidade extraordinária de Yaroslav Ilitch, a de encontrar, em qualquer lugar, as pessoas que fossem boas e nobres, instruídas, antes de tudo, e dignas, no mínimo graças ao seu talento e à beleza de suas atitudes, de pertencerem à alta sociedade.

Ainda que Yaroslav Ilitch possuísse aquele tenor excessivamente adocicado, a tonalidade de sua voz, mesmo quando ele falava com seus amigos mais sinceros, deixava transparecer algo muito claro, potente e imperioso, que não admitia nenhuma protelação e talvez resultasse de um costume.

— De que maneira? — exclamou Yaroslav Ilitch, exprimindo a alegria mais franca e arroubada possível.

— Eu moro aqui.

— Há muito tempo? — continuou Yaroslav Ilitch, elevando cada vez mais o tom. — Nem sabia disso! Pois sou seu vizinho! Agora sirvo na delegacia daqui. Faz um mês que voltei da província de Riazan.[12] E apanhei você, meu amigo antigo e nobríssimo! — Yaroslav Ilitch deu uma risada muito benevolente.

— Serguéiev! — gritou, inspirado. — Espere por mim aí, com Tarássov, e não remexam nos sacos sem mim. E veja se aperta o zelador de Olsúfiev: diga para vir logo ao escritório. Estarei lá dentro de uma hora...

Repassando a alguém, apressadamente, tal ordem, Yaroslav Ilitch, delicado que era, segurou Ordýnov pelo braço e conduziu-o para a taberna mais próxima.

— Não me acalmarei sem antes trocarmos, após uma separação tão longa assim, duas palavras a sós. Pois bem: o que anda fazendo? — acrescentou, quase venerador, abaixando misteriosamente a voz. — Sempre estudando as ciências?

— Sim, como antes — respondeu Ordýnov que tivera, de supetão, uma ideia lúcida.

---

[12] Cidade localizada na parte europeia da Rússia, a sudeste de Moscou.

— Isso é nobre, Vassíli Mikháilovitch, isso é nobre! — E Yaroslav Ilitch apertou fortemente a mão de Ordýnov. — Será o adorno de nossa sociedade. Que o Senhor lhe conceda um rumo feliz nessa sua área... Meu Deus! Como estou contente de encontrá-lo! Quantas vezes é que me lembrei de você, quantas vezes é que disse: onde está esse nosso bondoso, magnânimo, espirituoso Vassíli Mikháilovitch?

Eles ocuparam um cômodo privativo. Yaroslav Ilitch encomendou uns petiscos, mandou servirem vodca e, cheio de emoção, olhou para Ordýnov.

— Li muito em sua ausência — começou a falar, com uma voz tímida e um tanto insinuante. — Li todo Púchkin...

Ordýnov o encarava com distração.

— É assombrosa a imagem da paixão humana. Mas, antes do mais, permita-me que lhe seja grato. Você fez tanto por mim, com aquela nobre imposição de um modo de pensar justo...

— Misericórdia!

— Não, veja se me permite. Sempre gosto de fazer justiça e me orgulho de que, pelo menos, este meu sentimento não se tenha calado ainda.

— Espere... mas o senhor é injusto consigo mesmo, e juro que eu...

— Sim, sou plenamente justo — replicou, com um ardor extraordinário, Yaroslav Ilitch. — O que sou eu em comparação com você? Não é verdade?

— Ah, meu Deus!

— Pois sim...

Seguiu-se uma pausa.

— Atento aos seus conselhos, rompi muitas relações baixas e suavizei, em parte, a brutalidade dos meus costumes — voltou a falar Yaroslav Ilitch, com aquela voz algo tímida e insinuante. — Nas horas livres do meu serviço, fico principalmente em casa; de noite, leio algum livro útil e... só tenho uma vontade, Vassíli Mikháilovitch, a de ser útil eu mesmo, na medida das minhas forças, à pátria...

— Sempre o considerei um homem nobilíssimo, Yaroslav Ilitch.

— E você sempre traz esse bálsamo... meu jovem nobre...

E Yaroslav Ilitch apertou, entusiástico, a mão de Ordýnov.

— Não bebe? — notou, ao apaziguar um pouco a sua emoção.

— Não posso: estou doente.

— Doente? Sim, está mesmo! Há muito tempo e como, de que maneira é que se dignou a adoecer? Se você desejar, falarei... mas que médico o atende? Falarei agora, se desejar, com nosso médico particular. Eu mesmo, pessoalmente, irei correndo falar com ele. É um homem habilíssimo!

Yaroslav Ilitch já estava pegando o chapéu.

— Muito lhe agradeço. É que não me trato nem gosto de médicos...

— Como assim? Será que se pode? Mas é um homem habilíssimo, instruidíssimo — prosseguiu Yaroslav Ilitch, implorando. — Agorinha... permita que lhe conte daquilo, meu caro Vassíli Mikháilovitch... vem agorinha um serralheiro pobre: "Assim e assado, diz, perfurei minha mão com meu instrumento: será que me cura?". E nosso Semion Pafnútitch, vendo que o infeliz está prestes a ter o fogo de Santo Antônio,[13] tomou a decisão de amputar o membro infectado. E fez aquilo em minha presença. Mas o fez de um jeito tão nob... quer dizer, tão excelente que lhe confesso: não fosse a compaixão pela humanidade que sofre, seria até mesmo agradável ter visto aquilo assim, por mera curiosidade. Mas onde e como é que se dignou a adoecer?

— Mudando de apartamento... Acabei de me levantar.

— Só que ainda está muito indisposto e não devia ter saído. Quer dizer que não mora mais onde morava antes? Mas o que foi que o incitou a mudar de apartamento?

— É que minha locadora partiu de Petersburgo.

— Domna Sávvichna? Será que partiu?... Eis uma velhinha bondosa e realmente nobre! Sabe de uma coisa? Eu sentia um respeito quase filial por ela. Algo sublime, algo da época dos bisavós é que transluzia naquela vida quase acabada, e a gente como que vislumbrava, ao olhar para ela, uma encarnação de nossa profunda e majestosa antiguidadezinha... ou seja, deduz-se disso... algo assim, tão poético, sabe?... — finalizou Yaroslav Ilitch, totalmente intimidado e rubro até as orelhas.

— Sim, era uma mulher bondosa.

— Mas permita saber onde você se digna a morar agora.

— Cá perto, no prédio de Kochmárov.[14] — Pois eu o conheço. Um ancião majestoso! E ouso dizer que sou um amigo quase sincero dele. Que nobre velhice!

---

[13] Denominação arcaica e coloquial da inflamação gangrenosa.

[14] Esse sobrenome é derivado da palavra russa *кошмар* (pesadelo).

Os lábios de Yaroslav Ilitch estavam quase tremendo de alegria enternecida. Pediu outro cálice de vodca e um cachimbo.

— Aluga direto do dono?

— Não, de um inquilino.

— Quem é? Pode ser que eu o conheça também.

— É Múrin, um burguês; um velho alto...

— Múrin, Múrin... Sim, espere aí: é aquele que mora junto do pátio traseiro, em cima de um fabricante de caixões?

— Sim, sim, bem junto do pátio traseiro.

— Hum... e você mora tranquilo?

— Mas só acabei de me mudar.

— Hum... queria apenas dizer, hum... de resto, será que você percebeu, por acaso, algo peculiar?

— Juro que...

— Ou seja, tenho certeza de que estará bem na casa dele, contanto que fique satisfeito com a morada... e nem por isso, aliás, é que estou falando, tenho de avisá-lo, porém, conhecendo a índole que você tem... O que está achando daquele velho burguês?

— Parece que é um homem completamente doente.

— Sim, ele anda sofrendo muito... Mas você não percebeu nada de especial? Chegou a falar com ele?

— Bem pouco: ele é tão arredio e bilioso...

— Hum... — Yaroslav Ilitch ficou pensativo.

— Coitado! — disse, após uma pausa.

— Ele?

— Sim, é um coitado e, ao mesmo tempo, um homem incrivelmente estranho e interessante. De resto, se ele não o incomodar... Desculpe por ter atentado numa coisa dessas, mas fiquei curioso...

— E juro que excitou minha curiosidade também... Gostaria muito de saber quem é aquele homem. Ademais, moro com ele...

— Veja bem: dizem que aquele homem foi muito rico outrora. Era um negociante, como você já ouviu, por certo, contarem. Em razão de várias circunstâncias infelizes, ficou pobre: algumas das suas barcas foram afundadas, com sua carga, por uma tempestade. A fábrica dele, confiada, pelo que parece, à gestão de um parente próximo e querido, também levou um fim trágico: acabou queimando inteira, e o tal parente também pereceu nas chamas daquele incêndio. Concorde você que foi uma perda terrível! Então Múrin imergiu, pelo que se conta, numa melancolia deplorável; passou-se a temer pelo seu juízo, e realmente, numa das brigas com outro negociante, também proprietário de barcos que transitavam pelo Volga, ele se revelou subitamente sob um ângulo tão esquisito e inesperado que tudo quanto ocorreu foi atribuído, sem mais nem menos, a uma profunda insanidade, e eu mesmo me disponho a acreditar nisso. Ouvi contarem muita coisa sobre algumas das suas esquisitices, e afinal, de repente, surgiu uma circunstância muito estranha e, por assim dizer, fatídica, que não se pode explicar de nenhum outro modo senão com a influência hostil do destino irado.

— Qual foi? — indagou Ordýnov.

— Dizem que, num acesso mórbido de loucura, ele atentou contra a vida de um jovem comerciante de quem antes gostava sobremaneira. Ficou tão transtornado, ao acordar daquele acesso, que esteve para tirar sua própria vida: é assim, pelo menos, que se tem contado. Não sei ao certo o que aconteceu a seguir, porém é notório que ele passou alguns anos sob penitência... Mas o que você tem, Vassíli Mikháilovitch: será que minha narração simples o cansa?

— Oh, não, pelo amor de Deus... O senhor diz que ele foi condenado à penitência; porém, ele não está só.

— Não sei. Dizem que estava só, sim. Pelo menos, nenhuma outra pessoa ficou envolvida naquela história. Aliás, não ouvi contarem do que houve mais tarde; apenas sei que...

— O quê?

— Apenas sei que... ou seja, não tinha em mente nada de especial a acrescentar... quero dizer apenas que, se você achar nele algo extraordinário, algo que vá além do nível habitual das coisas, nada disso vem ocorrendo por outro motivo senão em consequência daquelas desgraças que desabaram sobre ele uma por uma...

— Sim, ele é tão crente, um beatão.

— Não creio, Vassíli Mikháilovitch... ele sofreu tanto e, pelo que me parece, tem um coração puro.

— Só que agora ele não está louco: está saudável.

— Oh, mas não está louco mesmo, e posso garantir isso para você, posso jurar-lhe que está em plena posse de todas as faculdades mentais. Apenas é, como você acertou em notar de passagem, por demais esquisito e crente. É um homem bem razoável. Fala com desenvoltura, animada e mui astuciosamente. Ainda se vê o rastro de um passado tempestuoso no rosto dele. É um homem interessante, de muitas leituras.

— Parece que só anda lendo os livros sagrados.

— Sim, é um místico.

— Como?

— Um místico. Mas eu lhe digo isto em segredo. Ainda lhe direi, também em segredo, que ele ficou, por algum tempo, sob uma vigilância reforçada. Aquele homem exercia uma influência terrível sobre quem se aproximasse dele.

— Qual era?

— Você não vai acreditar... Veja bem: então ele não morava ainda neste bairro, e Alexandr Ignátitch, cidadão honorífico, homem imponente e respeitado por todos, visitava-o, por curiosidade, com algum tenente ali. Vêm, pois, à casa dele, são recebidos, e eis que o homem estranho começa a examinar suas caras. Costumava examinar as caras quando se dispunha a ser útil; caso contrário, mandava as visitas embora e até mesmo o fazia, pelo que se diz, sem cortesia nenhuma. E lhes pergunta: o que desejam, meus senhores? Assim e assado, responde Alexandr Ignátitch, esse seu dom pode dizer-lhe isso, mesmo sem nós falarmos. Pois tenha a bondade, diz ele, de ir comigo ao outro quarto; então indicou justamente aquele dos dois que precisava de seus serviços. Alexandr Ignátitch não contava do que lhe sobreviera depois, mas, quando saiu daquela casa, estava branco que nem um lenço. A mesma coisa aconteceu com uma dama ilustre da alta sociedade: ela também saiu daquela casa branca que nem um lenço, toda chorosa e abismada com seu vaticínio e sua eloquência.

— É estranho. Mas agora ele não mexe mais com isso?

— É rigorosamente proibido. Houve uns exemplos bizarros. Um jovem alferes de cavalaria, orgulho e esperança da alta sociedade, sorriu ao olhar para ele. "Por que estás rindo?" disse o velho, zangado. "Daqui a três dias tu mesmo não passarás disto!", e cruzou os braços, aludindo, com esse gesto, a um cadáver.

— E depois?

— Não ouso acreditar, mas dizem que a profecia se realizou. Ele tem um dom, Vassíli Mikháilovitch... Você se dignou a sorrir, ouvindo minha narração simplória. Sei que me ultrapassa, e muito, em matéria de instrução, porém acredito nele: não é nenhum charlatão. Até Púchkin em pessoa chega a mencionar algo semelhante em suas obras.[15]

— Hum. Não quero contradizê-lo. O senhor parece ter dito que ele não vivia só.

— Não sei... parece que sua filha mora com ele.

— Sua filha?

— Sim, ou, parece, sua esposa; sei que uma mulher está morando com ele. Já a vi de relance, mas não prestei atenção.

— Hum. É estranho...

O jovem se quedou pensativo, Yaroslav Ilitch mergulhou numa contemplação enternecida. Estava sensibilizado, tanto por ver seu amigo de longa data quanto por ter contado satisfatoriamente uma coisa interessantíssima. Sentado ali, não desviava os olhos de Vassíli Mikháilovitch e sugava o cachimbo; de chofre, levantou-se depressa e ficou agitado.

— Uma hora inteira se passou, e já me esqueci! Querido Vassíli Mikháilovitch, volto a agradecer ao destino este nosso encontro, mas está na hora de ir. Será que você me permite visitá-lo em sua morada de sábio?

— Faça o favor, que ficarei muito feliz com sua visita. Vou visitá-lo também, quando tiver um tempinho.

---

[15] Os elementos "góticos" estão presentes em várias obras literárias de Púchkin (veja, por exemplo, os contos *O tiro* e *A dama de espadas*).

— Devo confiar nessa notícia agradável? Ficarei grato, inefavelmente grato! Nem vai acreditar em como você me deixou jubiloso!

Eles saíram da taberna. Serguéiev já vinha voando ao seu encontro, relatando, bem rápido, a Yaroslav Ilitch que Wilm Yemeliánovitch se dignava a passar por lá. E, de fato, surgiu ao longe uma parelha de cavalinhos baios, cheios de fogo, atrelados a um *drójki* veloz. Notava-se, sobretudo, um vistoso cavalo lateral. Yaroslav Ilitch apertou, com a força de um torno, a mão do melhor dos seus amigos, tocou no chapéu e foi correndo saudar aquele *drójki* que vinha a toda brida. Virou-se umas duas vezes, enquanto corria, e fez uma mesura para se despedir de Ordýnov.

Ordýnov sentia tamanho cansaço, tamanha fadiga em todos os seus membros, que mal arrastava os pés. Custou a voltar para casa. Uma vez ao portão, deparou-se outra vez com o zelador que observara zelosamente toda a sua despedida de Yaroslav Ilitch e lhe dirigira, ainda de longe, um gesto convidativo. Não obstante, o jovem passou ao seu lado. Às portas do apartamento topou com um homenzinho grisalho que saía, de olhos baixos, do quarto de Múrin.

— Perdoai, ó Senhor, meus pecados! — sussurrou o homenzinho, saltando para o lado com a elasticidade de uma rolha de champanhe.

— Não o machuquei por acaso?

— Não... e humildemente lhe agradeço a atenção. Oh, Deus meu Senhor!

E aquele homenzinho manso foi descendo prudentemente a escada, gemendo, soltando ais e murmurando algo edificante consigo mesmo. Era o dono do prédio, que assustara tanto o zelador. Foi só então que Ordýnov se recordou de tê-lo visto, pela primeira vez, ali mesmo, no quarto de Múrin, quando se mudava para esse apartamento.

Sentia-se irritado e perturbado; sabia que suas fantasia e impressionabilidade estavam tensas em extremo e decidiu não confiar em si mesmo. Imergiu, aos poucos, numa espécie de torpor. Uma sensação penosa, angustiante, ficou pesando em seu peito. Seu coração doía, como se estivesse todo ulcerado, e sua alma estava toda repleta de prantos abafados, mas inesgotáveis.

Ele se deitou novamente naquela cama que ela lhe preparara e tornou a escutar. Ouvia duas respirações: uma custosa, doentia, entrecortada; a outra, calma, mas irregular e como que ansiosa também, como se aquele coração vibrasse com o mesmo impulso, com a mesma paixão. Ouvia, de vez em quando, o ruge-ruge de seu vestido, o leve farfalho de seus passos macios e silenciosos, e até mesmo esse barulho de seu pé repercutia, com uma dor surda, mas cruelmente deliciosa, no coração dele. Pareceu-lhe, por fim, que ouvia soluços, depois um suspiro rebelde e, afinal, sua prece que se repetia. Sabia que ela estava ajoelhada perante o ícone, retorcendo os braços num desespero frenético!... Quem seria ela? Por quem estaria rezando? Que paixão insolúvel pungia seu coração? Por que ele doía tanto assim, por que se angustiava tanto e se desfazia em choros tão ardentes e desesperados?...

Ele se pôs a relembrar as palavras de Katerina. Tudo quanto ela lhe dissera soava ainda, qual uma música, nos ouvidos do jovem, e seu coração respondia amorosamente, com uma batida surda, mas dolorosa, a cada lembrança, a cada palavra dela, reiterada com devoção...

Por um instante, surgiu-lhe a ideia de estar sonhando com tudo isso. No mesmo instante, porém, seu ser se exauriu todo numa angústia entorpecente, tão logo a impressão daquele quente alento, daquelas falas, daquele beijo dela aflorou de novo, como que ferreteada em sua imaginação. Ele fechou os olhos e adormeceu. Um relógio tocou algures; entardecia, o crepúsculo vinha caindo.

De súbito, pareceu-lhe que ela se inclinara outra vez sobre ele, que o encarava com aqueles seus olhos claros, maravilhosos, umedecidos pelas lágrimas cintilantes de sua alegria serena e luminosa, pacatos e reluzentes como a infinita cúpula turquesa do céu ao tórrido meio-dia. E seu semblante irradiava tanta serenidade solene, e seu sorriso fulgia com tanta promessa de infinda beatitude, e foi com tanta simpatia, com tanta empolgação infantil, que ela pousou a cabeça no ombro do jovem que um gemido feliz lhe escapou do peito extenuado. Ela queria dizer-lhe alguma coisa e, com ternura, ela lhe segredava algo. E, outra vez, uma música de partir o coração vinha pungindo os ouvidos do jovem. Avidamente, ele sorvia o ar aquecido, eletrizado com seu alento tão próximo. Estendeu as mãos, cheio de angústia; suspirou, reabriu os olhos... Ela estava em sua frente, inclinando-se sobre seu rosto, toda pálida, como que assustada, e toda chorosa, toda trêmula de emoção. Dizia-lhe algo, rogava-lhe algo, juntando e retorcendo os braços seminus. E ele a estreitava em seu amplexo, e ela tremia toda sobre seu peito...

segunda parte

I

— O que há? O que tens? — dizia Ordýnov, já totalmente consciente, mas ainda a estreitá-la em seus amplexos fortes e ardorosos. — O que tens, Katerina, o que tens, meu amor?

Ela soluçava à socapa, abaixando os olhos e escondendo seu rosto em brasa no peito dele. Passou muito tempo ainda sem poder falar, toda trêmula, como se estivesse assustada.

— Não sei, não sei — balbuciou afinal, com uma voz quase inaudível, sufocando-se e mal articulando as suas palavras —; nem lembro mais como entrei no teu quarto... — Então se apertou a ele mais forte ainda, com um ímpeto ainda maior, e ficou beijando, tomada de um sentimento irrefreável, convulso, o ombro, os braços, o peito do jovem; por fim, como que desesperada, tapou-se com as mãos, caiu de joelhos e escondeu a cabeça entre os joelhos dele. E quando, numa angústia inexprimível, Ordýnov a soergueu com impaciência e fez que se sentasse ao seu lado, o rosto dela ardia com toda uma chama de pejo, os olhos choravam pedindo clemência, e aquele sorriso forçado que transparecia nos lábios mal se esforçava para reprimir a força irresistível da nova sensação. Agora ela parecia de novo assustada com algo e repelia o jovem com a mão, desconfiada que estava, e quase não olhava mais para ele e respondia às suas perguntas aceleradas de cabeça baixa, com um cochicho medroso.

— Talvez tenhas tido um pesadelo — dizia Ordýnov —, talvez tenhas sonhado com alguma coisa... não foi? Talvez *ele* te tenha assustado... Mas ele delira, está desmaiado... Talvez tenha dito algo que não eras tu quem devia ouvir?... Ouviste alguma coisa, não foi?

— Não estava dormindo, não — respondeu Katerina, esforçando-se para conter sua emoção. — O sono nem tomava conta de mim. *Ele* estava calado, o tempo todo, e só uma vez me chamou. Eu me aproximava dele, chamava por ele, falava com ele; fiquei com medo; ele não acordava nem me ouvia. Ele está muito doente, que nosso Senhor lhe conceda a Sua ajuda! Então foi uma agonia que veio ao meu coração, uma agonia amarga! E eu rezava, rezava o tempo todo, e foi aquilo que tomou conta de mim.

— Chega, Katerina, chega, minha vida, chega! É que levaste um susto ontem...

— Não levei nenhum susto ontem, não!...

— Mas isso te acontece às vezes?

— Sim, acontece... — E ela ficou toda trêmula e, assustada, tornou a apertar-se a ele, como uma criança. — Estás vendo — disse, parando de soluçar —: não foi à toa que vim ao teu quarto, não foi à toa, pois me sentia agoniada, quando sozinha — repetiu, apertando-lhe as mãos com gratidão. — Mas chega mesmo, chega de verteres essas lágrimas pela desgraça alheia! Guarda-as para um dia negro, quando tu mesmo, sozinho, ficares agoniado e ninguém estiver contigo!... Escuta: tiveste já uma namorada?

— Não... antes de ti, não conheci nenhuma...

— Antes de mim... então me chamas de namorada?

De súbito, olhou para ele, como que espantada, quis dizer algo, mas se calou a seguir e abaixou a cabeça. Pouco a pouco, todo o seu rosto ficou ardendo de novo, com uma vermelhidão repentina, e mais vivamente, através das lágrimas esquecidas que não lhe haviam secado ainda nos cílios, fulgiram seus olhos, e deu para ver que alguma pergunta se revolvia em seus lábios. Olhou para ele umas duas vezes, com certa malícia pudica, e abaixou novamente, de súbito, a cabeça.

— Não serei tua primeira namorada, não... — disse ela. — Não, não — repetiu, balançando de leve a cabeça, meditativa, enquanto um sorriso furtivo lhe ressurgia, de manso, no rosto. — Não... — disse enfim, com uma risada. — Não sou eu, meu querido, que vou ser tua namoradinha.

Então o mirou de relance, mas tanta tristeza se refletiu, de improviso, no rosto dela, tanto pesar inconsolável marcou todas as suas feições de uma vez, tão inesperado foi o desespero que ferveu por dentro, no fundo de seu coração, que uma sensação incompreensível e mórbida, a de compaixão por aquele infortúnio desconhecido, deixou Ordýnov sem fôlego, e ele passou a mirá-la com um sofrimento inexprimível.

— Escuta o que te direi — dizia ela, com uma voz a pungir-lhe o coração, apertando as mãos do jovem e se esforçando para conter os prantos. — Escuta-me bem; escuta, minha alegria! Amansa teu coração e não me ames como estás amando agora. E ficarás aliviado, e teu coração ficará mais leve e alegre, e tu te preservarás de um inimigo atroz e terás uma irmãzinha amada. Ainda virei ao teu quarto, se desejares, e vou afagar-te e não me envergonharei de te ter conhecido. É que já passei contigo dois dias, enquanto estavas deitado aí, com tua doença maligna! Conhece a irmãzinha! Não foi à toa que nos irmanamos, não foi à toa que roguei por ti, pranteando, à Madre de Deus, e não terás outra igual a mim. Nem que percorras o mundo inteiro, nem que conheças tudo quanto houver sob o céu, não encontrarás outra namorada igual a mim, se é que teu coração busca por uma. Vou amar-te com fogo, como te amei agorinha, e te amarei porque tens essa alma pura e límpida, que se enxerga toda, porque, tão logo olhei para ti pela primeira vez, soube na hora que eras um hóspede desta minha casa, um hóspede cobiçado, e não vinhas pedindo à toa que a gente te acolhesse; hei de te amar porque, quando estás olhando, teus olhos amam e contam sobre o teu coração, e quando dizem qualquer coisa aí, eu fico sabendo na hora de tudo o que tens aí dentro, e eis que já quero entregar-te a vida inteira, em troca do teu amor, e toda a vontade minha, pois é doce ser até mesmo uma escrava daquele de quem a gente encontra o coração... só que minha vida não me pertence, mas, sim, a outrem, e minha vontade está amarrada! Então me aceita por irmãzinha e sê, tu mesmo, meu irmão, e me acolhe em teu coração quando uma agonia, uma doença braba, voltar a atacar-te; faz apenas, tu mesmo, que eu não sinta vergonha em vir ao teu quarto e passar, cá contigo, uma longa noite como agora. Será que me deste ouvidos? Será que me abriste esse teu coração? Será que abrangeste, com tua razão, o que eu te disse?... — Ela quis dizer mais alguma coisa, olhou para o jovem, pôs-lhe a mão no ombro e se apertou finalmente, extenuada, ao peito dele. E sua voz se extinguiu num soluço espasmódico, passional, e seu peito se soergueu com força, e seu semblante ficou ardente como uma aurora ao pôr do sol.

— Minha vida! — sussurrou Ordýnov, cuja vista se turvara, cuja respiração se prendera. — Minha alegria! — dizia sem se dar conta das suas palavras nem as relembrar mais, sem entender a si mesmo, temendo destruir o encanto com um só assopro, destruir tudo quanto se dera com ele, o que tomava antes por uma visão que pela realidade, assim é que tudo se obnubilava em sua frente! — Não sei, não te entendo, não me lembro mais do que acabas de me dizer: minha razão se embaça, meu coração dói no peito, minha senhora!... — Então sua voz se interrompeu de novo por emoção. E Katerina se apertava a ele cada vez mais forte e se tornava cada vez mais ardente, fogosa. Ele se soergueu em seu assento e, sem se conter mais, alquebrado, exaurido pelo seu êxtase, caiu de joelhos. E, afinal, os soluços jorraram, convulsos e dolorosos, do seu peito, e sua voz, que brotava diretamente do coração, passou a vibrar, como uma corda, de toda a plenitude daqueles ignotos arroubo e gozo.

— Quem és, minha querida, quem és e de onde vieste, minha queridinha? — dizia, esforçando-se para reprimir seus soluços. — Qual é o céu de onde vieste voando ao meu firmamento? Como se fosse um sonho ao meu redor: nem consigo acreditar que existes. Não me censures... deixa que eu fale, deixa que eu te diga tudo, mas tudo mesmo!... Faz muito tempo que quero falar... Quem és, minha alegria, quem és?... Como foi que encontraste este meu coração? Conta-me se faz muito tempo que és minha irmãzinha... Conta-me tudo sobre ti: onde estiveste até agora... diz como se chamava aquele lugar onde moravas, do que lá gostavas de início, o que te alegrava, o que te deixava triste... Será que o ar estava quente por lá, será que o céu lá estava limpo?... Quais eram teus próximos, quem te amava antes de mim, quem foi o primeiro que tua alma ficou pedindo ali?... Será que tiveste a mãe de sangue, será que foi ela quem te acarinhou em criança, ou então olhas também para a vida passada igual a mim, solitária? Diz-me se sempre foste como és agora. Com que estavas sonhando, o que antevias em teu futuro, o que se realizou, o que não se realizou para ti: conta-me tudo... Quem foi o primeiro que fez teu coraçãozinho de moça doer, em troca de que acabaste por entregá-lo? Diz o que eu poderia dar-te em troca dele, o que te daria para que fosses minha?... Diz-me, amada, minha luz, minha irmãzinha, diz-me como conseguiria teu coração...

Então sua voz se exauriu outra vez, e ele deixou a cabeça pender. Contudo, mal reergueu os olhos, foi um pavor mudo que o congelou por inteiro e pôs seus cabelos em pé.

Katerina estava sentada lá, branca que nem um pano. Seu olhar se cravava, imóvel, no ar, seus lábios estavam azuis, como os de uma morta, e um sofrimento mudo, pungente, turvava seus olhos. Ela se soergueu devagar, deu dois passos e, com um grito estridente, tombou diante do ícone... As palavras entrecortadas, sem nexo, jorravam do seu peito. Ela desmaiou. Todo perturbado de pavor, Ordýnov levantou-a e carregou-a até sua cama; ficou postado sobre ela, sem se lembrar de si mesmo. Um minuto depois, ela reabriu os olhos e se soergueu na cama, olhou ao redor e lhe segurou a mão. Puxou-o para junto de si, tentou cochichar algo com seus lábios ainda lívidos, mas sua voz ainda a traía. Acabou vertendo uma torrente de lágrimas, e aquelas gotas ardentes queimaram a mão esfriada de Ordýnov.

— Estou mal, estou mal agora, e minha última hora está chegando! — disse, por fim, tomada de uma angústia inconsolável.

Queria dizer mais alguma coisa, porém sua língua enrijecida não conseguia pronunciar uma só palavra. Desesperada, fitava Ordýnov que não a compreendia. Ele se inclinou mais sobre ela, forçando o ouvido... Enfim a ouviu cochichar nitidamente:

— Estou estragada: estragaram-me, acabaram comigo!

Erguendo a cabeça, Ordýnov a mirou com um espanto selvagem. Uma ideia feiosa surgiu de relance em sua mente. Katerina reparou naquele espasmo mórbido que lhe contraíra o rosto.

— Estragaram, sim! — prosseguiu. — Foi um homem mau que me estragou: foi *ele* que acabou comigo!... Vendi minha alma a ele... Por que, mas por que mencionaste minha mãe de sangue, por que tiveste de me torturar? Que Deus, sim, que Deus te julgue agora!...

Um minuto depois, quedou-se chorando baixinho; o coração de Ordýnov vibrava e doía, mortalmente aflito.

— Ele diz — sussurrava ela, com uma voz contida, misteriosa — que, quando estiver morto, virá buscar minha alma pecadora... Sou dele, vendi minha alma a ele... Ele me atormentava, ele me lia aqueles seus livros... Toma aí, vê seu livro! Aqui está seu livro. Ele diz que cometi um pecado mortal... Olha, olha...

E lhe mostrava um livro, sem Ordýnov ter percebido de onde ele surgira. Pegou-o maquinalmente, todo escrito a mão como aqueles antigos livros dos *raskólniks*[1] que lhe

---

[1] Membros de uma das seitas religiosas perseguidas pelo governo da Rússia czarista.

ocorrera ver antes. Mas agora não estava em condição de ver algo diferente, tampouco de concentrar sua atenção nele. O livro caiu-lhe das mãos. Silencioso, ele abraçava Katerina, tentando fazê-la voltar a si.

— Chega, chega! — dizia. — Alguém te assustou, mas estou contigo: descansa aqui comigo, minha querida, meu amor, minha luz!

— Não sabes de nada, de nada! — dizia ela, apertando com força as suas mãos. — Estou sempre assim!... Estou sempre com medo... Chega, chega de me torturares!...

— Então vou até ele — começou, um minuto depois, retomando fôlego. — Às vezes, ele me embruxa apenas com suas falas; às vezes, pega um dos seus livros, o maior de todos, e fica lendo sobre mim. E só lê coisas medonhas, severas assim! Não sei o que é, nem entendo cada uma daquelas palavras, mas chego a sentir medo e, quando fico escutando a voz dele, é como se não fosse ele quem fala, mas outro homem, maldoso, que não se abranda com nada, com nenhuma súplica, e meu coração fica penando, penando mesmo, como se queimasse todo... E fico então mais aflita do que quando começa aquela minha agonia!

— Não vás, pois, até ele! Por que vais vê-lo? — dizia Ordýnov, quase sem se dar conta das suas palavras.

— Por que vim ao teu quarto? Tampouco sei disso, nem que tu me perguntes... Pois ele me diz amiúde: reza aí, reza! Acordo, às vezes, no meio da noite escura e fico rezando por muito tempo, por horas a fio; o sono me vence frequentemente, mas é o medo que sempre me desperta, e me parece então, o tempo todo, que uma tempestade está começando à minha volta, que já, já estarei em apuros, que a gente má vai torturar-me até a morte, dilacerar-me, e que nem os santos me salvarão, por mais que lhes implore, daquela desgraça horrível. E eis que minha alma se rasga toda, como se todo o meu corpo se desmembrasse de tanto choro... Volto então a rezar e rezo, e rezo até que a Soberana olhe para mim, daquele ícone, mais amorosa. Então me levanto e vou dormir e durmo que nem morta; às vezes, fico dormindo até no chão, ajoelhada perante o ícone. Mas então acontece que ele acorda e chama por mim, e eis que me afaga e me acaricia e me consola, e eis que me sinto um pouco melhor e não tenho mais medo ao lado dele, seja qual for a desgraça que venha. Ele é poderoso! Sua palavra é grande!

— Mas qual é essa tua desgraça, qual é?... — E Ordýnov torcia os braços, desesperado.

Katerina ficou terrivelmente pálida. Mirava-o como quem estivesse condenado à morte e não esperasse mais ser poupado.

— Qual é?... Sou uma filha amaldiçoada, sou uma facínora: foi minha mãe quem me amaldiçoou! Levei minha mãe de sangue à morte!...

Calado, Ordýnov abraçou-a. Trêmula, Katerina se apertou a ele. O jovem sentia um tremor convulsivo percorrer todo o corpo dela, e lhe parecia que a alma se despedia daquele corpo.

— Lacrei-a na terra úmida — dizia ela, toda inquieta com suas lembranças perturbadoras, com as visões de seu passado irrecuperável —: já fazia tempo que eu queria falar disso, mas ele me proibia com rogos, censuras e ditos irados, e, vez por outra, fazia ele mesmo que a agonia me atacasse, como se fosse meu inimigo e desafeto. Mas aquilo me vem, como agorinha à noite, vem sempre à mente... Escuta, escuta! Isso aconteceu há muito e muito tempo, nem lembro mais quando, porém continua diante de mim, como se datasse de ontem, como se fosse um sonho da véspera que me sugava o coração noite adentro. É a tal agonia que duplica o tempo. Senta-te aqui, senta-te ao meu lado, que te contarei toda a minha desgraça, e que me arrebente, maldita que sou, a praga materna... Entrego esta minha vida a ti...

Ordýnov queria fazê-la parar, mas ela juntou as mãos, pedindo-lhe atenção por amor, e depois, ainda mais ansiosa, voltou a falar. Sua narração era desconexa, toda uma tempestade espiritual se ouvia em suas palavras, porém Ordýnov compreendia tudo, porquanto a vida dela se tornara a dele, a desgraça dela, a dele, e porque seu inimigo já estava real em sua frente, encarnando-se e crescendo, em sua frente, com cada palavra dela, e parecia oprimir, com uma força inesgotável, o coração do jovem e caçoar da sua revolta. Seu sangue se agitava e lhe inundava o coração e lhe baralhava as ideias. O velho maldoso daquele seu sonho (Ordýnov acreditava nisso) estava, real, em sua frente.

— Era uma noite igual a esta — começou a falar Katerina —, só que mais torva, e o vento uivava em nossa floresta como nunca antes me ocorrera ouvi-lo uivar... ou, quiçá, foi naquela noite que começou a perdição minha! Um carvalho ficou quebrado, junto da nossa janela, e foi um velho mendigo de cabeça branca quem veio à nossa casa, e ele disse que se lembrava daquele carvalho ainda desde criança, e que era então tal e qual como no dia em que o vento chegara a vencê-lo... Naquela mesma noite — lembro-me de tudo, como se fosse hoje! — as barcas de meu pai foram quebradas, ali no rio, pelo temporal, e ele, apesar do achaque que o importunava, foi àquele lugar tão logo os pescadores vieram correndo à nossa fábrica. Nós ficamos sozinhas, minha mãezinha e eu: enquanto eu cochilava, ela estava triste, por algum motivo, chorando amargamente... aliás, eu sabia por quê! Minha mãe acabava de adoecer, estava pálida e me dizia volta e meia para lhe preparar um sudário... E, de repente, ouviram-se, à meia-noite, umas pancadas ao nosso portão, e me levantei num pulo, e o sangue me inundou o coração; minha mãezinha soltou um grito... nem olhei para ela, cheia de medo, mas peguei uma lanterna e fui, eu mesma, destrancar o portão... Era *ele*! Apavorei-me, pois sempre ficava com medo, quando ele chegava, e era assim desde a minha primeira infância, desde que minha memória havia nascido. Ele não tinha ainda, na época, esses cabelos brancos; sua barba era negra que nem piche, seus olhos fulgiam como carvão em brasa, e não olhara nenhuma vez, até então, para mim com carinho. Ele perguntou se "minha mãe estava em casa". Fechei a portinhola e disse que "meu pai não estava". Ele respondeu: "Sei..." e, de repente, olhou para mim, olhou de um jeito... era a primeira vez que me encarava assim. Fui indo, e ele se deteve ali. "Por que não vem?" — "Estou pensando". Já subíamos à *svetiolka*. "Por que me disseste que teu pai não estava quando te perguntei se tua mãe estava em casa?". Não respondi... Minha mãezinha ficou semimorta de medo, correu ao encontro dele... e ele olhou assim, de relance, eu mesma vi tudo. Estava molhado da cabeça aos pés, tremendo de frio: o temporal o tinha seguido por vinte verstas, e de onde ele vinha e aonde ia, nem minha mãezinha nem eu nunca soubéramos disso; aliás, nem sequer o víamos havia nove semanas... Jogou sua *chapka*, tirou as luvas... nem rezou aos ícones nem saudou as donas da casa... foi sentar-se perto do fogo...

Katerina passou a mão pelo rosto, como se algo a afligisse e oprimisse, mas, um minuto depois, reergueu a cabeça e recomeçou:

— Ficou conversando com minha mãe em tártaro. Minha mãe sabia falar essa língua, mas eu não entendia nem uma palavra. Outras vezes, quando ele chegava, mandavam-me embora, mas daquela vez minha mãe não ousou dizer meia palavra à sua filha de sangue. Era o tinhoso que comprava minha alma, e eu me gabava ainda, comigo mesma, a olhar para minha mãezinha. Percebi que se olhava para mim, que se falava de mim; ela se pôs a chorar; vi-o pegar numa faca, e não era a primeira vez nos últimos tempos que empunhava a faca em minha presença, quando falava com minha mãe. Então me levantei e me agarrei ao cinturão dele, querendo tomar-lhe à força aquela faca imunda. Ele rangeu os dentes, deu um grito e quis bater em mim: acertou no peito, mas não me repeliu. Pensei que morreria na hora; meus olhos se turvaram, caí no chão, mas não gritei. Vi, o quanto minhas forças deixavam que visse, como ele tirou o cinturão, arregaçou a manga naquele braço com que me esmurrara, tirou a faca e depois a passou para mim: "Toma aí, vê se o cortas fora, se o castigas por tanta mágoa que te causou, e eu, orgulhoso, hei de me curvar por isso, até o chão, diante de ti". Pus a faca de lado: o sangue começava a estrangular-me; nem olhei para ele, mas lembro como sorri sem descerrar os lábios e olhei bem nos olhos tristes de minha mãezinha, olhei ameaçadora, enquanto um riso despudorado não deixava meus lábios e minha mãe lá estava sentada, pálida, morta...

Ordýnov escutava, com uma atenção tensa, aquele relato sem nexo, mas, pouco a pouco, a ansiedade dela apaziguou-se após o primeiro rompante, e sua fala se quedou mais tranquila; as recordações envolviam completamente a pobre mulher, cuja angústia se derramava por todo o seu mar infinito.

— Ele pegou a *chapka* sem se despedir. Fui de novo, com a lanterna, acompanhá-lo em vez de minha mãezinha, que estava doente, mas queria, ainda assim, ir com ele. Fomos juntos até o portão: calada, abri-lhe a portinhola e enxotei os cachorros. E vejo: ele tira a *chapka* e me saúda com uma mesura. E vejo: põe a mão embaixo da roupa, bem no peito, tira uma caixeta vermelha de marroquim e lhe puxa o fecho; e vejo que são *grãos burmítskis*[2] lá, para mim. "Tenho, diz ele, uma beldade, ali no subúrbio; seria um presente meu para ela, mas não lhe entreguei isto: pega-o, linda moça, enfeita a tua lindeza; toma-o, nem que depois lhe pises em cima". Peguei o presente, só que não quis pisar em cima, senão muita honra lhe caberia a ele, porém o peguei, escarninha, sem dizer uma só palavra. Voltei e botei-o sobre a mesa, diante de minha mãe: foi por isso que o peguei. Minha mãezinha ficou calada por um minuto, toda branca que nem um lenço, como se receasse falar comigo. "O que é isso, Kátia?". Então respondi: "Foi para ti, mãezinha, que o negociante trouxe isso, nem sei o que é". Vejo, pois, que as lágrimas lhe brotaram, que seu alento ficou penoso. "Não é para mim, Kátia; não é para mim, filha malvada, não é para mim". Lembro com quanta amargura me disse aquilo, como se sua alma

---

[2] Denominação arcaica de pérolas grandes e belas (em russo).

se debulhasse toda em lágrimas. Ergui os olhos, quis atirar-me aos seus pés, mas foi de repente que o maldito me sugeriu: "Pois bem: se não for para ti, deve ser para meu paizinho; vou entregá-lo a ele, assim que voltar, e direi: passaram uns comerciantes, deixaram uma mercadoria...". Como ela chorou então, minha mãezinha... "Eu mesma direi que comerciantes foram aqueles e que mercadoria eles vieram buscar... Pois lhe direi, sim, de quem és a filha, tu, desavergonhada! Quanto a ti, não és mais minha filha agora, és uma víbora venenosa! És minha prole maldita!". Fiquei calada, e nem as lágrimas me caíam... ah, como se tudo estivesse morto dentro de mim!... Fui à minha *svetlitsa* e passei lá escutando, a noitinha inteira, o temporal e juntando, a escutá-lo, as minhas ideias.

Passaram-se, enquanto isso, cinco dias. E eis que vem ao anoitecer, cinco dias depois, meu paizinho, sombrio e zangado, só que adoecido pelo caminho. Vejo que seu braço está enfaixado; adivinhei que seu inimigo lhe tinha cruzado o caminho, e seu inimigo já o cansara então e fizera que ficasse doente. Sabia também quem era aquele seu inimigo, sabia de tudo. Ele não trocou, pois, uma só palavra com a mãezinha nem perguntou por mim, mas chamou todos os seus homens, mandou que parassem a fábrica e resguardassem a casa do mau-olhado. E senti naquela hora, com meu coração, que nossa casa não estava mais bem. Ficamos, pois, no aguardo, e passa mais uma noite, também ventosa, tempestuosa, e eis que uma agonia me entra na alma. Abro então a janela: meu rosto arde, meus olhos choram, meu coração irrequieto está queimando; estou eu mesma como que abrasada: quero fugir da minha *svetlitsa*, fugir para longe, até os confins do mundo, onde o relâmpago e a tempestade nascem. E este meu peito de moça fica todo agitado, e de repente... já era tarde, e eu estava como que cochilando, ou então foi uma neblina que me envolveu a alma, que me confundiu a mente, mas, de repente, ouço alguém bater à janela: "Abre!". E vejo um homem subir, por uma corda, até a janela. Reconheci logo aquele meu visitante, abri a janela e deixei que entrasse em minha *svetlitsa* solitária. E aquele foi *ele*! Não tirou sua *chapka*, mas se sentou num banco, ofegante, mal conseguindo respirar, como se tivesse sido caçado. Então me postei num canto e sei eu mesma que fiquei toda pálida. "Teu pai está em casa?" — "Está." — "E tua mãe?" — "Minha mãe também." — "Pois fica calada agora, ouves?" — "Ouço, sim." — "O que ouves?" — "Alguém assobiar sob a janela!" — "Queres agora, linda moça, tirar a cabeça do inimigo, chamar teu paizinho querido e acabar com minha alma, hein? Não vou desobedecer à tua vontade de moça: aqui está a corda, vê se me amarras, caso mande teu coração que te vingues da minha ofensa." Fiquei calada. "Pois bem, fala aí, minha alegria!" — "De que está precisando?" — "Preciso dar cabo do meu inimigo e me despedir, são e salvo, da minha amada antiga e me curvar, com a alma toda, diante da nova amada minha, uma linda moça igual a ti...". Comecei a rir e nem sei, eu mesma, como as falas dele haviam entrado, impuras, em meu coração. "Deixa-me, pois, linda moça, ir passear lá embaixo, pôr este meu coração à prova, levar uma mesura para os donos da casa." Fiquei toda trêmula: meus dentes batiam uns contra os outros, e meu coração estava como um ferrete em brasa. Fui então e abri a porta para ele; deixei-o entrar na casa da gente, apenas lhe disse, com muito esforço, quando estava já à soleira: "Pegue aí, tome esses seus grãos de volta e nunca me ofereça mais coisa nenhuma", jogando aquela caixeta nas costas dele.

Então Katerina se interrompeu para retomar fôlego: ora tremia, como uma folha ao vento, e empalidecia, ora o sangue lhe afluía à cabeça, e, agora que estava calada, suas faces ardiam, seus olhos brilhavam através das lágrimas, e uma respiração penosa, entrecortada, agitava seu peito. De chofre, ficou pálida outra vez, e sua voz fraquejou, vibrando inquieta e triste.

— Então me quedei sozinha, e foi como se uma tempestade me estreitasse de todos os lados. Ouvi, de repente, um grito; ouvi nossa gente correr, através do pátio, até a fábrica; ouvi dizerem: "A fábrica pegou fogo". Então me quietei, e eis que todos saíram correndo da nossa casa; ficamos apenas minha mãezinha e eu. Sabia que ela se despedia da sua vida, prostrada, já ia para três dias, no leito de morte, sabia disso eu, filha maldita!... Ouvi, de repente, um grito debaixo da minha *svetlitsa*, fraquinho como se uma criança tivesse gritado ao assustar-se sonhando, e depois ficou tudo silencioso. Soprei a vela; estava gelada e me tapava com as mãos e tinha medo até de olhar. Ouço gritarem por perto, de supetão, ouço os homens voltarem correndo da fábrica. Então me debrucei na janela: vejo trazerem meu paizinho, já morto, e ouço falarem entre si: "Deu um passo em falso, caiu da escada numa caldeira incandescente; por certo, foi o tinhoso quem o empurrou". Tombei sobre a cama; fiquei esperando, sem me mexer nem saber pelo que ou por quem esperava, apenas estava toda agoniada àquela hora. Não lembro por quanto tempo assim esperei, só lembro que comecei, de repente, a tremer toda, que minha cabeça ficou pesada, que a fumaça me machucou os olhos, e me alegrei por minha morte já estar próxima! Senti, de repente, alguém me puxar pelos ombros. Olhei, o quanto pudesse olhar: era ele, todo chamuscado, e seu cafetã, quente ao tato, estava fumegando.

"Vim buscar-te, linda moça; leva-me, pois, embora dessa desgraça, assim como antes me trouxeste até ela, que acabei perdendo minha alma por ti. Não vou redimir esta noite maldita com orações! A menos que fiquemos orando juntos!" Estava rindo, homem maldoso! "Mostra-me, disse, como passar sem topar com ninguém!" Segurei-lhe a mão e fui conduzi-lo. Passamos pelo corredor (as chaves estavam comigo), abri a porta de uma despensa e lhe apontei a janela. E nossa janela dava para o jardim. Ele me pegou e me abraçou com seus braços potentes, e pulou comigo daquela janela. E fomos correndo, de mãos dadas, e corremos por muito tempo. E vimos uma floresta cerrada, escura. Ele ficou escutando: "Correm atrás de nós, Kátia! Correm atrás de nós, linda moça, mas não será nesta hora que perderemos as nossas vidas! Beija-me, linda moça, para o amor e para a felicidade eterna!" — "Mas por que suas mãos estão ensanguentadas?" — "Ensanguentadas, minha querida? É que degolei aqueles cachorros de vocês, pois latiam demais com esta visita noturna. Vamos!". E fomos correndo de novo, e vimos o cavalo de meu paizinho no meio daquela vereda: devia ter rompido a rédea e escapado da cavalariça, que não queria, por certo, morrer queimado! "Monta, Kátia, comigo! Foi nosso Deus quem nos deu ajuda!" Fiquei calada. "Será que não queres? Não sou nenhum pagão lá nem impuro: faço o sinal da cruz, se quiseres", e logo fez o sinal da cruz. Eu montei e me apertei a ele e me esqueci de tudo, lá no peito dele, como se um sono me dominasse, e vi, quando acordei, que estávamos junto de um rio largo, bem largo. Ele apeou e me tirou do cavalo e foi adentrando um juncal: era ali que escondia uma barca. Estávamos já entrando nela. "Adeus, pois, bom cavalo: vai procurar por um dono novo, que os antigos te abandonam todos!" Corri até o cavalo de meu paizinho e abracei-o com força, para nos despedirmos. Depois nos sentamos, ele pegou os remos, e eis que não vimos mais, num instante, as margens do rio. E, quando não víamos mais as margens, vi-o largar os remos e olhar, pela água afora, ao nosso redor.

"Salve", disse ele, "paizinho,[3] riozinho tempestuoso, que dás de beber à gente de Deus, que me alimentas! Diz se guardaste meus bens, quando eu não estava aqui, se minhas mercadorias estão intactas!". Eu estava calada, de olhos baixos, olhando para meu peito, e meu rosto ardia, como que em brasa, de tanta vergonha. E ele disse: "Nem que levasses tudo, desenfreado, insaciável, contanto que me prometesses guardar minha pérola mui preciosa e cuidar dela! Deixa, pois, só uma palavrinha cair, linda moça, vem fulgurar como o sol no meio da tempestade, dispersa, com tua luz, essa noite escura!". Dizia aquilo, só que estava sorrindo; ardia seu coração por mim, só que eu não queria, envergonhada, aturar aquele seu sorrisinho; quis dizer algo, só que me calei, tímida. "Pois bem: assim seja!", respondeu ele ao meu pensamento medroso e disse, como que desgostoso,

---

[3] No original "mãezinha", sendo o substantivo "rio" feminino em russo.

como se sentisse, ele também, um desgosto. "Parece que nada se toma à força. Pois bem: que Deus esteja contigo, minha pombinha soberba, minha linda moça! É forte, pelo que vejo, teu ódio por mim, ou esses teus belos olhos não gostam tanto da minha cara". Escutei-o e fiquei com rancor, um rancor amoroso, e amansei este meu coração e lhe disse: "Se gosto de ti ou não gosto, não sou eu, por certo, quem sabe disso, mas, com certeza, outra moça qualquer, insensata e sem-vergonha, que veio a infamar, numa noite escura, a sua *svetlitsa*, vendeu sua alma por um pecado mortal e não segurou seu coração louco; quem sabe disso são, com certeza, minhas lágrimas amargas, além daquele que se gaba, feito um ladrão, da desgraça dos outros, que zomba do coração de moça!". Disse aquilo e não aguentei mais e fiquei chorando... Ele se calou por um tempo, depois olhou para mim de tal jeito que tremi toda, como uma folha ao vento. "Escuta, pois", disse-me, "linda moça", e seus olhos brilhavam estranhamente: "não te direi uma coisa à toa, mas te farei uma grande promessa; serei teu senhor na medida justa em que me deres felicidade e, se não me amares mais algum dia, não digas nada, não gastes tuas palavras em vão, não te esforces, mas move apenas essa tua sobrancelha de zibelina, faz correr esse teu olho negro, mexe tão só esse teu mindinho, e logo te devolverei teu amor, junto com tua liberdade de ouro; fica apenas aqui, minha linda tão orgulhosa, insuportável, o termo de minha vida!". E foi então que sorriu minha carne toda às suas palavras.

Nesse momento, uma profunda emoção interrompeu o relato de Katerina; ela retomou fôlego, sorriu à sua ideia nova e já queria continuar, porém seu olhar fulgente encontrou, de súbito, o olhar inflamado de Ordýnov, o qual se cravava nela. E Katerina estremeceu, quis dizer algo, mas eis que o sangue lhe afluiu ao rosto... Ela se cobriu com as mãos e caiu de bruços, como que inconsciente, de rosto contra os travesseiros. E tudo se perturbou no âmago de Ordýnov! Era uma sensação dolorosa, uma ansiedade vaga, mas insuportável, que se espalhava, como um veneno, por todas as suas veias, crescendo com cada palavra dita por Katerina; era um impulso desesperado, uma paixão ávida, impossível de sustentar, que se apossava de seus pensamentos e confundia seus sentimentos. Ao mesmo tempo, uma tristeza penosa, infinda, premia-lhe cada vez mais o coração. Por momentos, ele queria gritar para que Katerina se calasse, queria atirar-se aos pés dela, queria implorar chorando que ela lhe devolvesse aqueles seus sofrimentos amorosos de antes, aquele seu ímpeto recente, vago e puro, sentindo pena das suas lágrimas que já haviam secado todas. E seu coração doía, banhando-se morbidamente em sangue, porém não dava mais lágrimas à sua alma pungida. Ele não entendera o que Katerina lhe tinha contado, e seu amor se apavorara com o sentimento a transtornar essa pobre mulher. Amaldiçoou sua paixão naquele momento: ela o sufocava, deixava-o angustiado, e ele percebia que o chumbo derretido fluía, em vez do sangue, em suas veias.

— Ah, minha desgraça não está naquilo — disse Katerina, soerguendo, de súbito, a cabeça — que te contei agorinha; não está naquilo minha desgraça — continuou, com uma voz que passou a tinir, como cobre, de um sentimento novo, inopinado, enquanto sua alma se lacerava toda com prantos ocultos, inúteis —; não é aquilo que me aflige, que me dói, que me preocupa! O que tenho a ver com minha mãezinha de sangue, embora não volte a ter, neste mundo todo, nenhuma outra, o quê? O que tenho a ver com a praga que ela me rogou em sua última hora sofrida? O que tenho a ver com a vida de ouro que vivi antes, com minha *svetlitsa* quentinha, com minha liberdade de moça? O que tenho a ver com o que me vendi ao tinhoso, entreguei minha alma ao facínora, aceitei um pecado eterno em troca da minha felicidade? Ah, mas não está naquilo minha desgraça, embora seja enorme a perdição minha naquilo também! Mas o que me aflige, o que me rasga o coração, é que sou a escrava dele, tão infamada, mas gosto da minha infâmia e da minha vergonha, desavergonhada que sou, que gosta este meu coração cobiçoso até mesmo de relembrar a desgraça, como se fosse uma alegria, uma felicidade; o que me aflige é que não há força nele, nem ira por causa das minhas mágoas!...

A respiração se prendeu no peito da pobre mulher, e um soluço convulso, histérico, interrompeu suas falas. Um alento cálido, entrecortado, queimava-lhe os lábios, seu peito se erguia e se abaixava com força, seus olhos fulgiam de uma indignação incompreensível. Contudo, tamanho encanto dourou-lhe o rosto naquele momento, tamanho afluxo apaixonado de emoções, tamanha beleza insuportável e inaudível fez vibrar cada linha, cada músculo seu, que se apagou de pronto a ideia torva e se calou a tristeza pura no peito de Ordýnov. Seu coração anelava por se apertar ao dela, por se esquecer, passional, lá dentro, enlouquecido de emoção, por bater o mesmo compasso, como se fosse a mesma tempestade, o mesmo ímpeto daquela paixão ignota, e parar de bater, quem sabe, mas junto com ele. Katerina avistou o olhar turvo de Ordýnov e sorriu de maneira que uma torrente dobrada de fogo regou-lhe o coração. Ele estava quase fora de si.

— Tem piedade de mim, poupa-me! — sussurrava-lhe, contendo sua voz trêmula, inclinando-se sobre ela, apoiando uma das mãos no ombro de Katerina e, próximo, tão próximo que as duas respirações se fundiam numa só, olhando nos olhos dela. — Tu me destruíste! Nem conheço tua desgraça, mas minha alma ficou confusa... O que tenho a ver com aquilo que teu coração pranteia? Diz o que queres... farei. Vem comigo, vem, não me mates, não me mortifiques!...

Katerina fitava-o sem se mover; as lágrimas tinham secado em suas faces em brasa. Quis interrompê-lo, pegou-lhe a mão, quis dizer algo, ela mesma, porém não achou, pelo visto, palavras certas. Foi um sorriso algo estranho que surgiu lentamente em seus lábios, como se uma risada se insinuasse através desse sorriso.

— Não foi tudo, por certo, que te contei — disse, afinal, com uma voz entrecortada. — Contarei mais ainda, mas será que me escutarás, coração ardoroso, será que me escutarás, hein? Escuta, pois, tua irmãzinha! É que conheceste pouco, por certo, daquela terrível desgraça dela! Até que queria contar de como tinha vivido um ano com ele, só que não vou contar disso, não... Mas se passou esse ano, e ele foi rio abaixo, com seus companheiros, e me quedei esperando por ele junto do cais, na casa da dita mãezinha dele. Espero um mês, espero dois meses, e eis que me encontro, naquele subúrbio, com um jovem comerciante: olhei para ele e me recordei do meu passado de ouro. "Irmãzinha querida!", diz ele, depois de trocar duas palavras comigo. "Sou Aliocha, teu prometido antigo: foram os nossos velhos que nos noivaram com a palavra dada; já te esqueceste de mim, mas vê se te lembras, que sou do teu povoado...” — “E como se fala de mim nesse povoado da gente?” — “Pois anda dizendo a língua humana que te tornaste uma safada, perdeste a honra de moça e te juntaste a um ladrão e facínora”, diz-me Aliocha, rindo. — “E o que foi que tu mesmo disseste de mim?” — “Queria dizer muita coisa, quando estava chegando”, e seu coração se confundiu todo; “queria dizer muito mesmo, só que agora minha alma entorpeceu, assim que te vi: tu me destruíste!”, diz. “Compra, pois, esta minha alma também, toma-a para ti, nem que fiques zombando do meu coração e do meu amor, linda moça. Agora sou orfãozinho, meu próprio senhor, e minha alma é minha, não é de outrem, pois não a vendi a ninguém como outra qualquer que apagou tudo da sua memória, e não estou vendendo meu coração, mas o dou de graça, só que, parece, não vai ser logo!”. Fiquei rindo, mas não foi uma vez, nem duas vezes, que ele me disse aquilo: morou no sítio por um mês inteiro, largou suas mercadorias, deixou seus homens partirem e ficou lá sozinho. E me apiedei das suas lágrimas de órfão e lhe disse, certa manhã: “Espera por mim, Aliocha, quando anoitecer, lá abaixo do cais: iremos juntos até onde tu moras, que já estou farta desta minha vida cheia de mágoas!”. Chegou, pois, a noite; atei uma trouxa, e minha alma doía e se revolvia em mim. E vi, de repente, entrar meu senhor por quem nem esperava. “Salve! Vamos logo: haverá uma tempestade, ali no rio, e o tempo urge”. Fui atrás dele: chegamos à margem do rio e teríamos de navegar por muito tempo, até que nos encontrássemos com os nossos, e vimos então uma barca e um remador conhecido, sentado nela, que parecia esperar por alguém. "Salve, Aliocha, que Deus te acuda! Pois então, será que te atrasaste vindo ao cais, será que corres atrás dos teus barcos? Leva-nos, gente boa, a mim com minha queridinha, para aquele lugar onde estão os nossos: deixei minha barca partir, e não dá para ir nadando". — "Venha cá", disse Aliocha, e minha alma ficou, assim que ouvi a voz dele, toda dolorida. "Venha com sua queridinha: o vento é para todos, e haverá, no meu *têrem*,[4] um lugar para vocês também". Entramos naquela barca; a noite estava escura, as estrelas se tinham escondido; o vento ficou uivando, as ondas cresceram, e já estávamos a uma versta da margem. E nos calávamos, todos os três. "Um temporal", diz meu senhor. "E não acabará bem esse temporal! Ainda nunca vi no rio, desde que nasci, um temporal como o que já vai começar! Nossa barca está cheia demais, não aguentará três pessoas!" — "Não aguentará, não", responde Aliocha; "quer dizer, um de nós está sobrando"; diz isso, e sua voz treme como uma corda. — "Pois então, Aliocha: eu te conheci em criança ainda e me irmanei com teu paizinho de sangue, juntando a gente o pão e o sal; diz-me, Aliocha, se chegarás à margem sem esta barca ou perecerás por nada e perderás tua alma?" — "Não chegarei! Mas você mesmo, hein, gente boa, se acaso acontecer que também beba dessa água, quem sabe, será que lá vai chegar, você mesmo, ou não?" — "Não vou, não, e será o fim desta minha alminha, que o rio tempestuoso não me carregará! Pois ouve agora tu, Katerínuchka, minha pérola preciosa! Lembro-me de uma noite igual a esta, só que então as

---

[4] Antiga casa em forma de uma torre cônica (em russo).

ondas não borbulhavam, mas as estrelas resplandeciam e a lua brilhava... Quero, pois, perguntar assim, sem malícia, se não te esqueceste dela." — "Ainda me lembro, sim", digo eu... — "E, como te lembras dela, tampouco te esqueceste daquele acordo, quando um valentão ensinava uma linda moça a roubar sua liberdade de volta do tal mal-amado, hein?" — "Não me esqueci nem daquilo", digo, enquanto estou mais morta que viva. — "Pois não te esqueceste, hein? Mas será, agora que nossa barca está cheia demais, que chegou a hora de alguém lá? Diz, minha querida, diz, minha pombinha; arrulha aí para a gente, como fazem os pombos, tua palavra terna...".

— Não disse então minha palavra! — sussurrou Katerina, pálida... Não terminou de falar.

— Katerina! — ouviu-se, sobre eles, uma voz surda e rouca.

Ordýnov estremeceu. Era Múrin que estava às portas. Mal coberto pelo seu cobertor de peles, pálido como a morte, fitava-os com um olhar quase ensandecido. Cada vez mais pálida, Katerina também o fitava imóvel, como que enfeitiçada.

— Vem a mim, Katerina! — sussurrou o enfermo, com uma voz que mal se ouvia, e saiu do quarto. Katerina permanecia imóvel, mirando o ar, como se o velho estivesse ainda postado em sua frente. Mas, de improviso, o sangue lhe abrasou, num instante, as faces pálidas, e ela se levantou devagar da cama. Ordýnov se recordou do seu primeiro encontro.

— Pois então... até amanhã, minhas lágrimas! — disse ela, com um sorriso algo estranho. — Até amanhã! Vê se lembras onde parei de contar: "Escolhe entre os dois, linda moça: a quem amas e a quem não amas!". Será que te lembrarás disso, será que vais esperar por uma noitinha? — repetiu, colocando as mãos nos ombros do jovem e olhando para ele com ternura.

— Não vás, Katerina, não acabes contigo! Ele é louco! — sussurrava Ordýnov, temendo por ela.

— Katerina! — ouviu-se a voz detrás do tabique.

— Pois bem: será que ele me degola? — respondeu Katerina, rindo. — Boa noite para ti, meu coração adorável, meu pombo fogoso, meu irmãozinho de sangue! — dizia ela, apertando carinhosamente a cabeça do jovem ao seu peito. E foi de repente que as lágrimas lhe molharam o rosto.

— São as últimas lágrimas. Dorme, pois, com tua tristeza, meu amiguinho, e amanhã acordarás alegre... — E ela o beijou com paixão.

— Katerina! Katerina! — sussurrava Ordýnov, caindo de joelhos em sua frente e tentando detê-la. — Katerina!

Ela se virou, inclinou, sorrindo para ele, a cabeça e saiu do quarto. Ordýnov ouviu-a entrar no de Múrin; prendeu a respiração, escutando, porém não ouviu nem um som a mais. O velho estava calado ou, talvez, inconsciente de novo... Já queria ir, atrás dela, àquele quarto, mas sentiu fraquejarem as pernas... Sentou-se, desalentado, na cama...

II

Demorou muito a entender a que horas acordara. Amanhecesse ou anoitecesse, o quarto estava ainda escuro. Ele não conseguia definir o tempo que permanecera dormindo, porém sentia que aquele seu sono fora um sono mórbido. Ao recompor-se, passou a mão pelo rosto, como se tirasse de si o sono e as visões noturnas. Mas, uma vez que quis pisar no chão, percebeu que todo o seu corpo parecia alquebrado e que seus membros extenuados se recusavam a obedecer-lhe. Sua cabeça doía, estonteada, e seu corpo ora tremelicava, ora ardia todo. Com a consciência retornou a memória, e seu coração latejou quando, num só instante, ele reviveu toda a noite passada em suas lembranças. Passou a bater forte em resposta aos seus pensamentos, tão calorosas e frescas eram as sensações dele, como se não fossem essas longas horas, uma noite inteira, que o separavam da partida de Katerina, mas apenas um minutinho. Ele sentia que as lágrimas não tinham ainda secado em seus olhos... ou então eram outras lágrimas, novas e frescas, que jorravam, qual uma fonte, da sua alma em brasa? E, coisa singular: seus sofrimentos lhe eram mesmo deleitosos, embora ele sentisse em seu âmago, com toda a essência sua, que não aguentaria mais tanta violência. Houve um momento em que quase intuiu a chegada da morte e ficou pronto a recebê-la como uma visita aprazível: suas impressões se entesaram tanto, sua paixão tornou a ferver, quando ele acordou, com um ímpeto tão poderoso, e tanto enlevo lhe dominou a alma que sua vida acelerada com tal atividade intensa pareceu prestes a interromper-se, a destruir-se, a reduzir-se instantaneamente a cinzas, a apagar-se para todo o sempre. Quase no mesmo momento, como que em resposta à sua angústia, em resposta ao seu coração latejante, soou uma voz conhecida (igual àquela música interior, tão familiar à alma da gente na hora em que ela se alegra com sua vida, na hora de nossa serena felicidade), a voz sonora e prateada de Katerina. Perto, bem perto dele, quase à sua cabeceira, é que se entoou uma canção, de início baixa e melancólica... Aquela voz ora se elevava, ora enfraquecia, entorpecia convulsa, como se estivesse cantando para si mesma e ternamente acariciasse seu próprio sofrimento rebelde, o de um desejo insaciável, mas reprimido, escondido por desespero no coração saudoso, ora voltava a expandir-se como um trinado de rouxinol e, toda trêmula, ardente de uma paixão já irreprimível, derramava-se como todo um mar de gozos, um mar de sons potentes, infindos como o primeiro instante da beatitude amorosa. Ordýnov discernia também as palavras, que eram simples e cordiais, compostas, havia tempos, por um sentimento aberto e calmo, puro e claro para si mesmo. Contudo, ele se esquecia dessas palavras e acabava ouvindo apenas os sons. Através do feitio simples e ingênuo daquela canção, refulgiam-lhe outras palavras, repercutindo com todo o arroubo que enchia seu próprio peito, refletindo os meandros mais íntimos de sua paixão, que ele próprio ainda desconhecia, ressoando em seus ouvidos, com toda a clareza de sua plena consciência, para lhe falar dela. E ele ouvia ora o derradeiro gemido de seu coração a desfalecer tomado de uma paixão desesperadora, ora o júbilo de sua vontade e de seu espírito a arrojar-se rompendo suas correntes, iluminado e livre, naquele mar infinito de amores libertos, ora a primeira jura de sua amante, que vinha com aquele primeiro rubor de pejo balsâmico, com aquelas súplicas lacrimosas, com aquele sussurro misterioso e tímido, ora o desejo de uma bacante, tão orgulhoso de sua força e feliz com ela, sem véu nem mistério, que lhe movia em círculos, com um riso fulgurante, os olhos ébrios...

Ordýnov não aguentou até o fim da canção e se levantou da cama. A canção se interrompeu no mesmo instante.

— A boa-manhã[5] e o bom-dia já se passaram, meu bem-amado! — ouviu-se a voz de Katerina. — Boa tarde para ti! Levanta-te, vem até nós, acorda para a luz da alegria: a gente espera por ti, meu senhor e eu mesma, só gente boa e submissa à tua vontade. Apaga, pois, teu rancor com amor, se é que teu coração dói ainda com a ofensa. Diz uma palavra boa!...

Ordýnov já havia saído do seu quarto, com o primeiro chamado dela, e quase não entendeu que entrava no dos anfitriões. A porta se abriu em sua frente, e eis que o saudou, fúlgido como o sol, o sorriso dourado de sua bela anfitriã. Não via mais nem ouvia ninguém, nesse momento, além dela. E, num instante, toda a sua vida e toda a sua alegria fundiram-se, em seu coração, numa só imagem, na luminosa imagem de sua Katerina.

— Duas auroras se foram — disse ela, ao estender-lhe ambas as mãos —, desde que nos despedimos; a segunda se extingue agora: olha pela janela. Iguais às duas auroras da alma de uma linda moça — continuou Katerina, rindo —: uma delas é a que lhe carmina o rosto com o primeiro pudor, quando se revela, pela primeira vez, o coração solitário da moça em seu peito, e a outra vem quando a linda moça se esquece do seu primeiro pudor, e fica ardendo que nem uma chama, e preme o peito da moça, e faz o sangue rubro subir ao seu rosto... Entra, mas entra na casa da gente, jovem valente! Por que estás parado aí, na soleira? Honra a ti e amor, e uma mesura do dono!

---

[5] Saudação "boa manhã" é comum no meio russófono.

Com um riso sonoro qual uma música, ela pegou a mão de Ordýnov e conduziu-o para o quarto. E uma timidez entrou-lhe no coração. Toda a flama, todo o incêndio a arder em seu peito, como que se consumiram e se apagaram, num só instante e por um só instante; confuso, ele abaixou os olhos, temendo encará-la. Sentiu que era tão milagrosamente bela que seu coração não suportaria o olhar tórrido dela. Ainda nunca vira sua Katerina assim. O riso e a alegria fulgiam, pela primeira vez, em seu rosto, fazendo as lágrimas tristes secarem naqueles seus cílios negros. A mão do jovem tremia na mão dela. E, caso o jovem erguesse os olhos, veria Katerina fixar, com um sorriso triunfante, seus olhos claros no rosto dele, obscurecido pelo embaraço e pela paixão.

— Levanta-te, velho, anda! — disse ela, por fim, como se acabasse, ela mesma, de se recobrar. — Diz uma palavra amável à nossa visita. Quem nos visita é como um irmão de sangue! Levanta-te, pois, velhote arisco e orgulhoso; levanta-te, cumprimenta a visita, segura-lhe as mãos brancas, faz que se sente à mesa!

Ordýnov ergueu os olhos e como que se recompôs nesse mesmo instante. Só então é que acabou pensando em Múrin. Os olhos do velho, que pareciam prestes a apagar-se numa ânsia de moribundo, fitavam-no imóveis, e foi com uma dor na alma que ele se recordou daquele olhar a fulgir, pela última vez, debaixo das sobrancelhas negras, hirsutas, cerradas, como agora, pela angústia e pelo furor. Ficou levemente tonto. Olhou ao redor e só então se deu conta de tudo, clara e nitidamente. Múrin permanecia deitado em sua cama, porém estava quase vestido, como se já tivesse ficado em pé e saído naquela manhã. Seu pescoço estava envolto, como dantes, num lenço vermelho, ele havia calçado os sapatos; pelo visto, a doença já terminara, apenas seu rosto estava ainda horrivelmente pálido, amarelo. Postada rente à cama, Katerina apoiava uma das mãos na mesa e olhava, com atenção, para ambos os homens. No entanto, um sorriso afável não se ausentava do seu semblante. Parecia que tudo se fazia por sua vontade.

— Sim! É você — disse Múrin, soerguendo-se e sentando-se na cama. — Você é meu inquilino. Tenho culpa perante você, meu senhor, pois o deixei ofendido, pequei sem intenção nenhuma, quando brinquei agorinha com minha espingarda. Quem é que sabia que essa moléstia negra lhe sobrevinha também? Pois a mim sobrevém, às vezes — acrescentou, com uma voz rouquenha e doentia, franzindo o sobrolho e desviando involuntariamente os olhos de Ordýnov. — Quando o mal vem, não bate ao portão, mas rasteja feito um ladrão! Foi por pouco, aliás, que não lhe cravei, a ela também, uma faca no peito... — arrematou, inclinando a cabeça para o lado de Katerina. — Estou doente, tenho ataques... pois bem, já basta para você! Venha sentar-se, será um conviva nosso!

Ordýnov continuava ainda a fitá-lo.

— Sente-se, venha, sente-se! — gritou o velho, impaciente. — Sente-se, já que isso agrada tanto a ela! Eta, mas irmanaram, seus irmãozinhos da mesma barriga! Juntaram-se como amantes!

Ordýnov se sentou.

— Vê como é sua irmãzinha? — prosseguiu o velho, rindo e exibindo dois renques de dentes brancos e todos intactos. — Divirtam-se, meus queridos! É boa sua irmãzinha, meu senhor, hein? Diga aí, responda! Veja só como as faces dela estão ardendo, feito uma chama. Dê uma olhada, pois, venha honrar a beldade para o mundo inteiro ver! Mostre que seu coraçãozinho sofre por ela!

Franzindo o sobrolho, Ordýnov encarou o velho com ira. Ele estremeceu com esse olhar. E foi uma raiva cega que ferveu no peito de Ordýnov. Chegou a sentir, com certo instinto animal, que seu inimigo mortal estava por perto. Mas não entendeu, ele mesmo, o que se dava com ele: sua razão se negava a servi-lo.

— Não olhes! — ouviu-se uma voz atrás dele. Ordýnov se virou.

— Não olhes, digo-te, mas não olhes se o demônio te instiga: vê se te compadeces da tua amada — dizia Katerina, rindo, e lhe tapou, de repente, os olhos por trás com a mão; retirou, logo a seguir, as mãos e se tapou, ela mesma, por sua vez. Mas o rubor de seu rosto aparentava passar através dos seus dedos. Ela afastou as mãos e, toda vermelha que nem fogo, tentou enfrentar, serena e firme, o riso e os olhares curiosos dos homens. Contudo, ambos a miravam calados: Ordýnov com certo espanto amoroso, como se fosse a primeira vez que uma beleza tão aterradora assim lhe pungia o coração; o velho, atenta e friamente. Nada se exprimia em seu rosto pálido, apenas seus lábios azulavam de leve e tremiam.

Katerina se achegou à mesa, já sem rir mais, e se pôs a retirar os livros, a papelada, o tinteiro, tudo quanto estava em cima da mesa, colocando aquilo tudo sobre o peitoril da janela. Respirava depressa, de modo entrecortado, e, vez por outra, sorvia avidamente o ar, como se seu coração estivesse apertado. Pesado, como uma onda costeira, abaixava-se e voltava a erguer-se o peito roliço dela. Olhava para o chão, e seus cílios negros, azevichados, brilhavam, como agulhas agudas, sobre as suas faces embranquecidas...

— Czar-moça![6] — disse o velho.

— Minha senhora! — sussurrou Ordýnov, estremecendo com o corpo todo. Recobrou-se ao sentir o olhar do velho, que se fixava nele: instantâneo como um relâmpago, fulgurou esse olhar cúpido, cheio de fúria e de desprezo frio. Ordýnov tentou soerguer-se em seu assento, porém uma força invisível parecia acorrentar-lhe as pernas. Sentou-se de novo. Apertava, de vez em quando, a própria mão, como se não confiasse mais na realidade. Parecia-lhe que um pesadelo o sufocava, que ainda jazia sobre seus olhos um sonho sofrido, mórbido. Mas, coisa estranha! Ele não queria acordar...

Katerina tirou o velho tapete da mesa, depois abriu um baú, tirou dele uma toalha preciosa, toda bordada de sedas lustrosas e ouro, e veio cobrir a mesa com ela; tirou, em seguida, do armário um *postavetz*[7] antigo, da época dos bisavós, todo de prata, colocou-o no meio da mesa e separou três taças argênteas: para o dono da casa, para a visita e para si mesma; fixou, afinal, um olhar imponente, quase meditativo, no velho e no conviva.

— Quem de nós gosta, pois, e quem não gosta de quem? — disse. — Se alguém não gostar de alguém, é que eu gosto dele e hei de beber minha taça com esse alguém. E gosto de qualquer um de vocês: qualquer um de vocês é meu bem-amado. Vamos brindar, pois, todos juntos, para que haja amor e concórdia!

---

[6] A moça mais linda (arcaísmo russo).

[7] Bandeja com uma jarra e várias taças, destinada a servir bebidas (arcaísmo russo).

— Vamos brindar e, naquele vinho, a cisma negra afogar! — disse o velho, com uma voz alterada. — Serve aí, Katerina!

— E tu mandas servir? — perguntou Katerina, olhando para Ordýnov.

Calado, Ordýnov lhe achegou sua taça.

— Esperem! Quem tiver alguma cisma ou dúvida, que se resolva conforme a sua vontade! — disse o velho, erguendo a taça.

Todos brindaram e beberam.

— E agora vamos beber juntos, meu velho! — disse Katerina, dirigindo-se ao anfitrião. — Vamos beber, se teu coração tem carinho por mim; vamos brindar à felicidade passada, curvemo-nos ante os anos vividos, agradeçamos, com este coração nosso e o amor todo, por aquela felicidade! Manda servir, pois, se teu coração está quente por mim!

— Forte está esse teu vinhozinho, minha pombinha, mas molhas nele, tu mesma, apenas teus labiozinhos! — disse o velho, rindo e achegando outra vez a taça.

— Eu tomarei um golinho, e tu beberás a taça inteira!... Para que viver, meu velho, só arrastando uma cisma penosa atrás da gente? O coração não faz que doer com a cisma penosa! O mal traz a cisma, a cisma chama o mal, e quem for feliz não cisma em nada! Bebe, meu velho! Afoga essa cisma tua!

— Muitos pesares é que juntaste, por certo, já que te pões assim contra eles! Queres, por certo, dar cabo deles de uma vez só, minha pombinha branca. Bebo contigo, Kátia! E você, meu senhor, se me deixar perguntar: tem algum pesar ou não tem?

— O que tenho é meu: aqui está comigo — sussurrou Ordýnov, sem despregar os olhos de Katerina.

— Ouviste, meu velho? Nem eu cá soube, por muito tempo, nem me lembrei de mim mesma, só que chegou a hora de saber tudo, de relembrar tudo, e revivi o passado inteiro com esta minha alma insaciável.

— Sim, é amargo mesmo cismares apenas em teu passado — disse o velho, pensativo. — O que se foi é como um vinho bebido! Qual é a felicidade do nosso passado? Gastaste o cafetã, joga-o fora.

— E vê se arranjas um novo! — replicou Katerina, com um riso forçado, enquanto duas grossas lágrimas lhe pendiam, como dois diamantes, sobre os cílios brilhosos. — Pois não se vive, por certo, a vida toda num só minuto, e o coração de moça é forte demais para se correr atrás dele a vida toda! Será que entendeste, meu velho? Vê só: sepultei uma lagrimazinha em tua taça!

— Mas com quanta felicidade é que compraste esse teu pesar? — indagou Ordýnov, e sua voz vibrou de emoção.

— Tem aí, meu senhor, muita coisa sua a vender, com certeza! — retorquiu o velho. — Por que é que se mete, se não foi chamado? — E deu uma gargalhada biliosa, mas inaudível, fitando Ordýnov com insolência.

— Tudo quanto vendi foi meu — respondeu Katerina, cuja voz parecia aborrecida ou magoada. — Um acha muito; o outro, pouco. Um quer dar tudo, mas nada tem a tomar; o outro nada promete, mas o coração dócil vai atrás dele! E não censures o homem — acrescentou, olhando tristemente para Ordýnov —: um homem é assim, o outro não é, mas é como se a gente soubesse por que a alma se apega a um deles! Enche, pois, essa taça, velhote! Bebe à felicidade da tua filha amada, da tua escrava calada, submissa, como já era daquela primeira vez, quando te conheceu. Levanta a taça!

— Que assim seja! Enche também a tua — disse o velho, pegando a taça.

— Espera, meu velho! Não bebas ainda, mas deixa antes dizer uma palavrinha!...

Apoiando-se na mesa com ambas as mãos, Katerina cravava seus olhos fúlgidos, penetrantes e passionais bem nos olhos do velho. E uma estranha firmeza transparecia, cintilante, em seus olhos. Entretanto, seus movimentos eram todos inquietos, seus gestos, entrecortados, repentinos e rápidos. Ela parecia toda inflamada, e isso se tornava bizarro de ver. Mas sua beleza aparentava crescer com a emoção e a inspiração dela. Dos seus lábios entreabertos pelo sorriso, que revelavam dois renques de dentes brancos, iguais como pérolas, saía jorrando um alento impetuoso a dilatar um pouco as suas narinas. Seu peito se agitava; três vezes enrolada sobre a nuca, sua trança lhe recaía de leve, descuidadamente, sobre a orelha esquerda e lhe cobria parte da face em brasa. O suor lhe brotava, suave, nas têmporas.

— Lê minha sorte, velhote! Lê, meu querido, lê antes de afogares a mente no vinho: aqui está a palma da minha mão branca! Não era à toa que nossa gente te chamava de bruxo, era? É que estudaste com aqueles livros e conheces toda a ciência negra! Pois olha, meu velho, e conta para mim toda a minha sina de lamentar, mas vê se não mentes! Diz aí, como tu sabes dizer, se será feliz tua filha, ou se tu não lhe perdoarás a ela e rogarás, antes que ela se mande, tão só uma praga maldosa? Diz se meu canto ficará quente, lá onde me instalarei, ou então passarei minha vida toda, como um passarinho que voa de lá para cá, a buscar pelo meu lugar, orfãzinha que sou, no meio da gente boa? Diz quem é meu inimigo, quem me prepara um amor, quem está urdindo um mal para mim! Diz se meu coração jovem, fogoso, terá de viver sozinho, a vida toda, e de parar antes da hora, ou achará ele seu par e se quedará batendo, com alegria, ao mesmo compasso... até que um novo mal venha! Adivinha de quebra, velhote, em que céu azul e além de que mares e matas vive meu falcão lindo, onde está e se busca, com sua vista aguda, uma falcoa, e se espera apaixonado por ela, e se vai amá-la de coração, e se deixará logo de amá-la, e se me enganará ou não! E finalmente, já que uma coisa puxa a outra, diz, meu velho, por último se teremos ainda muito tempo a passar juntos, lendo aqueles teus livros negros neste canto mofado, e quando eu poderei, velhote, saudar-te com uma mesura profunda e me despedir de ti, sem amargor nem rancor, agradecendo teu pão e teu sal, que me deste de beber, de comer, e contaste as tuas histórias!... Mas vê se me dizes toda a verdade, se não me enganas: defende-te, pois chegou a hora!

Sua inspiração ficou aumentando cada vez mais, até a última palavra, e, de repente, sua voz se interrompeu de tanta emoção, como se um turbilhão estivesse envolvendo seu coração. Seus olhos fulgiam, seu lábio superior tremia de leve. Ouvia-se uma ironia maldosa que serpenteava e se escondia em cada palavra dela, conquanto uma espécie de choro soasse tinindo em suas risadas. Inclinando-se sobre a mesa, em direção ao velho, ela insistia em olhar, com uma atenção cobiçosa, nos olhos embaciados dele. Ordýnov ouviu seu coração bater de improviso, tão logo ela terminou de falar; deu um grito de êxtase, ao olhar de relance para ela, e por pouco não se levantou do banco. Mas rápido, se não fulminante, o olhar do velho tornou a acorrentá-lo ao seu assento. Uma estranha mistura de desprezo e de escárnio, de uma ansiedade impaciente, importuna, e, ao mesmo tempo, de uma curiosidade malvada e maliciosa luzia naquele olhar rápido, se não fulminante, que todas as vezes fazia Ordýnov estremecer, além de encher, todas as vezes, seu coração de bílis, de desgosto e de uma fúria impotente.

Pensativo, com certa curiosidade tristonha, o velho fitava sua Katerina. Seu coração estava ferido: aquelas palavras haviam sido ditas. Mas nem sequer uma das sobrancelhas se moveu em seu rosto! Apenas sorriu, quando ela terminou de falar.

— Mas quanta coisa é que quiseste saber de uma vez, meu passarinho já emplumado, minha avezinha desperta! Enche, pois, rapidinho a minha taça profunda: brindemos primeiro à paz e à boa vontade, senão o olhar de alguém ali, um olhar torvo, impuro, pode estragar este meu voto. O demônio é forte, e o pecado não está tão longe assim!

Ergueu sua taça e bebeu. Quanto mais vinho tomava, tanto mais pálido se quedava. Seus olhos estavam vermelhos como carvão em brasa. Percebia-se que o brilho febricitante deles e a repentina lividez cadavérica de seu rosto prenunciavam um novo acesso de sua doença, que viria em breve. Quanto ao vinho, era tão forte que os olhos de Ordýnov se turvavam cada vez mais após uma só taça despejada. Febrilmente inflamado, seu sangue não podia mais aguentar, inundando seu coração, confundindo e perturbando sua mente. Ele ficava cada vez mais inquieto. Encheu a taça, tomou mais um gole sem saber, ele mesmo, o que estava fazendo nem como lidaria com sua emoção cada vez maior, e eis que o sangue passou a circular mais depressa ainda em suas veias. Como quem delirasse, mal conseguia observar, posto que concentrasse toda a atenção sua, o que ocorria entre aqueles seus anfitriões esquisitos.

O velho bateu com a taça de prata, que retiniu alto, na mesa.

— Serve aí, Katerina! — exclamou. — Serve mais, filha malvada, serve até eu cair! Deita o velho no caixão, e bastará para ele! Assim mesmo: serve mais para mim, serve mais, minha beldade! Vamos beber juntos! Por que é que bebeste pouco? Será que não vi?...

Katerina lhe respondeu algo, mas Ordýnov não ouviu o que fora exatamente: o velho não a deixou terminar; segurou-lhe a mão, como se não conseguisse mais reprimir tudo quanto se espremia em seu peito. Seu rosto estava pálido; seus olhos ora se turvavam, ora rutilavam como um fogo vivo; seus lábios embranquecidos tremiam, e foi com uma voz áspera, desvairada, a qual deixava transparecer, por momentos, certo arroubo estranho, que o velho lhe disse:

— Dá tua mãozinha, minha beldade! Deixa lê-la, deixa dizer a verdade toda. Sou mesmo um bruxo; por certo, não te enganaste aí, Katerina! Por certo, não mentiu esse teu coraçãozinho de ouro, dizendo que só eu mesmo podia enfeitiçá-lo e não lhe ocultaria a verdade, tão simples, ingênuo como ele é! Mas tu não soubeste uma só coisa: não sou eu, este bruxo, quem vai ensinar-te a sabedoria! É que a vontade não falta à mocinha, ao invés da razão, e ela fareja a verdade toda, como se não soubesse de nada, como se nada imaginasse! Pois essa cabeça dela é uma serpente astuta, posto que seu coração se banhe em lágrimas! Pois ela achará o caminho, passará rastejando por entre os males, conservará tal vontade astuta! Onde puder, conseguirá muita coisa com sua sabedoria e, onde sua sabedoria vier a falhar, usará de sua beleza para turvar a mente, de seu olho negro para inebriá-la, pois a beleza arrebenta a força: nem que seja de ferro, o coração se racha afinal ao meio! Serás tu aí que terás pesares e cismas? Sim, é pesado o pesar humano! Só que não há males para um coração fraco! O mal se envolve com o coração forte, fazendo, às escondidas, que chore sangue e não deseje passar aquele vexame gostoso diante da gente boa; quanto ao teu mal, mocinha, é como uma pegada na areia: a chuva o apagará, o sol o secará, o vento raivoso o levará embora ou varrerá até que desapareça! E mais te direi e mais da tal bruxaria farei: serás a escrava daquele que te amar, atarás, tu mesma, a tua liberdade para entregá-la como penhor e não a resgatarás nunca mais; não saberás deixar de amá-lo na hora certa, mas botarás só um grão, e ele, teu assassino, acabará colhendo uma espiga inteira! Minha menina doce, minha cabecinha de ouro, tu sepultaste uma lagrimazinha tua, como uma pérola, nesta minha taça, só que não aguentaste ao sepultá-la e, logo depois, derramaste mais uma centena de lágrimas e deixaste que se perdesse tua palavrinha bonita e ainda te gabaste dessa tua cabecinha astuta! Só que por ela, pela tua lagrimazinha, por essa gotinha d'orvalho celeste, não terás de ficar aflita nem cismada! Vais recuperá-la com juros, essa tua pérola, a tal da lagrimazinha, numa noite longa, numa noite penosa, quando vierem um pesarzinho maligno e uma cisminha impura para te roer toda: então cairá nesse teu coração fogoso, em troca daquela mesma lagrimazinha, outra lágrima de alguém ali, uma lágrima de sangue e não só quente, mas igual ao chumbo derretido, e queimará esse teu peito branco até sangrar, e tu te revirarás em tua caminha, vertendo teu sangue rubro, até a manhã, aquela manhã sombria e triste que vem nos dias chuvosos, e não poderás sarar tua feridinha recente até a manhã seguinte! Pois serve mais, Katerina, serve, minha pombinha, serve-me vinho por este conselho sábio, e, quanto ao mais, não adianta, por certo, a gente gastar palavras em vão...

Sua voz fraquejou e passou a tremer: um soluço parecia prestes a jorrar do seu peito... O velho encheu sua taça de vinho e sofregamente a despejou, depois voltou a bater com ela na mesa. Seu olhar turvo inflamou-se mais uma vez.

— Ah, vive como viveres! — exclamou ele. — O que passou já caiu dos ombros! Serve-me, serve mais, traz-me a taça pesada para cortar esta cabecinha valente fora, para minha alma gelar inteira! Deita-me então, para eu dormir uma noite longa, sem amanhecer, e para minha memória ir toda embora. Quanto se bebeu, tanto se viveu! Ficou parada, por certo, a mercadoria daquele negociante, ficou demorando demais, já que a entregou de graça. E se não a tivesse vendido aquele negociante, por sua livre vontade, abaixo do preço, então se derramaria o sangue do inimigo, bem como o sangue inocente, e o tal comprador pagaria, em acréscimo, com sua alminha perdida! Serve, pois, serve-me mais, Katerina!...

Contudo, sua mão que segurava a taça parecia inerte e não se movia; o velho respirava a custo, penosamente, e sua cabeça se inclinava sem que ele quisesse. Cravou, pela última vez, seu olhar baço em Ordýnov, mas esse olhar também se apagou afinal, e suas pálpebras caíram como se fossem de chumbo. Uma lividez cadavérica espalhou-se pelo seu rosto... Seus lábios se mexeram por mais algum tempo, tremelicando e como que se esforçando para dizer algo mais, e, de repente, uma lágrima grossa, ardente, ficou suspensa nos cílios, depois se rompeu e rolou devagar pela face pálida... Ordýnov não tinha mais forças para suportar aquilo. Soergueu-se e, cambaleando, deu um passo para a frente e se achegou a Katerina e lhe agarrou a mão, porém ela nem sequer o mirou, como se não tivesse reparado nele, como se não o reconhecesse...

Ela também aparentava perder os sentidos, como se um só pensamento, uma só ideia petrificada a absorvesse toda. Apertou-se ao peito do velho adormecido, cingiu-lhe o pescoço com seu braço branco e, tão atenta que parecia aferrada a ele, passou a fitá-lo com um olhar inflamado, cheio de fogo. Não sentira, quiçá, Ordýnov lhe segurar a mão. Virou, por fim, a cabeça e fixou nele um olhar longo e penetrante. Acabou, pelo visto, por compreendê-lo, e um sorriso estupefato, penoso, custou a surgir, como se a fizesse sofrer, em seus lábios...

— Vai embora, vai — cochichou ela —: estás bêbado, és maldoso! Não és meu conviva!... — Então se voltou novamente para o velho, aferrando-se outra vez a ele com seus olhos.

Parecia espiar cada sopro dele e proteger-lhe o sono com seu olhar. Parecia temer respirar, ela mesma, contendo seu coração que se desenfreara. E tanta admiração frenética emanava do seu coração que um desespero, uma raiva e um inesgotável rancor dominaram juntos o espírito de Ordýnov...

— Katerina! Katerina! — chamou ele, apertando-lhe a mão com a força de um torno.

Uma sensação dolorosa passou pelo rosto dela; ao reerguer a cabeça, olhou para ele com tanto escárnio, com tanto desdém insolente, que Ordýnov mal se manteve em pé. Depois apontou para o velho que dormia e, como se todo o escárnio daquele seu inimigo tivesse passado para os olhos dela, voltou a mirá-lo com um olhar pungente e congelante.

— Será que vai degolar, hein? — disse Ordýnov, ensandecido de raiva.

Como que seu demônio lhe sussurrou, bem ao ouvido, que ele a compreendera... E todo o seu coração ficou rindo com aquela ideia petrificada de Katerina...

— Pois te comprarei, minha belezura, desse teu negociante, se é que precisas de minha alma! Não vai degolar, com certeza, não vai!...

Aquele riso congelado que mortificava todo o ser de Ordýnov não deixava mais o semblante de Katerina. Inesgotável, seu escárnio lhe espedaçava o coração. Esquecido, quase inconsciente de si mesmo, ele se apoiou na parede com uma das mãos e tirou de um prego a faca antiga e cara do velho. Uma espécie de pasmo refletiu-se no rosto de Katerina, porém foram, ao mesmo tempo, sua zanga e seu desprezo que se expressaram, pela primeira vez, em seus olhos com tanta força. Ordýnov se sentia mal só de olhar para ela... Como se alguém lhe empurrasse a mão perdida para incitá-lo a cometer uma loucura, desembainhou a faca... Imóvel, como se não estivesse mais respirando, Katerina o observava...

Ele olhou para o velho...

E pareceu-lhe, naquele momento, que um dos seus olhos se abria bem devagar e ria a fitá-lo. Ambos os olhares se entrecruzaram. Por alguns minutos, Ordýnov olhou para ele sem se mover... De súbito, pareceu-lhe que todo o semblante do velho ficara rindo, que um gargalhar diabólico, capaz de matar, congelante, repercutira enfim pelo quarto. Uma ideia torva e horrorosa insinuou-se, como uma serpente, em sua cabeça. Ele estremeceu; caindo das suas mãos, a faca tiniu pelo chão. Katerina soltou um grito, como se acordasse de uma síncope, de um pesadelo, de uma visão penosa, imóvel... Pálido, o velho se levantou devagar da cama e, zangado como estava, empurrou a faca, com o pé, para o canto do quarto. Katerina estava lá, pálida, semimorta, imóvel; seus olhos se fechavam; uma dor surda, mas insuportável, surgiu espasmodicamente em seu rosto; ela se tapou com as mãos e, com um grito a dilacerar a alma, tombou, quase sem respirar, aos pés do velho...

— Aliocha! Aliocha! — foi esse o grito que jorrou do seu peito apertado...

O velho a abarcou com seus braços fortes e quase a espremeu contra seu peito. Mas, quando ela escondeu a cabeça junto ao coração dele, cada traçozinho daquele semblante do velho ficou rindo com um riso tão desnudado e descarado que um pavor se apoderou de toda a essência de Ordýnov. Um logro, um cálculo, uma tirania fria e ciumenta, um terror imposto ao pobre coração partido — foi isso que ele percebeu naquele gargalhar descarado que não se escondia mais...

III

Quando Ordýnov, pálido e aflito, ainda não recuperado do seu transtorno da véspera, abriu no dia seguinte, por volta das oito horas da manhã, a porta do escritório de Yaroslav Ilitch (vindo visitá-lo, de resto, sem saber por quê), recuou de tão espantado e ficou à soleira, como que pregado ao chão, por ver Múrin lá dentro. O velho estava ainda mais pálido do que Ordýnov e parecia mal se aguentar de pé por causa da sua doença, mas, apesar disso, não queria sentar-se, fossem quais fossem os convites que lhe fazia, plenamente feliz com tal visita, Yaroslav Ilitch. Ele também deu um grito ao avistar Ordýnov, porém, quase no mesmo momento, sua alegria se esvaiu, e uma espécie de embaraço veio, de súbito, apanhá-lo totalmente desprevenido, quando estava no meio do caminho entre a mesa e a cadeira vizinha. Era óbvio que ele não sabia o que dizer, nem o que fazer, e estava bem consciente de toda a indecência de quem deixasse, num momento tão complicado assim, um visitante de lado, sozinho como viera, e ficasse sugando seu *tchubutchok*,[8] enquanto o sugava mesmo (tanto se confundira), com todas as forças e até quase com certa inspiração. Ordýnov entrou, afinal, porta adentro. Correu os olhos por Múrin. Algo semelhante àquele malvado sorriso da véspera, que até agora deixava Ordýnov trêmulo e indignado, deslizou pelo rosto do velho. Aliás, toda a sua hostilidade sumiu e se apagou em seguida, tomando seu rosto a expressão mais inabordável e arisca possível. Cumprimentou seu inquilino com uma mesura profundíssima... Toda essa cena reanimou finalmente a consciência de Ordýnov. Olhou atentamente para Yaroslav Ilitch, querendo abranger o estado das coisas. Yaroslav Ilitch se quedou hesitante e gaguejante.

---

[8] Pequeno cachimbo (arcaísmo russo).

— Entre, pois, entre — acabou dizendo —; entre, preciosíssimo Vassíli Mikháilovitch, agracie a gente com sua visita e aponha seu timbre... em todos esses objetos banais... — proferiu Yaroslav Ilitch, apontando para um dos cantos de seu escritório, enrubescendo qual uma rosa felpuda, confundindo-se e enredando-se, irritado porque sua frase nobilíssima se atolara e se arrebentara em vão, e arrastou ruidosamente uma cadeira para o meio do cômodo.

— Será que não o atrapalho, Yaroslav Ilitch? Eu queria... por dois minutos.

— Misericórdia! Seria possível que você me atrapalhasse... hein, Vassíli Mikháilovitch? Mas... aceita um chazinho? Ei, servidor!... Tenho certeza de que o senhor tampouco recusa uma chavenazinha a mais!

Múrin inclinou a cabeça, dando assim a entender que certamente não a recusaria.

Yaroslav Ilitch gritou com o servidor que entrara e exigiu, com o maior rigor possível, mais três copos de chá, sentando-se a seguir junto de Ordýnov. Passou algum tempo girando a cabeça como um gatinho de gesso, ora para a direita, ora para a esquerda, ora de Múrin para Ordýnov, ora de Ordýnov para Múrin. Sua situação era bastante desagradável. Apetecia-lhe, obviamente, dizer uma coisa bem melindrosa, na visão dele, ao menos para uma das partes. Contudo, apesar de todos os esforços que fazia, decididamente não conseguia dizer uma só palavra... Ordýnov também parecia perplexo. Houve um momento em que ambos se puseram repentinamente a falar juntos... O taciturno Múrin, que os observava com curiosidade, abriu devagar a boca e exibiu todos os dentes até o último...

— Vim declarar ao senhor — começou, de chofre, Ordýnov — que, devido à circunstância mais desagradável, estou obrigado a deixar o apartamento, e...

— Imagine, pois, que caso estranho! — interrompeu-o, de supetão, Yaroslav Ilitch. — Confesso que fiquei simplesmente estarrecido quando esse ancião respeitável me declarou, esta manhã, a decisão de você. Mas...

— Foi *ele* quem lhe declarou? — perguntou, com espanto, Ordýnov, olhando para Múrin.

Múrin alisou sua barba e riu, tapando-se com a manga.

— Sim! — replicou Yaroslav Ilitch. — Aliás, posso ainda estar enganado. Mas digo abertamente que para você... posso jurar-lhe pela minha honra que não houve, nas falas desse ancião respeitável, nem sombra de ofensa para você!...

Então Yaroslav Ilitch se ruborizou e se esforçou para reprimir sua emoção. Como quem se tivesse fartado, por fim, desse embaraço do anfitrião e do visitante, Múrin deu um passo para a frente.

— Pois digo a Vossa Excelência — começou, ao saudar Ordýnov com uma mesura cortês — que ousei importunar um pouquinho Sua Excelência por causa do senhor... É que acontece, meu senhor — Vossa Excelência sabe disso —, que a gente, quer dizer, minha patroa e eu, estaríamos felizes, de alma e boa vontade, e não nos atreveríamos a dizer uma palavrinha sequer... mas é que minha vida é tal que... o senhor mesmo sabe e está vendo como ela é! É que Deus nos mantém vivos apenas, juro por minha honra, portanto agradecemos orando a santa vontade dEle, senão, o senhor mesmo está vendo, teria eu de uivar simplesmente, não teria? — Dito isso, Múrin tornou a enxugar a barba com sua manga.

Ordýnov estava quase passando mal.

— Sim, sim, eu mesmo lhe falei sobre ele: está doente, ou seja, é um *malheur*...[9] ou seja, queria expressar-me em francês, mas, veja se me desculpa, não sou tão fluente em francês, ou seja...

— Sim...

— Sim, ou seja...

Tanto Ordýnov quanto Yaroslav Ilitch fizeram meias mesuras algo enviesadas, dirigindo-se um ao outro das suas respectivas cadeiras, e dissimularam a perplexidade, que havia surgido, com risadinhas justificativas. Enérgico como era, Yaroslav Ilitch se recompôs logo em seguida.

— Cheguei, aliás, a interrogar minuciosamente esse homem honesto — recomeçou —, e ele me disse que a doença daquela mulher...

Então, melindroso como era, Yaroslav Ilitch dirigiu, querendo provavelmente ocultar uma leve perplexidade que voltara a surgir em seu rosto, um rápido olhar interrogativo para Múrin.

— Sim, a de sua locadora...

Delicado como era, Yaroslav Ilitch não ficou insistindo.

— De sua locadora, ou seja, de sua ex-locadora... juro que eu, de certa maneira... pois sim! É uma mulher doente, está vendo? Ele diz que ela atrapalha você... em seus estudos; aliás, ele próprio... mas você escondeu de mim uma circunstância importante, Vassíli Mikháilovitch!

---

[9] Desgraça (em francês); "doença" seria *une maladie*.

— Qual é?

— A da espingarda — quase sussurrou, com a voz mais condescendente possível, Yaroslav Ilitch, e foi uma milionésima de censura que tilintou suavemente em seu tenor amigável. — Mas — acrescentou, às pressas — eu sei de tudo, ele me contou de tudo, e você agiu mui nobremente ao perdoar-lhe aquela culpa involuntária perante você. Juro que vi lágrimas nos olhos dele!

Yaroslav Ilitch se ruborizou de novo; seus olhos fulgiram, e ele se revirou, emocionado, em sua cadeira.

— Eu, quer dizer, nós, meu senhor, já estamos orando tanto, digamos assim, a Deus por Vossa Excelência, minha patroa e eu mesmo — começou Múrin, dirigindo-se a Ordýnov, enquanto Yaroslav Ilitch reprimia sua emoção costumeira, e olhando atentamente para ele —, mas o senhor mesmo sabe que é uma *baba* doente, estúpida, e, quanto a mim, as pernas mal me aguentam...

— Mas estou pronto — disse Ordýnov, tomado de impaciência —: chega, por favor, que estou pronto agora mesmo!...

— Não, meu senhor, mas estamos, quer dizer, muito contentes com sua gentileza (Múrin fez uma mesura profundíssima). Mas não lhe falo disso, meu senhor; queria dizer uma palavrinha apenas: é que ela é, meu senhor, quase uma parenta minha, quer dizer, uma parenta distante — a sétima água, digamos assim... quer dizer, não se enoje o senhor com a palavra da gente, que somos broncos —, e está desse jeito desde criança! A cabecinha doente, amalucada; cresceu na floresta, que nem uma *mujika*, no meio de todos aqueles *burlaks* e fabricantes; então foi a casa que pegou fogo, e a mãe *daquela ali*, meu senhor, morreu queimada, e o pai se asselvajou, queimou sua alma... mas sabe lá Deus o que ela lhe contará sobre aquilo tudo... Não me meto naquilo, não, só que foi o conselho ci-rúr-gi-co que a examinou em Moscou... quer dizer, meu senhor, desvairou-se completamente, assim ó! Só a mim é que ela tem e vive comigo. Vivemos, oramos a Deus, contamos com a força suprema, e não a contradigo, a ela, em nada...

Ordýnov mudou de cor. Yaroslav Ilitch olhava ora para um deles, ora para o outro.

— Mas não lhe falo disso, meu senhor... não! — corrigiu-se Múrin, abanando imponentemente a cabeça. — Pois ela é, digamos assim, um vento, um vendaval, e a cabeça dela é tão amorosa, desenfreada assim, que só se metam um amiguinho querido — se for perdoável falar desse jeito — e um namoradinho qualquer naquele seu coração: é essa a sandice dela. Tento, pois, acalmá-la com minhas histórias, e como, quer dizer, tento! É que vi, meu senhor, como ela... pois veja o senhor se me perdoa esta minha palavra boba — prosseguiu Múrin, curvando-se e enxugando a barba com sua manga —, digamos assim, transava com o senhor, já que o senhor, quer dizer, Vossa Magnificência, desejou, digamos assim, fazer com ela o que tange aos amores...

Yaroslav Ilitch ficou todo rubro e olhou para Múrin com censura. Ordýnov mal se manteve sentado em sua cadeira.

— Não... quer dizer, meu senhor, não lhe falo disso... eu, meu senhor, sou um mujique simples, que seja feita sua vontade... é claro que somos broncos, nós cá, meu senhor, seus criados — adicionou Múrin, com uma mesura profunda —, mas como é que vamos orar a Deus, minha mulher e eu, por Vossa Graça!... Tanto faz para nós.

Reclamar lá, a gente nunca reclama, contanto que tenha comida e saúde, mas eu cá, meu senhor, o que teria eu a fazer, hein, botar a corda neste meu pescoço? O senhor mesmo sabe que é coisa do dia a dia, mas veja se tem piedade da gente; senão, o que é que será de nós, meu senhor, se ficar ainda um amante no meio?... Perdoe-me esta palavra chula, meu senhor... sou um mujique, e o senhor é da fidalguia... só que o senhor, quer dizer, Vossa Magnificência, é um homem jovem, vistoso, fogoso, e ela... pois o senhor mesmo sabe que é uma criança pequena, bobinha, e que o pecado não demora muito com ela! É uma *baba* robusta, corada, gostosa, e eu, velho que sou, enfraqueço cada vez mais. Pois bem: foi, por certo, um demo que confundiu Vossa Graça, e eu cá só tento acalmá-la com minhas histórias, juro que tento. E como nós oraríamos a Deus por Vossa Graça, minha mulher e eu! Mas oraríamos, quer dizer, de verdade! E o que é que Vossa Magnificência pode querer com ela: nem que seja gostosa, é uma *mujika*, ainda assim, uma *baba* imunda, uma *ponióvnitsa*[10] tosca, igual a mim, este mujique daqui! Não é ao senhor, meu fidalgo querido, que cabe, digamos assim, mexer com aquelas *mujikas*! Mas como nós oraríamos a Deus por Vossa Graça, ela e eu, oraríamos de verdade, ó!...

E Múrin fez uma mesura ainda mais profunda e se quedou, por muito tempo, sem desencurvar o dorso, enxugando ininterruptamente a barba com sua manga. Yaroslav Ilitch não sabia mais onde estava.

---

[10] Mulher que usava uma *poniova* (saia de lã, com uma barra ornamentada, que vestiam as camponesas casadas) e, assim sendo, pertencia às baixas camadas da sociedade.

— Sim, esse bom homem — notou, num embaraço completo — contou sobre alguns problemas que houve entre os senhores, mas nem me atrevo a acreditar nisso, Vassíli Mikháilovitch... Ouvi dizerem que você estava doente ainda — replicou depressa, fixando em Ordýnov, com uma perplexidade inesgotável, seus olhos lacrimejantes de emoção.

— Sim... Quanto lhe devo? — perguntou, rapidamente, Ordýnov a Múrin.

— Mas o que é isso, meu senhorzinho? Chega aí, que não somos aqueles que venderam Cristo.[11] Por que nos ofende, meu senhorzinho? Deveria envergonhar-se, pois nós cá, minha mulher e eu, nunca o ofendemos. Misericórdia!

— Todavia, é meio estranho, amigo meu: é que ele alugou um quarto do senhor, certo? Porventura não está percebendo que chega a ofendê-lo com sua recusa? — intrometeu-se Yaroslav Ilitch, considerando como seu dever revelar a Múrin toda a estranheza e todo o melindre de sua ação.

— Misericórdia, meu senhorzinho! O que é que o senhor tem? Misericórdia! Como foi, pois, que desagradamos a Vossa Senhoria? Tantos esforços é que fizemos, quase estouramos estas barrigas nossas, misericórdia! Já basta, meu senhor; basta, meu queridinho, que Cristo lhe conceda a graça! Seríamos nós uns pagãos daqueles? Nem que morasse conosco, nem que se regalasse com nossa comida de mujiques para o bem de sua saúde, nem que ficasse ali deitado, o tempo todo, não lhe diríamos

---

[11] Alusão ofensiva aos judeus e a quem não era cristão ortodoxo em geral.

nada, nem... nenhuma palavra é que diríamos, só que foi o tinhoso quem confundiu a gente, pois sou doente, eu mesmo, e minha patroa está doente também, fazer o quê? Não haveria quem lhe servisse, mas nós ficaríamos tão contentes, contentes do fundo de nossa alma, em atendê-lo! E como vamos orar a Deus, minha patroa e eu, por Vossa Graça, quer dizer, orar de verdade, ó!

Múrin se curvou de novo. Uma lágrima aflorou nos olhos extasiados de Yaroslav Ilitch. Cheio de entusiasmo, ele olhou para Ordýnov.

— Diga aí... mas que traço nobre! Que santa hospitalidade é que tem agraciado esse povo russo!

Ordýnov lançou um olhar selvagem para Yaroslav Ilitch. Quase se apavorou... e passou a examiná-lo da cabeça aos pés.

— É verdade, meu senhor: veneramos notadamente a hospitalidade, quer dizer, veneramos de verdade, meu senhor! — replicou Múrin, cobrindo a barba com toda a sua manga. — Juro que estive pensando agorinha: e se o senhor ficasse ainda conosco... e se ficasse, pelo amor de Deus? — continuou, achegando-se a Ordýnov. — Mas eu, meu senhor, não me importo: um dia a mais, um dia a menos, juro que não diria coisa nenhuma. Só que o pecado me confundiu demasiado, que minha patroa não está com saúde! Ah, não fosse minha patroa! Se morasse lá eu, digamos assim, sozinho, como é que agradaria então a Vossa Graça e como cuidaria então do senhor, quer dizer, cuidaria de verdade, ó! A quem é que poderíamos agradar, se não fosse a Vossa Graça? Até curaria o senhor, juro que o curaria, pois conheço um meio ali... Juro, meu senhor, e lhe dou minha grande palavra: e se ficasse, pelo amor de Deus, mais um pouco conosco?...

— Não haveria mesmo um meio daqueles? — comentou Yaroslav Ilitch e... não terminou a frase.

Fora à toa que Ordýnov acabara de examiná-lo, com um espanto selvagem, dos pés à cabeça. Decerto era um homem honestíssimo e nobilíssimo, mas agora já entendia tudo e, seja dita a verdade, estava numa situação assaz complicada! Queria fazer o que se chama de explodir de riso! Se estivesse a sós com Ordýnov, seu amigo do peito, Yaroslav Ilitch não teria, sem dúvida, aguentado e se entregaria a um ímpeto desmesurado de alegria. Em todo caso, fá-lo-ia com bastante decência, apertaria com emoção, depois de rir, a mão de Ordýnov, assegurar-lhe-ia sincera e justamente que ora sentia o dobro de respeito por ele, que o desculpava de qualquer maneira... e que, afinal de contas, nem atentaria para sua juventude. Mas agora, com sua delicadeza notória, estava na situação mais melindrosa possível e quase não sabia onde se esconderia...

— Meios, quer dizer, remédios! — rebateu Múrin, cujo rosto se movera todo com aquela exclamação despropositada de Yaroslav Ilitch. — Eu, meu senhor, pela minha estupidez de mujique, diria o seguinte — continuou, dando mais um passo para a frente —: o senhor leu demasiado esses seus livrinhos; diria que se tornou sábio em demasia, e eis que, como se diz em russo entre nós, os mujiques, sua mente se enrolou de repente...

— Chega! — interrompeu-o, severamente, Yaroslav Ilitch.

— Vou indo — disse Ordýnov. — Agradeço-lhe, Yaroslav Ilitch; irei, sim, irei vê-lo sem falta — respondia às delicadezas redobradas de Yaroslav Ilitch, que não estava mais em condição de retê-lo. — Adeus, adeus...

— Adeus a Vossa Excelência; adeus, meu senhor, não se esqueça de nós, pecadores, venha visitar a gente.

Ordýnov não ouvia mais nada: saíra como um lunático. Não conseguia mais aguentar; estava como que morto; sua consciência entorpecia. O jovem sentia, no íntimo, que sua doença o sufocava, mas era um frio desespero que reinava em sua alma, e ele percebia apenas uma dor surda pungir, afligir e sugar-lhe o peito. Quis morrer naquele momento. Suas pernas fraquejaram, e ele se sentou junto de uma cerca, sem mais prestar atenção naquelas pessoas que passavam por perto, nem na multidão que começava a reunir-se ao seu lado, nem nas chamadas e indagações dos curiosos que o rodeavam. De súbito, a voz de Múrin soou, uma de muitas vozes, sobre ele. Ordýnov ergueu a cabeça. De fato, o velho estava postado em sua frente; pálido, o rosto dele estava imponente e pensativo. Já era um outro homem, bem diferente daquele que o escarnecera tão cruelmente no escritório de Yaroslav Ilitch. Ordýnov se soergueu; Múrin lhe segurou a mão e conduziu-o para fora da multidão...

— Ainda tem de levar suas tralhas — disse, olhando de esguelha para Ordýnov. — Não se entristeça, meu senhorzinho! — exclamou Múrin. — Você é novo, por que se entristeceria?

Ordýnov não respondeu.

— Está sentido, meu senhorzinho? Ficou, por certo, zangado em demasia... só que não tem por quê. Cada qual cuida do que for seu; cada qual guarda seus bens.

— Não o conheço — disse Ordýnov. — Não quero saber desses seus mistérios. Mas ela, ela!... — balbuciou, e as lágrimas lhe jorraram profusas, torrenciais, dos olhos. O vento vinha arrancá-las, uma por uma, das suas faces... Ordýnov as enxugava com a mão. Seu gesto, seu olhar, os movimentos involuntários de seus lábios trêmulos, azulados — tudo prenunciava uma loucura.

— Já lhe expliquei — disse Múrin, cerrando as sobrancelhas —: ela é doida! Por que e como endoideceu... será que precisa saber disso? Só que para mim, seja ela qual for, é bem-amada! Amo-a mais do que minha vida e não a darei a ninguém. Entende agora?

Uma flama instantânea fulgiu nos olhos de Ordýnov.

— Mas por que eu... por que estou como se tivesse perdido a vida inteira? Por que está doendo *meu* coração? Por que conheci Katerina?

— Por quê? — Múrin sorriu e ficou pensativo. — Por quê... nem eu mesmo sei por quê — concluiu, afinal. — A índole de uma mulher não é o abismo do mar: até que dá para conhecê-la, mas é astuta, teimosa, vivaz! Vem cá, digamos, tira e bota! Talvez quisesse mesmo, meu senhorzinho, ir embora da minha casa com você — prosseguiu, meditativo. — Ficou enjoada com este velho, viveu com ele tudo o que se podia viver! Gostou de você, por certo, e muito, logo de início! E, assim sendo, quer fosse você mesmo, quer fosse outro... É que não a contradigo em nada: nem que desejasse beber leite de pássaro,[12] conseguiria aquele leite de pássaro para ela; faria, eu mesmo, tal pássaro, se não existisse ainda! Ela é vaidosa! Corre atrás da liberdade, só que não sabe, ela mesma, o que seu coração caprichoso quer. Pois acontece que é melhor viver com o velho! Eh, meu senhor, mas é

[12] Sinônimo de algo impossível, irrealizável.

novo demais! Seu coração está quente ainda, como aquele de uma moçoila abandonada que enxuga as lágrimas com a manga! Pois fique sabendo, meu senhorzinho: quem for fraco não aguenta sozinho! Nem que você lhe dê tudo a ele, mas vem, ele mesmo, devolver tudo; nem que lhe dê metade do reino terreno em possessão... tente aí, pois, e o que acha que ele fará? Logo se esconderá nesse seu sapato, tanto se rebaixará num instante. Dê-lhe a liberdade, àquele que é fraco, e ele vai amarrá-la e lhe trará essa liberdade de volta. Ao coração bobo nem a vontade é útil! Não se pode viver com uma índole dessas! Só lhe digo tudo isso assim... que você é novinho em demasia. O que é para mim? Esteve aqui, foi embora: quer seja você, quer seja outro, não faz diferença. Eu já sabia, desde o começo, que seria aquilo mesmo. Só que não dá para contradizer; não se diga nem uma palavra contrária, se é que se quer preservar a felicidade. É que sabe, meu senhorzinho — Múrin continuava a filosofar —: só se fala dessa maneira, e várias coisas podem acontecer. Fulano agarra a faca, quando zangado, ou então parte assim, desarmado, com as mãos nuas, para cima de você, parte feito um carneiro, e rasga a goela do inimigo com os dentes. E se lhe enfiarem aquela faca nas mãos, se seu inimigo vier e abrir o peito largo na frente dele, quem sabe se ele não dá para trás!

Eles entraram no pátio. Avistando Múrin ainda de longe, o tártaro tirou sua *chapka* na frente dele e ficou olhando, atenta e maliciosamente, para Ordýnov.

— E tua mãe está em casa? — gritou-lhe Múrin.

— Está.

— Diz aí para o ajudarem a carregar suas tralhas! E vai tu também, mexe-te!

Subiram a escada. A velha criada de Múrin, a qual era de fato, pelo que se revelava, a mãe do zelador, ocupava-se dos pertences do ex-inquilino e, resmungando, atava-os numa só trouxa grande.

— Espere, que lhe trago mais uma coisa sua: ficou lá...

Múrin entrou em seu quarto. Voltou um minuto depois, entregando a Ordýnov uma rica almofada, toda bordada de seda por cima do *harus*,[13] aquela mesma que Katerina lhe colocara quando ele tinha adoecido.

— É ela quem lhe manda isto — disse Múrin. — E agora vá indo, sem amargor nem rancor, e veja se não fica zanzando por aí — acrescentou a meia-voz, num tom paternal —, senão se dará mal.

Percebia-se que ele não queria magoar seu inquilino. Mas, quando correu seu último olhar por ele, um acesso de fúria inexaurível transpareceu, involuntário, mas veemente, em seu rosto. Quase com asco, fechou a porta atrás de Ordýnov.

Ao cabo de duas horas, Ordýnov já se mudara para a casa do alemão Spies. Tinchen soltou um ai ao olhar para ele. Logo lhe perguntou pela saúde e, uma vez ciente de que se tratava, dispôs-se imediatamente a cuidar do jovem. O velho alemão mostrou, cheio de si, ao seu inquilino que acabava de querer ir ao portão e colar outra vez o anúncio, porquanto, exatamente naquele dia, fora gasto o último copeque do que ele pagara adiantado, sendo-lhe descontado cada dia de aluguel. Ao mesmo tempo, o velho não se esqueceu de elogiar precavidamente a pontualidade e a honestidade

[13] Tecido de algodão de baixa qualidade, resistente, mas duro e áspero (em polonês).

alemãs. No mesmo dia, Ordýnov adoeceu e só conseguiu levantar-se da cama três meses depois.

Convalesceu aos poucos e começou a sair. Sua vida na casa daquele alemão era monótona, sossegada. O alemão não era genioso; a bonitinha Tinchen, sem se abordar a moral dela, era tudo quanto se desejasse, porém a vida parecia ter perdido, para sempre, a sua cor para Ordýnov! Ele se tornou cismado, irritadiço; sua impressionabilidade acabou tomando um rumo doentio, e ele foi desenvolvendo, de modo imperceptível, uma hipocondria biliosa e rígida. Vez por outra, não abria mais seus livros durante semanas inteiras. O porvir estava trancado para ele, seu dinheiro se esgotava pouco a pouco, e ele já desistira de antemão: nem pensava mais em seu futuro. Às vezes, sua antiga paixão pela ciência, seu antigo ardor, as imagens antigas que ele mesmo criara vinham do passado e ressurgiam, vívidos, em sua frente, porém não surtiam outro efeito senão o de oprimir, de sufocar a sua energia. Suas ideias não se transformavam em ações. Sua consciência ficou parada. Parecia que todas aquelas imagens se agigantavam propositalmente na imaginação do jovem para zombarem da impotência dele, seu criador. E ele chegava a comparar-se involuntariamente, em seus momentos tristes, com aquele jactancioso aluno do feiticeiro que furtara a palavra de seu mestre e mandara uma vassoura trazer água, acabando por se afogar nela ao esquecer como se dizia: "Já basta".[14] Uma ideia íntegra, original e independente viria, talvez, a realizar-se nele.

---

[14] Alusão à balada *Aluno do feiticeiro*, de Johann Wolfgang von Goethe (1749-1832), que remonta ao diálogo satírico *Amante das mentiras*, de Luciano de Samósata (século II d.C.).

Talvez ele fosse predestinado a ser um artista da ciência. Pelo menos, ele próprio acreditara nisso antes. Uma fé sincera é, por si só, uma garantia do futuro. Mas agora ele próprio ria, por momentos, dessa sua convicção cega e... não ia para a frente.

Meio ano antes disso, ele tinha concebido, elaborado e rabiscado no papel um harmonioso esboço de uma obra na qual alicerçava (jovem que era), em seus momentos não criativos, as esperanças mais concretas. Tal obra se referia à história da Igreja, e eis que as convicções mais francas e ardorosas haviam surgido sob a sua pena. Agora relia esse plano, refazia-o, ponderava-o, lia, buscava e acabou rejeitando sua ideia sem nada construir nas ruínas dela. Mas algo semelhante ao misticismo, à predefinição, ao mistério começou a infiltrar-se em sua alma. O infeliz se apercebia dos seus sofrimentos e pedia cura a Deus. A criada do alemão, uma russa velha e devota, comprazia-se em contar como rezava aquele inquilino quietinho e de que maneira passava horas inteiras deitado, como se estivesse morto, sobre o tablado do templo...

Ele não dizia meia palavra a ninguém sobre o que lhe ocorrera. Mas vez por outra, sobretudo ao cair do crepúsculo, naquela hora em que o ruído dos sinos vinha lembrá-lo do momento em que, pela primeira vez, todo o seu peito ficara vibrando, doendo com uma sensação antes desconhecida, quando ele se ajoelhara ao lado dela, no templo de Deus, esquecido de tudo, e só ouvia bater o coração tímido dela, quando regara, com lágrimas de êxtase e alegria, aquela esperança nova e luminosa que surgira momentaneamente em sua vida solitária, então toda uma tempestade se desencadeava em sua alma ulcerada para sempre. Então seu espírito se abalava, e o sofrimento de amor tornava a arder, qual uma chama abrasadora, em seu peito. Então seu coração doía, triste e apaixonado, e parecia que seu amor aumentava com sua tristeza. Não raro, esquecido de si mesmo e de toda a sua vida cotidiana, esquecido de tudo no mundo, ele passava horas inteiras sentado no mesmo lugar, solitário e pesaroso, balançava a cabeça com desespero e, deixando caírem lágrimas silenciosas, cochichava consigo: "Katerina! Minha pombinha adorável, minha irmãzinha solitária!...".

Um pensamento horroroso passou a atormentá-lo cada vez mais. Perseguia-o, cada vez mais forte, e se encarnava em sua frente, todos os dias, numa probabilidade, numa realidade. Parecia-lhe... e ele chegou finalmente a acreditar nisso tudo... parecia-lhe que o juízo de Katerina estava intacto, mas que Múrin tinha razão, de seu modo próprio, em chamá-la de coração fraco. Parecia-lhe que algum mistério a ligava àquele ancião, mas que Katerina, sem se ter dado conta do crime, ficara, como uma pombinha pura, sob o domínio dele. Quem eram os dois? Ele não sabia disso. Mas não cessava de intuir uma tirania profunda, irremediável, a dominar uma pobre criatura indefesa, e o coração se confundia e se enchia de indignação impotente em seu peito. Parecia-lhe que, diante dos olhos atemorizados daquela alma a recuperar, de súbito, a visão, era perfidamente exibida sua própria queda, que aquele pobre coração *fraco* era perfidamente torturado, interpretando-se a verdade, em sua frente, a torto e a direito, mantendo-se adrede, onde fosse preciso, a sua cegueira, que os pendores inexperientes daquele coração impetuoso, transtornado, eram astuciosamente favorecidos, e que, pouco a pouco, eram cortadas as asas daquela alma livre, desinibida, mas incapaz, no fim das contas, nem de se rebelar nem de se atirar livremente na verdadeira vida...

Aos poucos, Ordýnov ficou ainda mais arredio do que antes, e aqueles seus alemães, a quem se deve fazer justiça, não lhe criaram nenhum obstáculo nisso. Gostava de perambular amiúde pelas ruas, por muito tempo e sem objetivo. Escolhia, sobretudo, as horas crepusculares e, como local do passeio, alguns lugares ermos, longínquos e raramente frequentados pelo povo. Numa tarde primaveril, chuvosa e insalubre, deparou-se, num beco daqueles, com Yaroslav Ilitch.

Yaroslav Ilitch emagrecera perceptivelmente, seus olhos agradáveis estavam embaciados, e ele mesmo parecia completamente decepcionado. Todo apressado, corria atrás de algum negócio inadiável, estava molhado e sujo, e um respingo de chuva não se ausentava mais, de certo modo quase fantástico, do seu nariz assaz decoroso, mas ora azulado, no decorrer daquela tarde inteira. Ademais, ele deixara crescerem as costeletas.[15] Tais costeletas, além do fato de Yaroslav Ilitch olhar para ele como quem evitasse o encontro com seu conhecido de longa data, deixaram Ordýnov quase abalado... e, coisa estranha, até lhe pungiram, de certa maneira, e lhe magoaram o coração, que até então não precisava de compaixão alheia. Enfim, agradava-lhe mais o homem antigo, simples, bondoso, ingênuo e — ousamos falar, afinal, às claras — um pouquinho tolo, mas sem pretensão de se decepcionar nem de ficar mais inteligente.

---

[15] Isso significa que Yaroslav Ilitch não estava mais no serviço público, cujos funcionários eram proibidos, na época de Nikolai I, de usarem costeletas e barbas.

Pois é desagradável um homem *tolo*, de quem a gente gostava antes, quiçá, justamente em razão de sua tolice, ficar de improviso *mais inteligente*; pois sim, é decididamente desagradável! Aliás, a desconfiança com a qual ele olhava para Ordýnov não demorou a suavizar-se. Não obstante toda a decepção sua, nem por sombra desistira da sua índole antiga, que a gente leva, como se sabe, até para o túmulo, e começou, como outrora, a sondar com deleite a alma do amigo Ordýnov. Antes de tudo, notou que estava muito atarefado, depois disse que eles não se viam havia tempos, porém, repentinamente, sua conversa tomou de novo uma direção algo estranha. Yaroslav Ilitch se pôs a falar sobre as mentiras humanas em geral, sobre a fragilidade dos bens deste mundo, sobre a vanidade terrena; não deixou de comentar, de passagem e até mesmo de forma mais do que indiferente, acerca de Púchkin, mencionou, com certo cinismo, as chamadas boas relações e concluiu aludindo, inclusive, à falsidade e à perfídia de quem se chamasse de amigo na sociedade, posto que a verdadeira amizade jamais tivesse existido na face da Terra. Numa palavra, Yaroslav Ilitch ficara, sim, mais inteligente. Ordýnov não o contradizia em nada, mas sentia uma tristeza inenarrável, pungente, como se tivesse enterrado seu melhor amigo!

— Ah! Imagine só, que quase me esqueci de lhe contar — disse, de chofre, Yaroslav Ilitch, como se tivesse rememorado algo muito interessante —: temos uma notícia! Vou contar-lhe em segredo. Lembra-se daquele prédio onde você morava?

Ordýnov estremeceu e ficou pálido.

— Imagine, pois, que encontraram naquele prédio, há pouco, toda uma quadrilha de ladrões, ou seja, meu prezado senhor, uma chusma, um covil: contrabandistas, trapaceiros de toda espécie, quem é que sabe! Já prenderam alguns, ainda correm atrás dos outros: as ordens rigorosíssimas foram dadas. E pode imaginar: lembra-se do dono daquele prédio — um homem devoto, respeitável, nobre em aparência?...

— Pois é...

— Julgue-se, depois disso, a respeito de toda a humanidade! Era ele o chefe de toda a quadrilha, o cabecilha! Não seria um absurdo?

Yaroslav Ilitch falava com inspiração e acabou condenando, por causa de um homem só, a humanidade toda, porque um Yaroslav Ilitch desses nem sequer pode agir de outro jeito: isso faz parte do seu caráter.

— E aqueles ali? E Múrin? — perguntou Ordýnov, cochichando.

— Ah, Múrin, Múrin! Não, aquele é um ancião respeitável, nobre. Mas espere: você lança uma luz nova sobre...

— O quê? Ele também andava com a quadrilha?

O coração de Ordýnov estava prestes a furar-lhe o peito de tanta impaciência.

— De resto, por que diz isso? — acrescentou Yaroslav Ilitch, cravando seus olhos vidrados em Ordýnov (indício de que estava refletindo). — Múrin não pode ter andado com eles. Exatamente três semanas antes, ele partiu, com sua mulher, para lá, para a terrinha dele... Quem me contou foi o zelador... aquele tartarozinho, lembra?

Sobre o tradutor

Nascido na Bielorrússia em 1971 e radicado no Brasil desde 2005, Oleg Almeida é poeta, ensaísta e tradutor, sócio da União Brasileira de Escritores (UBE/São Paulo). Autor dos livros de poesia *Memórias dum hiperbóreo* (2008, Prêmio Internacional Il Convivio, Itália/2013), *Quarta-feira de Cinzas e outros poemas* (2011, Prêmio Literário Bunkyo, Brasil/2012), *Antologia cosmopolita* (2013) e *Desenhos a lápis* (2018), além de diversas traduções de clássicos das literaturas russa e francesa. Para a Editora Martin Claret, a par de *Diário do subsolo*, traduziu *O jogador*, *Crime e castigo*, *Memórias da Casa dos mortos*, *Humilhados e ofendidos*, *Noites brancas* e *O eterno marido*, de Dostoiévski, *Pequenas tragédias*, de Púchkin, *A morte de Ivan Ilitch e outras histórias*, de Tolstói, e *O esplim de Paris: pequenos poemas em prosa*, de Baudelaire, bem como uma extensa coletânea de contos russos.

Título original: *Бедные люди; Хозяйка*.

DIREÇÃO
Martin Claret

PRODUÇÃO EDITORIAL
Carolina Marani Lima
Giovana Quadrotti

CAPA
Allora

TRADUÇÃO E NOTAS
Oleg Almeida

REVISÃO
Alexander Barutti Siqueira

IMPRESSÃO E ACABAMENTO
Bartira Gráfica

Dados Internacionais de Catalogação na Publicação (CIP)
(Câmara Brasileira do Livro, SP, Brasil)

Dostoiévski, Fiódor, 1821-1881.
Gente pobre: a anfitriã / Fiódor Dostoiévski; tradução e notas Oleg Almeida. — São Paulo: Martin Claret, 2024.

Título original: *Бедные люди; Хозяйка*.

ISBN 978-65-5910-305-8

1. Ficção russa I. Almeida, Oleg. II. Título

24-240418 CDD-891.7

Índices para catálogo sistemático:

1. Ficção: Literatura russa 891.7
Aline Graziele Benitez – Bibliotecária – CRB-1/3129

EDITORA MARTIN CLARET LTDA.
Rua Alegrete, 62 – Bairro Sumaré – CEP: 01254-010 – São Paulo, SP
Tel.: (11) 3672-8144 – www.martinclaret.com.br
Impresso – 2025